人鱼陷落 II

Preference of Poseidon

麟潜 著

上海文化出版社　博集天卷
CS-BOOKY

『我的肋骨和心脏。』

"Siren blasyi kimo，fanshi，tlanfi，

haosy，claya siren milen。

（塞壬恩赐你容貌、天赋、健康，以及聆听神谕的能力。）"

第一卷

砗磲寝殿：待来客

第一章

王者归来

韶金公馆是座占地一千二百平方米的隐世豪宅，上世纪初便屹立于蚜虫市城市半岛，历代宅主深居简出，知之者少之又少。

经过代代洗礼，现在公馆的装潢充满科技感，完全不见旧建私宅的老气。

公馆共五层，只有一到四层敞开，第五层虽时时亮着灯，但除了送菜、打扫卫生的保姆之外没有人出入，据说韶金公馆的主人就住在第五层，足不出户。

一层最东面有一间电玩室，四面墙挂满显示器和主机，爬虫亚体[1]在屋子里也把黄色卫衣上的兜帽罩在头上，嘴里叼着一支粉红糖棍，坐在中间的人体工学椅中敲打着键盘，懒洋洋地盯着面前的十几个屏幕，头上戴着硕大的耳机。

左手边的白色秋千吊椅里窝着另一个蝴蝶亚体。多米诺抱着自己的笔记本电脑蜷缩在吊椅抱枕里面，盯着屏幕咬牙切齿，鬓发中的两只触角支棱起来。

---

1. 亚体：文中设定世界中的人类统称。

"气死我了。"多米诺用力敲着键盘。

爬虫拿开一边耳朵戴的耳机问："你干吗呢？"

"跟人类吵架。"多米诺说，"他骂人的词可真多，我骂不过他了，打字也没他快，你快帮我想几句。"

爬虫摘下耳机，插着卫衣肚子前的兜走过来，叼着糖棍挤到多米诺的秋千椅上，把他腿上的笔记本电脑拿过来，轻轻敲了几个键，笔记本电脑屏幕上多了一个纯黑的对话框，爬虫快速输入了几排白色的英文指令，最后加上正跟多米诺在网上对喷的那个人的 IP 地址（网际协议地址）。

"好了，他闭嘴了。"爬虫把笔记本电脑还给多米诺，叼着糖棍回到自己的电脑前，戴上耳机。

多米诺翻回刚刚吵架的页面，那个人的发言已经不见了。

"你封了他的账号吗……这有什么的，随便开个小号还不是又回来了。"多米诺揉了揉蓬乱的鬈发，触角失落地耷拉在脸颊边。

"不会的。"爬虫靠着椅子转了过来，"他未来十年都不能在网络上输出任何消息了。"

爬虫亚化细胞团 [1]J1 亚化能力 [2] "虚拟监狱"：获取网络用户的生命 ID（账号），任意判决收押年限，被判决入狱的生命 ID 无法在任何网络终端登录，已上传信息被强制隐藏，譬如其持有的手机、电脑无法联网，身份证、银行卡不可被机器识别，无法使用现金以外的方式付款，相当于被世界网络彻底孤立。

多米诺开心多了，抱着笔记本电脑跑过去："我还有好多讨厌的人，你帮我全部弄进监狱……"

电玩室的门被轻叩了两下，一个黑豹亚体走进来，他身穿黑色风衣，食指戴着蓝宝石指环。

---

1. 亚化细胞团：可以传递亚化因子。
2. 亚化能力：指每次亚体升级，必然获得一种与自身亚化特征相关的主动性能力。

看见两个人聚在一起恶作剧，黑豹皱了皱眉："多米诺，让你办的事做完了吗？"

多米诺抱着笔记本电脑直起身子，触角晃了晃："神使刚离开特训基地，有四位侦察者跟上去了，着什么急嘛。"

黑豹拨开多米诺，扶着爬虫的椅背俯身问："给我看看建模到什么程度了。"

"喏。"爬虫敲了几个键，显示屏上出现了白楚年的剪影分析，目前只有左手手臂填充了立体颜色，点开左手则出现一整页跑动的分析条，分析数据的字迹细小，密密麻麻。

"现在其实也只有324起到了试探他的作用。"爬虫说，"神使本来就有意隐藏实力，如果出现在他面前的实验体不够强，根本就没可能让他动手，更何况他身边还有个电光幽灵，用得着他出手的机会就更少了。

"我抓取战斗数据也不能凭空捏造，必须像324那样，与神使真实交手才行，无象潜行者在三棱锥小屋里与神使的那场战斗还算有意义，至少让神使用左手打破防护才抓住了他。

"但信息太少了，我现在只知道神使是左撇子，J1亚化能力是骨骼钢化，M2亚化能力是泯灭，也知道他左手的攻击速度强度和防御，其他具体的数据还需要慢慢收集。"

黑豹陷入沉默。

"能抓取他下一步的任务目标吗？"

"做不到。IOA（国际亚体联盟）技术部有位大佬，把关键人员的通信加密得滴水不漏，连普通打电话的内容都破译不了。"爬虫摊开手，"不过我知道有个章鱼实验体跑到大西洋西岸了，那儿离电光幽灵的地盘很近，如果电光幽灵遇到麻烦，神使肯定不会袖手旁观，你们可以跟去看看。"

"不了，那里太危险。"黑豹语调沉稳，考量深远，"不在近海接触电光幽灵是我们的安全底线。"

多米诺踮脚举手提议:"或者让更厉害的实验体去截住神使,趁电光幽灵不在去挑战他,神使为了不被拖慢脚步肯定会选择自己出手,速战速决。"

黑豹不觉得这是个好计划:"想要速战速决,他还是只会用左手,重复的战斗数据对我们没用,而且他很敏锐,如果他知道是我们在阻挠他去找电光幽灵,恐怕会提高警惕,与我们为敌。"

"没关系,我会把某联盟特工出境的消息转告给红喉鸟组织,为了不让联盟特工妨碍他们的章鱼计划,他们自己会主动派人阻拦的,运气好的话,我或许能抓取到一些新的战斗数据。"

这时,其中一个显示屏上突然跳出了一封邮件提醒,落款是白楚年。

爬虫坐在椅子上转回去读取了邮件,忽然坐直身子:"神使发来的。"

多米诺俯身凑过去:"他说什么?"

"请给我809号实验体的详细信息,作为报酬,可以在三天内向我提出一个委托。"

"好机会,好好想想委托他做些什么。"爬虫迂回着回复白楚年的消息,"侦察者还在跟踪他吗?"

"在。"

白楚年在码头快餐店的单人桌边悠闲地坐着,点了一份炸薯条和鸡翅,一边用薯条蘸冰淇淋吃,一边把借来发邮件的手机还给邻座的小朋友。

他抬起头,隔着落地玻璃注视着站在外边发传单的一位穿短裙的店员,然后将目光放在与自己斜对角的一位穿条纹衬衫的先生身上。

条纹衬衫先生隐约发觉白楚年的目光投过来,将手中的报纸抬高了些,阻隔两人的视线。

但当他把报纸放下时,白楚年刚刚坐的座位已经空了,盘子里是吃剩的鸡骨头和空薯条盒。

他按住耳中的微型通信器,低声说:"神使不在了。"

快餐店外发传单的店员不经意地回应："他在人群里，我看不清，让四号跟过去。"

四号回应："我找不到他，可能往三号那边去了。"

白楚年慵懒地蹲在快餐店的顶棚，舔着冰淇淋，看着底下四个晕头转向的间谍，悠闲地吃完了蛋托，舔了舔手指，然后插着兜轻轻从反向跳下，踩着安全索柱跳到码头，攀住海景邮轮的锚索，翻越到邮轮另一面，松手落在邮轮下的摩托快艇上，发动快艇，在海面上划出一道弧线，往港口机场方向去了。

他有联盟技术部准备的证件，和普通旅客一起登上了长途客机。他换了一身休闲装，白衬衫领口内系了一条黑白纹男士丝巾，下身穿背带西装裤，合眼靠在商务舱座椅的靠背里，在漫长的旅途中等待。

离开特训基地前，白楚年和小丑鱼聊了很长一段时间，知道了很多他曾经不理解的海域文化。

小丑鱼说，人鱼是一个拥有高级智慧的族群，就像人类之于陆地那样。

人鱼强亚体大多姿态艳丽，娇弱婀娜，族群并不把希望寄托在强亚体身上，而是推选最强大的弱亚体当首领。

除此之外，还有另外一个标准。

如果族群中降生了鱼尾鳞片会发光的婴儿，这代表海洋的恩赐，那么族群会默认他为未来首领。

因为婴儿没有自保能力，在深海，鳞片会发光是一件非常危险的事情，他的光芒会为族群带来危险，因而他会成为海底巨兽的捕食对象。

所以，当这样的婴儿生下来时，他的母亲和族人会将他鱼尾上的鳞片全部用贝壳刮下来埋进海床里，这对婴儿来说是一种莫大的痛苦，而且鱼鳞可以再生，再生的鱼鳞仍然会发光，于是再一次被刮掉，循环往复。

鳞片被反复刮掉又重新生长出来的人鱼，反而会日渐强大，接任首领也理所应当。

小丑鱼老家住在海边，世代靠海吃饭，家里的老人对海洋非常熟悉，沉船触礁、战舰鱼雷、海上飓风、鱼群迁徙，任何海域发生了什么事，他们都一清二楚。

七十年前并不算久远，洋中脊海底火山地震带爆发，那时候加勒比海人鱼岛的人鱼族群总共三千零九十七条人鱼，和鱼群一起跟随人鱼首领迁徙，迁徙途中其他海域的人鱼陆续汇入他们的队伍，不过按时间计算从地震开始酝酿到爆发的时间一定会少于他们完成迁徙的时间，所以一开始老人们以为大海从此不会再有活的人鱼了。

但火山爆发到一半就熄了火，剩下的熔岩卡在海缝里突然就不再上涌了，虽然带来的热度仍然相当恐怖，当时也有大量的鱼死亡，为了躲避高温炙烤而蜷成球的人鱼被永远埋进了固化的岩浆底，却没有带来预想中的大破坏，物种也没有因此灭绝。

后来老人们才知道，火山爆发停止后，从凝固的熔岩中滚出一颗被烧得残破的蓝色透明球，沉落进海沟里，整整七十年没再出现过。

这么长时间足够族群改朝换代，新首领用了什么法子骗得民心所向尚无人知，但旧首领归来时被当成当年临阵脱逃、抛下族人一去不返的罪犯而放逐，就一点都不奇怪了。

昏暗的港口工厂地面潮湿，废弃的吊床机器上用钢丝绳吊着一个人。

他被捆住双手吊在空中，脚尖勉强沾地，身上的衣服沾满污血，破破烂烂，颧骨凹进去一块——看得出来已经骨折，血肉模糊的脸几乎看不出他原来的相貌。

白楚年蹲在他面前，指尖夹着半支烟，烟雾从隐现的火星中飘起，遮挡住被吊起的人注视他的视线。

他双手的拳骨因过度使用而蹭破了一层皮，但很快愈合，没有留下任何痕迹。

被吊起双手的人吐出堵在破碎胸腔中的一口血，掺着血丝的涎水挂在唇边。

　　经过这几日空海陆的辗转，白楚年在诺曼机场落地，与 IOA 联盟南美分会取得了联络。南美分会长是个 A3 级高阶分化的犰狳亚体，派出特工与白楚年接洽，白楚年得到了 IOA 联盟南美分会的武器支持。临行前，那个雷厉风行的犰狳会长要白楚年回国后代她向言会长问好。

　　白楚年此次金斯敦之行的第一任务是暗杀叛逃狙击手。

　　在白楚年意外被高温偷袭，随后兰波又险些被国际监狱逮捕的那段日子里，言会长趁此机会将联盟从上到下做了一番大清洗，在排查行动中联盟防暴组高层有一位狙击手突然失踪，经过搜查取证，确定这位名叫瑞拉弗的狙击手已经叛逃，现加入雇佣兵组织。

　　白楚年拿到的第一任务是找到并处决瑞拉弗，二期任务才是调查加勒比海沿岸的章鱼实验体。

　　白楚年在地上蹲了好一会儿，慢慢站起来，走到瑞拉弗面前，用指间燃着的烟蒂挑起他的下巴。

　　"我没耐心再问下去了，把盗走的情报还回来，你就解脱了。"白楚年微垂眼眸，在黑暗中淡笑着凝视他。

　　烟蒂在皮肤上发出烧焦的轻微嘶声，瑞拉弗狠狠瞪着布满血丝的眼睛，他的喉咙嘶哑，艰难地说："你真的不是人类，他们说得没错，你像个定时炸弹。"

　　"啊，是谁这么说的？"白楚年又点燃了一根烟，靠在手边的集装箱上轻轻吐气。他换了来时的伪装，还是黑背心、迷彩工装裤和作战靴的搭配最干练、方便。

　　"你们永远不可能成为人类。"他沉重疯狂地嘶吼，"愚昧的会长被你们这些成精的实验体洗了脑……不光让你进入高层，还想在国际会议上为实验体争取人权，他早就不再是值得我们效忠的人了，你以为联盟里只有我这么想吗？我只是做了别人不敢做的事罢了。"

"怪物。"他咆哮道。

白楚年指尖颤了一下，炽热的烟灰落在手背上。

会长的做法对联盟其他成员而言无疑是疯狂而危险的，但很矛盾，白楚年心头发起闷来。

"你快多说几句吧，反正这也是你在世上最后的遗言了，浪费在骂我上真是一点不值得。"白楚年和蔼地搭上他的肩膀，"瑞拉弗。"

面前悬挂的这副身体一瞬间被空间挤压消失，一颗血红色的玻璃球落在白楚年掌心，白楚年捏起来，在衣服上蹭了蹭，对着月亮观察了一下，玻璃球像琥珀那样包裹着一个 U 盘的残骸。

"原来藏在肠子里。"白楚年自言自语，然后随手将玻璃球扔进了裤兜里。

"目标确定死亡，情报销毁，一期任务已完成。"白楚年联络总部，"请求立即开始二期任务。"

言逸回应："批准。"

联盟技术部接入联络："监测设备已启动，水下无人机操作权限转让。"

白楚年拿出背包里的终端，检查摄像功能和移动功能，显示启动通道从黄色变为绿色。

来自联盟技术部的消息："成功转让权限，开始巡航加勒比海沿岸，垂直深度一千米范围。"

白楚年手中端着微型电脑，背上背包，飞快地离开了港口，乘南美分会特工安排的邮轮顺着航线航行。

人鱼巢穴所在的位置，刚好就在垂直水深一千米范围内。

人鱼族群每隔百年环球迁徙一次，所过之处的生物得到滋养，快速生长，死亡的珊瑚会重生，濒亡的鱼类得以繁殖，海洋每隔百年会因此得到一次生命的喘息。

七十年前，兰波带领族群完成了一次环球大迁徙，他对路线已经很熟悉了，但没想到会在回程的路上遇到洋中脊火山爆发。为了给族群逃亡争取时间，兰波不得不爬进海缝用身体冷却熔岩，因为重伤被迫开启自我保护机制，利用伴生能力[1]将烧得残破的身体蜷成球滚进海沟里，足足养了七十年伤才重新苏醒。

在这段时间里，新首领享受着兰波用牺牲换来的繁荣，在旧首领的荫蔽下，明目张胆地粉墨登场。

海中屹立着一座奇特的岛屿，这座岛屿中心只有一块不大的礁石，但每艘驶入这片海域的航船都会迷失方向，最终在这里触礁沉没，几个世纪的沉船在这里积攒，成为一座幽灵船岛，这里正是人鱼族群世代相传的巢穴。其中，一座豪华且巨大的法国邮轮悬浮在海中，船舱破出一个巨大的窟窿，长满水草和珊瑚，大量发出绿色荧光的水母在这里游动，散发着一股毛骨悚然的恐怖气息。

人鱼族群的新首领是个大白鲨人形体，将海底成片的白化死亡珊瑚雕刻成地毯，坐在由死亡珊瑚雕刻的王座中，轻轻晃动粗糙的鱼尾，身边聚满了鲨鱼人形体。

两个青鲨人形体跪在白化的珊瑚上，将水母中会发光的物质用特有的方式提取出来，轻轻涂抹在王的鱼尾上。

这样白鲨的鱼尾看起来也像兰波一样，幽幽地散发着绿光。

"Siren（塞壬）回来了。"低头跪在白鲨鱼尾边的那个青鲨柔声向王禀报，掩着嘴轻笑了一声，"他身上缠了不少人类的绷带——为了挡住被放逐的疤痕，看着真可怜。"

人鱼语幽静神秘，在海中听起来更显空灵，被沉船和成千上万的骸骨一衬便恐怖起来。

白鲨搓了搓王座上的珍珠："他不是被搞科研的那群人打捞上去了吗？

---

1. 伴生能力：有可能伴随亚化能力一起产生的被动性能力，一般为没有攻击性的辅助能力。

还是我亲自送了他最后一程，就算没被做成药丸，总也要被人类当奴隶玩过了吧，陆地上的野兽们都喜欢这么玩。"

给王涂抹发光液体的青鲨点点头："您说得是，他大概脑子被弄坏了吧，居然不知道躲远一点，还敢回来挑衅您。

"可是，有一半的人鱼都跑去迎接 Siren 了。听说之前背叛 Siren 投靠您的金目鲷又倒戈了，一听说 Siren 回来，屁颠屁颠地去岸上接，被撕成碎块了。"青鲨亚体笑得尾巴直颤。

另一个青鲨亚体煽风点火地说："等把 Siren 干掉，您把他的肉分给我们吃吧，说不定可以活得更久一点。

"我们把 Siren 赐福的婴儿都杀了，您说他还回来个什么劲啊，除了那些迟钝懦弱的老人鱼，现在族群里年轻力壮的谁知道他是谁啊，自取其辱。"

"嗯……有的家伙就是自不量力。"白鲨注视着深海黑暗的远方，一个蓝色光点逐渐靠近。

白鲨从王座中起身，朝着蓝光迎了上去，没想到他是独自来的。

兰波在深海中犹如游荡的太阳，明亮的蓝色电光为海底带来久违的光明，薄纱般的鳍星光闪烁，在水中舞动，身后跟着成千上万的蓝光水母，将黑夜映为白昼。

兰波在他面前停了下来，浮在比白鲨稍高的位置俯视他。

"Skylla。"兰波叫了他的名字。

他浑身散发柔光降临深海，水母萦绕在他周身，相比之下，尾巴上涂满绿色黏液来冒充发光体的白鲨人鱼，便显出有些相形见绌的窘迫来。

"Siren，"白鲨人鱼笑起来，三排锋利的尖牙闪过寒光，"回来找我报仇了？七十年都没能养好的伤，被人钓上岸三年就恢复了？那说明岸上才适合你。"

兰波一直沉默着。

白鲨人鱼失去了耐心，心里莫名暴躁："你怎么不说话？"

兰波看了一眼手臂上刻的台词，才想起来要说什么。

Accelerant 促进剂的药效早就过了，兰波的成长阶段退回了培育期，培育期的大脑思考能力和逻辑能力很差，虽然说人鱼语很流畅，但思考速度会变慢。

所以在退回培育期之前，兰波一笔一画把所有重要的事情全用贝壳碎片刻在了手臂上，并且用沙粒填满，防止伤口愈合。

"打败反叛者。"

"打扫王宫。"

"白楚年。"

手臂上记着这样三句话，除了"白楚年"这三个字之外，都是用人鱼族特有的文字刻的，兰波很轻易地认出了那些人鱼文字，但最后三个字是什么，兰波想了半天也不认得。

"……小猫咪。"兰波默默地在心里念叨。

他在白鲨人鱼面前发了很久的呆，在脑子里梳理了半天这些事情的逻辑。

但在白鲨人鱼的视角，情况则完全不同了——被驱逐的前首领此时威严地停留在面前，一言不发，冷漠地注视着他。

白鲨人鱼心里越发焦躁，甚至掺杂了一丝恐惧。

白鲨人鱼上任后，首先将族群的管理者全部换成肉食鱼类人形体。他们对兰波在任时偶尔会吃海底塑料和渔网线绳这种东西嗤之以鼻，自从上任后，他命令所有人鱼都不准再吃沉在海里的垃圾，全部改吃肉。

可以吃腐尸，也可以吃人类，为所欲为。

所以，大部分肉食鱼人形体都极为拥护新首领。

随着白鲨人鱼一声令下，身后的人鱼一起朝兰波冲了过去。他们中鲨鱼居多，每条人鱼都拥有尖锐如刃的排牙和粗糙锋利的鱼尾，他们疯狂撕咬兰波，和三年前驱逐他一样，利爪在他脊背上留下不可磨灭的耻辱痕迹。

海水被兰波的血染红，兰波身上的鳞片和血肉被凶猛的人鱼们撕扯下来，浓重的血腥味覆盖了这一片海域。

白鲨坐回王座中托腮看着这场好戏，嗤笑道："和以前一样弱，再怎么说也不过是个蝠鲼人形体。"

"把他的细尾巴截下来，我要绑在我的王座上。"白鲨说。

血雾渐渐散去，兰波仍旧浮在水中，无动于衷地注视着他。

兰波身上被扯下的血肉快速生长，露出的鱼骨被筋脉和血管重新覆盖，被撕碎的鱼鳍光洁如初。

白鲨惊诧地瞪大眼睛。

人鱼首领固然强势，但以这些人鱼井底之蛙的短视目光，又怎么会知道，这个世界上还存在特种作战实验体这种强悍的改造。即使仅在培育期，特种作战实验体的自愈能力也非常强大。

人鱼们发现，他们已经无法像从前那样在他身上留下任何侮辱的痕迹了。

兰波攥了攥恢复如初的手，淡淡地问："是不是该我了？"

白鲨注视他的目光冷下来。他从王座中起身，朝兰波游过去。

兰波双手甲鞘伸出黑蓝色锐甲，迅猛地在白鲨胸前划出一道弧线，但他的皮肤并未受伤，仅在绷紧的表面留下了一道浅淡的痕迹。

白鲨亚化细胞团 J1 亚化能力"鳞盾"：全身细密鳞片盾化，刀刃无法撕开。

在海洋中，几乎所有凶猛的鱼类都只能靠牙齿撕咬，白鲨亚体仅靠 J1 亚化能力就能在整个海洋中立于不败之地。

实验体的大脑里都被人工植入过战斗程序，兰波也不例外。他直冲浅海，又深扎下来，细长的鱼尾缠住白鲨的身体，一拳猛击在白鲨人鱼胸骨前，鱼尾向后甩，将他的身体狠狠撞在海底的礁石上。

细微的骨骼断裂声被水流隐藏，白鲨痛苦地闷哼了一声，鱼尾用力一荡，搅动的气泡唤醒了藏在沉船中的大群乌贼，乌贼疯狂喷墨，将周围海域染得一片乌黑。

世代相传的生存法则固然有它的道理，光芒闪烁的鱼在深海劣势很明显。

在一片乌黑中，兰波蓄满电光的鱼尾异常明显，而白鲨的身形却完美地隐藏在了黑暗中。

白鲨的鱼尾具有强壮有力的尾鳍，游动的速度很快，鱼尾背面生有锋利如刀的背鳍，在深海中映着暗光。

兰波迷失在黑暗中，突然背后剧痛，一道血口撕裂了他的脊背，上身缠绕的绷带被白鲨锋利的背鳍割断，纷纷缓慢地落至水底。

兰波身上的绷带渐渐脱落，露出斑驳的脊背，脊背上象征放逐的鬼脸疤痕狰狞可怖，此时又被白鲨撕开了一道深长的伤口，血液大量散入水中。

兰波的视线被遮挡，于是向后退，绕开这片被墨汁染黑的区域，背后被撕开的伤口以肉眼可见的速度在愈合。

大群鲨鱼嗅着血腥游来，环绕在两条人鱼之外，彻底将兰波的后路堵死。饥饿了几个月的鲨鱼在白鲨亚体的命令下朝兰波冲撞撕咬，粗糙锋利的皮肤在兰波身上擦出道道血痕。

白鲨并没有给兰波喘息的时间，立即启用了 M2 亚化能力"喋血"，周围血腥浓度每升高 1%，全身属性则提升 1%，最高提升 300%。

白鲨人鱼的亚化细胞团早已达到 M2 分化，是这群人鱼中的佼佼者，人鱼族群中亚体分化速度快，肉食类人鱼性格更加好斗，也更擅长缠斗。

他比兰波更早达到二阶分化，在兰波继任首领之前。

海水中漫延着兰波的血，血腥使白鲨人鱼更兴奋。

白鲨的力量和速度在血腥的增幅下暴涨，狠狠将兰波压在身下，利爪扣住兰波的脖颈，两人撞在死亡珊瑚中，激起大片雪白的沙雾。

"是我对族人说你在火山爆发时逃跑，说你背叛了我们，但这不过是把你赶走的理由罢了，我明明能杀你，但我没有。"

"鳞片发光不过是种变异啊！"白鲨居高临下疯狂地盯着兰波的眼睛，"我也见过那些向我讨要你的人类，他们告诉我，鳞片发光只是一种变异，世界上每个族群都会有，你没有什么特殊之处，我应该打破这种狗屁规矩，我来当王。"

"我把你扔进他们的网，因为不想让你再回来了。"白鲨咬着尖牙质问他，"他们带着钢叉、鱼雷来的时候，只有我能抵挡，你行吗？"

兰波抚着青筋暴起的手，无神的蓝眼注视着白鲨。

他身下所躺的这一片白化珊瑚渐渐有了颜色，像从中心绽放的花海，一株金色海葵在兰波脸颊边缓缓盛开。

"bigi war milayer, boliea nowa。（人是为战争而生的，人鱼不是。）"

一个与海水温度相同的坚硬细管抵住了白鲨的腹部，突然有什么东西从脆弱的腹部猛地穿透，炽热又冷漠。

白鲨捂住被洞穿的小腹，浓烈的鲜血从伤口中涌出，他从兰波身上被掀翻，退开一段距离用鱼尾保持平衡。

兰波手中握着一把透明水化钢沙漠之鹰。

白鲨的眼神从惊诧变得愤怒。

白鲨捂着汩汩流血的小腹再次朝兰波冲过来，如果仅仅权衡 J1 和 M2 亚化能力，白鲨的两种亚化能力都适合贴身肉搏，而兰波的两种亚化能力都需要时间蓄电，在近战中必然处于劣势。

但兰波拥有伴生能力"水化钢"，起初他只能利用水化钢组成他所见过的沉船中的刀或者叉，一直以来，这个伴生能力表现平平，而现在，他脑海中植入了大量武器的精密图纸，大大提高了他的战斗力。

白鲨在海中盘旋，将目标对准了兰波后颈的亚化细胞团，由上而下俯冲，即将把兰波一击毙命。

忽然，他在水中骤停，在距离兰波尚有一段距离的位置戛然而止。

兰波手中的沙漠之鹰散开，海水汇聚成一架 M134 加特林机枪，他单手提着透明机枪，枪口顶着白鲨的胸。

"这种东西无论是谁都抵挡不了，Skylla。"兰波说，"你明白吗？"

白鲨缓缓闭上眼睛。

透明机枪重新化成水流，从兰波手中流逝，一把透明短匕首落在兰波掌心，兰波将刀刃捅进白鲨胸口的弹孔里，用力一搅一扯，顿时一片海域中满布着白鲨的血肉。

鲨鱼们争抢吞食落在水中的碎肉块，但躲在王座后瑟瑟发抖的那群鲨鱼亚体恐惧地看着兰波缓缓朝他们游过来。

他们跪下来，亲吻兰波的尾尖以示忠诚。

"把这里打扫干净。"兰波看着手臂上刻的文字说。

色彩绚丽的人鱼成群游来，静静地停在沉船远处，战战兢兢地望着兰波。水中的血腥还没散去，碎肉像下雨一样落入海底，上百条鲨鱼在这里争抢食物，衬得兰波像个暴君。

躲在远处的人鱼群中挤出来一个摇摇晃晃的小婴儿，扭着金色鱼尾慢吞吞地朝兰波游过来，把自己襁褓上挂的水母须和贝壳、海螺挂在兰波头上。

兰波伸开手，小婴儿高兴地扭过来，钻进他怀里，吸着手指摇着自己的小尾巴。

他的母亲躲在礁石后边，有些犹豫地游了出来，首先跪在兰波身边，亲吻了他的尾尖。

兰波把怀里的小婴儿还给他的母亲，游回王座，单手支着头坐下。

王座上的珊瑚从灰白逐渐变得鲜红，一圈重生的金色海葵如同王座上华贵的流苏，镶嵌在靠背上的珍珠贝重新张开缝隙，露出肉中含的璀璨明珠。

大群人鱼从礁石后游出来，围到兰波身边，跪下来亲吻他的尾巴。虽然他们的畏惧大于尊敬，但兰波一点都不在乎。

兰波游离王座，在海底徘徊，低着头在海床上寻找，一条一条捡起之前被截断的绷带，试着贴回后背，想挡住难看的疤痕，但绷带碎得太厉害了，他一直没能成功。

他沮丧地在沙子里坐了一会儿，看了看手臂上的备忘录，还是得先做正事才好。

他在第一项后边用指甲打了一个钩，第二项是个大工程。

整个沉船区都是人鱼聚居的群落，现在这里脏污不堪，人鱼们忙着打扫海底，兰波则拖着一块非常大的砗磲，游到海面附近的一艘沉船中。

浆果色的美丽砗磲足有三米来宽，是这片海域里最大的一个了，兰波拖着它非常吃力，用背部顶着它的壳把它搬进了沉船中。

这艘沉船只有一半在海平面之下，另一半露在海上，是整个沉船区处在最上方的豪华邮轮。

兰波把砗磲挪到一个合适的位置，把砗磲斜放在一个窟窿里，一半浸泡在水中，另一半则暴露在干燥的空气中。

他随手抓住一只蓝光水母，拧了拧，当成抹布擦净砗磲壳内的脏污，再电镀上一层瑰丽的色泽。

他又游到海底，搬上来大块的海绵，放进砗磲壳子里，认真铺平，然后又游走，在海草中挑选了一种手感最顺滑、不发黏的宽海草，轻轻铺在砗磲里的海绵上。

兰波躺上去试了试，皱了皱眉表示不满意，于是掀开重新铺了一遍。

他捡来一些亮丽的贝壳和海螺镶嵌在砗磲边缘，再抓几只蓝光水母塞进去，当作挂在床头的夜灯。

寝殿里还有一点空旷，兰波又游走了，抱回来一个巨大的海螺壳，他拧干水母，把里面擦干净，摆在床边当小柜子，海螺里面可以放一些零食。

柜子上面还缺点东西。

兰波钻进沉船里，从船舱中的水手尸骸中拣出一个形状比较圆的、美观的颅骨，坐在碎礁床上用贝壳专注打磨，把骷髅头整体打磨光亮，再把水母里的发光物质蹭上去，然后把骷髅头安在海螺上，抓了一条拇指大小的红色小鱼放进里面养着。

光装饰寝殿就耗费了两天的时间，更别说还有一整片的沉船区和珊瑚花园需要一一打理，兰波费神得很。

有两条人鱼游到寝殿附近，轻轻敲了敲沉船的外壁，向王禀报："Siren, boliea klafer。（塞壬，我们有新发现。）"

他们共同端着一个做成了鱼形的、外壁布满传感器的、带有螺旋桨的奇怪小机器游过来，交给兰波。

兰波对人类的物品已经很熟悉，他知道这是一架水下无人机，但不管是原理还是功能，他都不太清楚。

兰波触碰它时手指中的微弱电流传导进去，他把机器举起来晃了晃，对着阳光观察了一会儿，刚想放进嘴里，机器突然发出了电流音。

"兰波，你听得到吗？"

声音再熟悉不过，兰波惊讶地飞快坐起，尾巴尖一下子卷成心形摇晃起来："randi？（小猫咪？）"

他把机器倒过来晃了晃，然后在地上找 randi 有没有被倒出来。

白楚年这些日子一直在邮轮上度过，他放出了共一百架水下无人机侦测，其中有一架在经过某个区域时突然失控，白楚年这边的视野也变成了一片漆黑。

但一阵电流闪过，视野突然清晰了起来，摄像头正对着兰波的脸。

很久没见过兰波了，白楚年嗓子微微哽了一下，看他精神不错，也没有受伤。

"我在船上呢。"白楚年说，"要我去找你吗？"

兰波点点头，把机器举起来给白楚年看自己为他准备的寝宫。

"给 randi 的，睡觉床。"

直径直逼吉尼斯纪录的砗磲旁边，放着隐现鬼焰火的骷髅头鱼缸，整体散发着幽蓝荧光，兰波抱着无人机游远了些，给白楚年看王宫的全貌。

庞大的沉船区积攒了几个世纪的豪华邮轮，仿佛一座建在幽灵岛上壮阔的世纪博物馆。

白楚年哽在喉头的伤感噎了回去。

第二章

海妖传说

"你现在的位置在哪儿？"白楚年通过扬声器问，"我过去找你。"

无人机的信号时强时弱，兰波的声音被嘈杂的电流音覆盖，图像一直卡顿，最后索性黑了屏，白楚年坐在侦测终端前不耐烦地敲手心。

白楚年扔下失灵的设备，到甲板上透了透气。

天色渐渐暗了，海面风平浪静，渐渐有白雾笼罩了邮轮。

这艘船是 IOA 南美分会安排给白楚年搭乘的，船上有几位身担秘密任务的 IOA 分会特工，混在假扮成商人的便衣里，舱内运了不少肉罐头当作掩护，白楚年只是搭个顺风船。

有位哈瓦那的同行站在甲板上，举着望远镜向西方看，白楚年走过去，撑着栏杆站在他旁边吹风。

同行古铜色的脸庞嵌着一双黑亮的眼睛，他英语很流利，放下望远镜与白楚年打了声招呼：

"兄弟，我们要有麻烦了。"

白楚年耸耸肩："为什么？"

"这片海域是人鱼的地盘。"同行说，"和希腊神话里说的一样，这种海妖会蛊惑人类，把路过的船只骗过去，然后杀掉水手当食物。"

"那我们为什么还要走这条路？"虽然这正合白楚年的心意，但他还是想知道挑战未知对他们来说有什么意义。

同行笑起来："我真的很想看看活的人鱼。船上有不少特工，也有足够的武器。"

"越是有能力的人，越有可能死在好奇的路上。"白楚年觉得这句话说得十分有道理。

"这么多年来，没有人见过人鱼的巢穴。据说这片海域时常有邮轮和货轮离奇消失，人鱼岛是个比百慕大三角区更神秘恐怖的地方，所有电子设备都将在那里失控。"那位同行说，"我爷爷侥幸在人鱼岛附近死里逃生过，他给我讲过他的故事，他说人鱼岛的确存在，不过他也没能进去。"

白楚年点了点头。

从兰波给他展示的景象来看，他所住的地方是一片面积巨大的沉船区，不亚于一座海岛，但却连卫星都侦测不到它的位置，它的存在至今是个谜。

同行从兜里拿出两副耳塞，递给白楚年一副："预防万一，要吗？"

白楚年接了过来。

轮船在浓雾中缓缓航行，雾气越来越大，船上的人面对面都难以看清对方，整个世界变成了一片白色。

但总有一些好奇心重的人想要跑上来，看看热闹。

白楚年没有戴耳塞。他相信传说，但不相信传说里的海妖指的是兰波。他太了解兰波了，培育期的兰波就是一个只会吃点塑料垃圾的憨憨。

浓雾深处传来了一声悠远的长鸣。

船上的人们也都听见了，纷纷朝自己听到声音的方向跑过去，但往哪个方向跑的都有，每个人都认为自己才是对的。

有人说只是鲸鱼在叫，也有人说是人鱼的叫声。

白楚年知道这个熟悉的嗓音来自谁。

身边的人把他从神游中晃醒："嘿，兄弟，快把耳塞戴上，你快要被海妖钓上钩了。"

"我愿意，快把我钓走吧。"

那个人怎么都劝不动他，认定他是中了人鱼的邪，于是退开几步，离他远点。

迷幻的长鸣从各个方向此起彼伏，渐渐地交织成曲调，一个空灵的嗓音在迷雾中吟唱，绵长温柔，但却听不出是男人还是女人。或者这是许多不同的嗓音混合而成的歌声，唱诗般的迷人咒语在每个人的脑海中回荡。

甲板上有人失魂落魄地跪在地上，有人在狂笑，有人在痛哭，有人双眼失神，在甲板上行尸走肉般徘徊。

白楚年感到好像有一双手在抚摸他的头发，很轻，很温柔，他摸了一下脸，眼眶莫名蓄满了湿润的泪水。

船上的自动导航装置失灵，怎么都不能重启，老式指南针也在胡乱转圈，他们的船彻底失去了方向，在无际的海面上漂来荡去。

他们的船像被一股奇异的力量操纵，在自动朝着蛊惑歌声的方向航行。

浓雾中，飞鸟的影子在空中盘旋。

一只巨大的鸟落在了他们的桅杆上。人们的视线纷纷被他吸引过来——却见一个人形生物悠闲地坐在他们的桅杆上，他的背后生有一对布满鳞片的鳍翼，身材凹凸有致，双腿被鳞片和尾鳍包裹，魅惑的眼神在甲板上扫视，生有透明蹼的手爪尖轻描红唇，朝人们抛去一个飞吻。

天空中盘旋着无数相似的美艳飞鸟，颜色各异，鳞片映着暗光。

白楚年怔怔地站在甲板上，他所面对的方向的浓雾中首先出现了一个巨大的尖角轮廓，若隐若现的轮廓上似乎有人在上面坐着。

航船不受控制地靠近那座岛屿，岛屿的轮廓也越来越清晰。白楚年所看见的尖角是一艘插在海里的沉船，一半船舱拱出海面。

那艘沉船在迷雾中散发着蓝色幽光，不仅是船，船触礁的那座礁石岛屿也如同飘舞的幽灵般闪烁着蓝光。

成百上千拥有各色鱼尾的人鱼坐在甲板上吟唱，轻盈跃入海中，朝他们的船游过来，在周围的海面高高跃起，再俯冲入水。

一条金发人鱼坐在幽灵船上朝他招手，半透明的蓝色鱼尾闪烁着星光。

白楚年站在轮船甲板上，好像与兰波隔着一个不同的世界。

他们的船突然擦过一块礁石，发出一声刺耳的巨响，甲板疯狂晃动，就在他们的船也即将成为沉船区的一件展示品时，船的速度慢了下来。

白楚年扶着栏杆向水面望去，水底的人鱼们将航向推离了岛屿，那些长有翅膀的人鱼用脚爪攥着海带将他们的螺旋桨逼停。

人鱼们喷起水柱，在两艘船之间架起一道由水撑起的阶梯。

兰波举起细长的尾巴，在空中卷成心形，心形中间，仿佛一个通电的蓝色接机灯牌。

白楚年醒过神来，船上的人都晕了过去，在甲板上横七竖八地躺了一地，现在这个情况就显得还站在甲板上的那个塞着耳塞的哥们很不合群。哈瓦那小伙愣愣地望着白楚年："他们在欢迎我们？"

白楚年趁他发愣，从他后颈劈了一下，这位不明真相的倒霉小伙也倒了下去。

"没你事，人家在欢迎我呢。"

水柱阶梯连通两座航船，白楚年的船要比兰波所在的那艘半边沉没的豪华邮轮低十几米，透明的水梯台阶从他脚下一直通往兰波身边。

兰波轻身一跃，钻进水撑起的阶梯中，游向白楚年，低声问："randi mebolu jeo？（小猫咪想我了吗？）"

"不行，我得缓一会儿。"白楚年单手托着兰波，另一只手捂住心脏，"一时半会儿接受不了。我以为你是个村长，没想到你是个总统。"

"en？（嗯？）"

"没什么，我……草民不知道该往哪儿落脚了。"

兰波拍拍他的头："乖乖。"

"我该叫你什么？"白楚年有点紧张，在甲板上走来走去，"Siren，这是你本来的名字吧？"

"兰波，喜欢兰波。"

他看着白楚年。

白楚年单手托着他走上水撑起的阶梯，往那座壮阔美丽的幽灵岛走去——他还没见过兰波的家。

他们刚踏上透明阶梯，就有人鱼爬到甲板上，饥饿贪婪地看着满地昏倒的人类，涎水淌到了甲板上。

兰波在白楚年看不见的方向静静地朝他们板起冷肃的面孔，无声地威胁道："nowa gurayi。（不许吃。）"

人鱼们忌惮王的威严，悻悻地缩回水里，将航船朝远离人鱼岛的方向推走了。

水撑起的阶梯看起来形状特别规则，既然做成了这个形状，白楚年就下意识地认为这个阶梯是可以走上去的，没想到一脚踏空掉进了水里。

不过他没有下沉，一个一人高的气泡包裹住他，水被隔在气泡外。白楚年站了起来，试着把手伸到气泡外，气泡也没有破裂，他可以摸到气泡外的海水。

兰波趴在气泡外，看着他笑。

兰波游到白楚年身后，推着他向深海走去，一路上遇见的人鱼纷纷向他们躬身行礼。

白楚年回头问："他们在向你致敬？"

兰波眨眼，没说是，也没说不是。

他们进入水下二百米的黄昏区，白楚年没有感觉到任何压力和呼吸困难，像在陆地上一样，甚至氧气更加新鲜。

处于这个深度的鱼类非常多，鱼群从他身边飞快游过，像一整群大黄蜂一样密密麻麻地游走，成群的鲱鱼在他脚底下飞速徘徊。

白楚年蹲下来，专注地盯着水里的鱼，突然伸手抓了一条上来，攥着挣扎的鲱鱼贴到鼻子底下闻了闻。

兰波："要吃吗？"

白楚年："不，我就闻闻这鱼做成罐头之前是不是臭的。"

路上遇到了两条怀孕的人鱼在黄昏区散步，都挺着大肚子，白楚年不往那边靠近，但兰波完全不介意，推着白楚年游过去。

两条怀孕的人鱼吃力地躬身行礼。

兰波轻声说："blasyi kimo。（保佑／祝福／恩赐你们。）"蓝光水母随着兰波的手化成闪光的碎星，落在两条人鱼亚体头上。

两条人鱼惊诧地低下头："mit。（非常感谢！）"

白楚年不明所以，蹲在水泡里看热闹。

他们一路上经常会遇到不同的人鱼，怀孕的人鱼很多。每次遇到怀宝宝的人鱼，兰波总要停下来，为其放一只蓝光水母，然后送上祝福。

遇到抱着小婴儿的人鱼，兰波就会把他们怀里的宝宝抱过来，给白楚年抱抱。

长着鱼尾巴的小宝宝是很小、很软的一团，白楚年两只手就能把他捧在掌心里。

"别给我啊，太小了，我别把他烫坏了啊，快快快，你接住他。"白楚年从来没碰过小孩，拿惯了枪的手有点粗糙，力气也很大，恐怕给小宝贝捏坏了，赶紧还了回去。

兰波眉头微微皱起，眼神担忧地轻声问："nowa？（不喜欢？）"

他慢吞吞地游回去，把小婴儿还给了他的母亲，手抚在小人鱼的头上，沮丧地给了他一只小一点的水母。

兰波抱着小婴儿游走了，白楚年盘腿坐在气泡里看着他背上的鬼脸疤痕出神，虽然来之前做好了心理准备，但真正看到时还是触目惊心。

从白楚年见到他的时候起，他上半身就严严实实地包裹着医用绷带，他身上每一处都那么完美无瑕，白楚年不会介意他后背布满的斑驳痕迹吧？

兰波把人鱼宝宝送回了他母亲怀里，回头忽然发现白楚年正盯着自己的后背出神。

这几天忙着收拾王宫，兰波把疤痕这件事忘在了脑后。想到此，他忽然心里一惊，从珊瑚边拔起一片宽海草披在肩上，遮住后背，默默游回来，推着白楚年向更深处走去。

白楚年把他背上黏糊的海草掀开，兰波按住他不让掀，举起手遮住他的眼睛："兰波丑陋的、可怕的。"

"瞎说，兰波漂亮的、可爱的。"白楚年拿开他的手，认真给他摘掉落在金发间的海草，"我几天不在，你怎么就过得这么糙呢，我在的时候你是小公主，我不在的时候你是老爷们。"说罢白楚年把吸在他尾巴上的几个紫金小海螺和七彩海星一个个揪掉，扔进水里，嘴里念叨："去，少来占别人便宜。"

兰波看着自己特意翻了几个深海沟才打扮到身上的漂亮挂饰被扔了，有点可惜，于是捞回来给白楚年塞兜里，预备等会儿上岸烤着吃。

真正的海底不知要比陆地上的海洋公园壮观几万倍，越来越多白楚年未曾见过的鱼在身边游动。

与人类造出的强光照明不同，兰波身上散发的柔和微光照亮了周围数十米的黑暗。

这是与陆地截然不同的另一个世界，在气泡里，白楚年能够听见水中的声音：邈远的鲸音长鸣，海豚呼唤同伴的叫声，甚至能听到水母们的窃窃私语……突然，一条巨大的影子缓慢接近，足有三十米长的庞大身躯从他们身边经过。

第一次真实见到蓝鲸这样的海中巨兽，白楚年张着嘴张望了半天。老实说，确实挺可怕的，他迎面游过来时有种令人窒息的惊悚感。

他的身体太大了，像一座移动的岛屿，他好像根本没注意到他们，从边上过去了。

兰波不高兴了，快速把白楚年的气泡推到蓝鲸的眼睛前，放出几只水母，把白楚年整个人照得亮亮堂堂。

"hey，erbo！（嘿，老爷子！）"兰波抚着蓝鲸的大眼睛，指着白楚年给他看。

这头蓝鲸已经活了九千多年，是名副其实的老叟了。老爷子听说兰波把白楚年接来了，特地从大西洋最南边赶过来，就为了看白楚年一眼。

蓝鲸发出一声拖长的愉悦的音调，张开奇大无比的嘴，从细窄的嗓子里呕出一个箱子。

箱子从外形上看和电脑游戏里的宝箱差不多，不过已经上了年头，不知道是哪个世纪遗留下来的文物了，上边刻着海盗的标志。沉重的箱子缓缓沉落，下坠的过程中盖子掀开了。

成块的黄金、剔透的高冰帝王绿翡翠、不知道哪个朝代的完整瓷器、鲜艳的鸽血红宝石和大块木佐祖母绿裸石密密实实地塞满箱子，成串的碧玺和零散的三克拉钻石填满缝隙。

老爷子放下见面礼，缓缓转身游走了。

"……"白楚年扶着气泡站稳，愣愣地问兰波，"不会是给我的吧？"

兰波点点头，命令一群螃蟹把宝箱送上岸。

白楚年以为这已经是最高规格的欢迎仪式了，没想到这只是个开始。

兰波推着白楚年来到深海沟的一个漆黑洞穴外，敲了两下洞穴外的礁石。

白楚年跟着往里面探头看，突然，漆黑的洞穴里出现了一只巨大的金色眼睛，瞳孔是一条细线。

白楚年赶紧往后退了两步，原来这不是个洞穴，是一个巨大的海底动物闭着的眼睛。

那只金色眼睛盯着白楚年看了一会儿，慢慢从泪腺位置挤出一颗光彩照人的圆润夜明珠，过了一会儿又挤出一颗，直径大约五厘米，是那种真正会自体发光的夜明珠。

白楚年赶忙一颗颗捡起来，一边用衣摆兜着，一边说："不用不用，奶奶您太客气了，这么贵重的东西别给太多了，够了够了，一个就够一套房了。"

兰波才从远处的爪状礁石边回来，把奶奶手里攥了数百年的宝物吃力地拎过来，看见白楚年在地上捡夜明珠，惊讶地说："randi？ermo glarbo yineya ye.（小猫咪？奶奶只是激动得哭了而已。）"

把兰波的七大姑八大姨都见过一遍之后，白楚年收的礼物差不多能堆满一船了，成群的螃蟹和海龟在吭哧吭哧地往岸上扛箱子。

不知不觉他们在水下待了六个多小时，想着randi应该饿了，兰波推着他游向海面，顺路扛了两个大扇贝夹在胳膊底下，顶着白楚年浮出海面。

白楚年来时乘的轮船停在离岛屿十来米远的地方，甲板上的人们还晕着。人鱼岛永远有人鱼在唱歌，只要听到他们的歌声，人类就会失去清醒的意识，不过单个人鱼的歌声好像并没有这个作用。

白楚年翻进船舱里，把自己准备的东西搬下来——二十箱熟肉罐头、调味品、各种款式的上衣、成箱的不锈钢锅、打火机、电线、灯泡、单人灶、小天然气罐、突击步枪、霰弹枪和子弹等。

人鱼们聚在一起好奇地打量着这些见所未见的奇怪玩意，小心地伸出长蹼的手摸一下，再迅速缩回去。

"这么用。"白楚年坐在地上，把小天然气罐接到单人灶里，拧开，然后用打火机引燃。

火焰燃起的一瞬，人鱼们恐慌地尖叫着退开。

兰波趴在地上，扬起变红的尾巴骂他们大惊小怪，让他们快点滚回来。

白楚年把锅架到火上，倒水烧开，把兰波带上岸的超大扇贝切成块，下水焯熟，沥出来放回扇贝壳里备用；然后倒掉水，擦干锅底，倒油，切葱、姜、蒜下锅爆香，倒进调味料，煮成一锅浓稠的酱汁。

白楚年盘腿坐在地上，右手搭在膝头，左手拿着勺子慢慢搅和锅里的酱汁。

兰波趴在他边上，托着腮，尾巴悠闲地翘起来，在空中晃来晃去。

白楚年把熬好的酱汁淋在扇贝肉上，凉凉了才夹起一块给兰波。

兰波张开嘴接住，抿在嘴里，眼睛里泛起小星星，尾巴尖舒服地蜷起来。

其他人鱼淌着口水爬过来，但没有得到王的许可，他们只敢在一边看着，不敢靠近。

兰波不想跟别人分享 randi 做的饭，但白楚年把大贝壳朝他们推了推，示意他们一块儿吃："甭客气。"

人鱼们每人上来叼了一块爬走，岛上响起吧唧吧唧的声音。

他们都没吃过熟食，白楚年用特意进修过的做饭技术做的饭，对没吃过人类饭菜的人鱼来说，简直是天堂美味。

兰波看着被争抢见底的贝壳肉，抱着手臂转到一边。

"你天天吃我做的，还没吃够啊？"白楚年熄灭燃气灶，随便归置了一下地上的杂物，清出一片空地来。

"吃不够。"兰波转过头，"吃一千年也吃不够。"

白楚年从带来的药箱里拿出一卷医用绷带，细致地给兰波缠绕在身上，纱布一圈圈缠过兰波的身体，把他背后的伤痕遮盖起来。

在这些深重的疤痕上，有一道浅浅的痕迹，已经愈合了，看起来像新添的伤。

"你和别人打架了吗？"白楚年问。

兰波想起被自己撕碎的白鲨亚体，犹豫了一会儿，轻声回答："是他先伤害我的。"

"出气了吗？"

"en。（嗯。）"

"那就好，没出气的话，我再去帮你揍他一顿。"

兰波垂下眼皮，忍不住翘了翘唇角。

白楚年的手指偶尔蹭过兰波瘦削的脊椎骨，指尖的温度透过绷带印在背上，兰波的尾巴尖默默地挠地。

"原本是，不打算回来了，很失望。"兰波垂着眼睫说，"你让我改了主意。"

"族人有缺点，被骗，但我还爱，傻傻的他们。"

因为兰波，放置在身边的侦测仪器还可以正常运转，一百个水下无人机传来的侦测画面都在机器中显示，左下角的画面突然有个奇形怪状的异物一晃而过，白楚年用余光捕捉到了这一点细微的动静。

"809号实验体克拉肯一直在大西洋西部游荡，你见过他吗？看起来是一只庞大的章鱼，而且重量和体积一直在增加。"白楚年低声在兰波耳边说，"现在还不清楚他的目标，我们得小心点。"

兰波挑眉："没事，没有什么人，能在加勒比海挑战我。"

他们还在耳语，忽然有个尖尖的手指轻轻拉了两下白楚年的衣摆。

白楚年回头一看，那些人鱼抱着六七斤的鲍鱼、龙虾、扇贝、海螺爬过来，还有一群人鱼正背着海星、海参往岸上爬。

人鱼们像望着神明一样，用虔诚祈求的眼神看着白楚年，纷纷跪下来，双手高高托起那些海鲜，亲吻白楚年的鞋尖，请求他赐予迷人的食物。

白楚年："啊——？"

第三章

黑色矿石

兰波趴到地上，高高扬起尾巴，鱼尾变红，龇出尖牙恐吓："nowa，goon，plansy le。（不做，滚，东西留下。）"

白楚年坐在地上，回头看着一脸凶相的小鱼，握住他翘起来的鱼尾尖。

兰波脸颊热了热，鱼尾由红变蓝，尾尖在他掌心里害羞地蜷起来，缩回去了。

"去看，睡觉床。"兰波轻声说。

人鱼们目送着白楚年站起来，带着他们的王往寝宫方向走去，随后挤到一起窃窃私语：

"muya bigi。（英俊的男人。）"

"Quaun bulli Siren mimi。（他拽了塞壬的尾巴。）"

"Siren curel。（塞壬会发怒。）"

"Quaun al jiji mua jeo？（他会被吃掉吗？）"

"nowa。（不会。）"一条年长的人鱼望着寝宫的方向，意味深长地说，"Siren buligi，Siren milayer。（他身上有塞壬哺育的味道，是塞壬的孩子。）"

兰波布置的寝宫看上去要比监测录像中辉煌得多，四壁贴满白蝶贝，贝壳中的水母将整个卧室映满明亮的蓝光。

兰波坐在柔软的砗磲中，拍拍身边的空位，要白楚年也来躺躺。

床的设计很贴心，一半在水里，一半在空气中，白楚年坐在了干燥的那一边，打量四周细致的布置。

兰波为他介绍，他搜罗了海域内所有的白蝶贝和金色海螺当作寝宫的装饰。

白楚年看得出来这些东西有多贵重，光他坐的这个三米大的砗磲放到陆地上都算得上世界级的珍宝。

他看见床头摆了一个骷髅头，里面养了一条红色小鱼，骷髅头放在有水的那一边，极小的红鱼却只在它的眼眶之间游动，即使轻易就能游出去，它也不这么做，可能它就和陆地上人类养的宠物小狗差不多。

"你的耳洞？"兰波说，"我早就发现了，一直没说。"

"以前太伤心，就让它长合了。"白楚年抬手摸了一下耳垂。

兰波被这双黑漆漆的眼睛看得颤了颤，用安抚因子将他包裹起来，轻声哼了一段曲子。

他声带的构造和人类不同，可以发出奇特空幻的乐音，白楚年脑子里顿时一片空白，等他神志清醒时，左耳上多了一件首饰。

耳郭上的两个新孔还在流血，不过白楚年没有感觉到疼，兰波轻轻擦掉他耳郭上渗出的血丝。

"好美，这是什么？"白楚年看着水中倒影问。

似乎是用白蝶贝磨成的镂空骨架，中心镶嵌了一枚棱角不规则的黑色矿石，矿石在光线下是黑色的，拿到暗处会变为暗蓝色。

"我的肋骨和心脏。"

白楚年睁大眼睛，立即想从耳朵上拿下来，被兰波按住了。

这个时间，蚜虫岛还是下午，天气晴朗，特训生们在医疗室集合，等待一年一次的全身检查。

训练基地的孩子个个都是教官们的心肝宝贝，日常训练强度大，海岛又与世隔绝，他们的身体和心理都可能会出问题。

韩行谦坐在诊桌前，教官服外披着白大褂，听诊器挂在脖子上，时不时看一眼笔记本电脑，技术部说，白楚年一直没消息。

韩行谦太知道那家伙去干什么了，但他接下来的研究需要克拉肯的血液样本，于是他给技术部发邮件："催催那个昏头的人。"

陆言把体检单放到他诊桌上，坐在他面前，张开嘴。

"蛀牙，少吃甜食。"韩行谦说，说罢扫了一眼陆言体检单上的其他项目，"体脂率也太高了，肉兔。"

"啊？"陆言的兔耳朵竖起来。

韩行谦其实并不需要细致检查就可以感应出对方的身体状态，在体检单的一些项目后签上名字，递给陆言："下一位。"

毕揽星的各项指标和他的成绩单一样完美，简直找不出一点问题。

"哎呀，我怎么哪儿哪儿都有毛病。"陆言耷拉着耳朵，和毕揽星发牢骚。

下一位是萧驯，他面色如常，双手把体检单放到韩行谦面前，拘谨地坐在检查凳上，两只手平放在膝头。

韩行谦没有抬头，扫视他体检单的同时感应他的身体状况："心率好快。"

萧驯僵了一下。

体检单上，心理健康一栏签着萨摩耶医生的名字，心理状态：C级。

心理状态从优到差按 A 到 C 划分等级，C 级是最差的，但详细分析结果需要一天后才会整合完毕，仅从体检单上是看不出什么问题的。

韩行谦："怎么回事？"

"医生问了我几个问题，"萧驯声音不大，不过很清晰，他轻声回答，"我没答好，所以得了 C。"

"没关系，这不是考试。"韩行谦说，"嘴张开。"

萧驯听话地张开嘴。

随后，他脖颈忽然一紧，韩行谦骨节分明的手扣在了他的脖子上。

掌心的温度贴着脖颈的皮肤，萧驯绷紧后背，但没有反抗："什么？"

"看看甲状腺。"韩行谦轻描淡写地说。

萧驯："可是别人都不需要……"

韩行谦："别人的心理也没有像你这样差到 C 级。"

…………

萧驯有点犹豫："您是不是还想问一些问题……我检测到您情绪里有 55% 的疑惑、44% 的顾虑和 1% 的……"

韩行谦抬起眼皮，金丝眼镜后的目光稍显锋利："下一位。"

萧驯愣了一下，拿起体检单走了。

见萧驯的体检单也有一串问题，陆言开心多了，本着同病相怜的心情跑过去，拍了他肩膀一下。

萧驯脚步一顿，快步离开了。

陆言呆住，小声嘀咕。

毕揽星过来揉了揉他的脑袋："走吧。"

韩行谦将拳头放在唇边轻咳了一声，回到笔记本电脑前又催了白楚年一遍。

白楚年在柔软的砗磲里眯了一会儿，腰间的信号接收器振了一下，信号接收器与水下无人机的监测设备连接，接收器有反应就代表监测到了追踪细胞噬咬过的生命体。

"我在你这儿停留太久了。"白楚年拍了拍脸，努力让自己清醒，刚刚他全部的自制力都用来按捺耳朵和爪垫不要伸出来了。

"我还有任务，等我做完。"

兰波起身想跟他一起，但人鱼过来向他报告，说虎鲸群无故发生暴乱，需要王立刻过去阻止。

"回见。"白楚年淡笑着举起一只手。

"blasyi kimo。（保佑你。）"兰波与他掌心贴了贴，转身跃入水中，溅出的水泡变成水母一路跟随着他。

特训基地的训练有条不紊地进行着，昨日体检结果出来，报告单送到了韩行谦的办公室，被叫到名字的学员停止训练，过来听韩教官简单地讲解检查结果，对于有问题的学员会另外安排有针对性的治疗方案。

今天课程表上没有狙击课，狙击班的学生们集中在格斗教室训练。每个特训生在入学时会在教官考核后，选择一门最擅长的作为主修课，但其他课程也均须涉猎，尤其是战术和近战。

最让萧驯头疼的就是每周的格斗课，上完一整天，浑身被揍得又青又紫，爬都爬不起来。

格斗班的特训生会给其他班的学员当陪练，萧驯的陪练是陆言，虽说灵猩血统里应该有追兔子的优势，但萧驯想不明白平时看着又小又软乎的一只兔子怎么这么能打。

萧驯精疲力竭地倒在地上喘气，胸口急促地起伏，陆言安然无恙地趴在他身边，顺便偷个懒。

"你很强。"萧驯疲惫地说。

"因为我是格斗班的嘛。"陆言趴在地上伸了个懒腰，"每周上狙击课的时候，我也想撞墙，我老是算不明白角度，总被教官骂。"

"但是这儿太好了。"陆言托着脸，"在安菲亚军校，输给我的人总是不服气，说他们是在让着我，说是看在我爸爸的面子上不和我玩真的。"

"我没有让你，我不如你。"萧驯平静地坦白。

"你都进步挺多的了。这周实战考核，我们组队吧。"陆言别的不行，歪脑筋动得最快，"我已经摸清规律了，只要我们交每周最后一次理论作业的时候摞在一起，就很有可能排到一队。"

"嗯。"

毕揽星坐到他们身边："研究什么呢？带我一个。"

"不要。"陆言掰着指头数，"我们这周必灭你队。不然你太嚣张了，周周屠总分榜。"

毕揽星笑笑："赌点东西吗？"

"呀！你已经猖狂到这个地步了。"陆言想了半天，"我赢了，你就帮我们买一周的早饭，你要是能赢我们，就让你随便提个要求。"

"对吧？"陆言抬起手肘碰碰萧驯。

萧驯轻声答应："好。"

毕揽星温和笑道："嗯。"

他们刚刚敲定了赌注，格斗教官就接到了韩行谦的电话，让萧驯过去取他的体检结果。

萧驯擦了擦汗，离开教室前去更衣室洗了个澡，换了一件干净的特训服。

他站在韩教官办公室门外，手举起来轻轻搭在门上，抿着唇在犹豫。

里面却传来一声清晰的"进来"。

韩行谦穿着白大褂坐在诊桌后等他，他正在工作，目不转睛地盯着笔记本电脑屏幕，修长的手指飞快地打着字，顺手从抽屉里拿出萧驯的体检结果推给他说："你先自己看看，等我把这张单子打完。"

萧驯拘谨地坐在韩医生诊桌侧面的圆凳上，他微微垂着眼睛，不能自控地去探查韩医生的情绪。

平静70%，专注30%，可以概括为心如止水。

萧驯微微抬起眼眸，但不敢把视线抬得太高，只落在韩医生露出领口的喉结上，看着眼镜上挂的细链随着他敲回车的动作轻微摆动。

韩行谦把需要的研究设备发给技术部，等月底随着渡轮一块儿运过来。邮件发送完毕，他回头问："看完了吗？"

萧驯点头。

"其实大多数指标都没问题。"韩行谦拿口袋里的圆珠笔指着这些项目的检测数值给萧驯逐个说，"体脂率非常低，也可以适当吃一点热量相对高的食物。"

"胃部正常……"

"心理这块问题挺大的。"韩行谦靠着椅背，双手十指交叉搭在小腹上，姿态放松，没有给他任何压力，"一般学员最差的也只会到 B。"

韩行谦昨晚去了解过当时心理问询的情况，萨摩耶亚化细胞团的 J1 亚化能力是"诚实微笑"，当人与他对视时，只能回答真话。

萨摩耶医生一共问了他三个问题：第一，你的梦想是什么，萧驯回答，活着；第二，会让你快乐的事情是什么，萧驯回答，灵猩世家覆灭；第三，你未来最想完成的一件事是什么，萧驯回答，杀死兄长和父亲。

韩行谦没有复述这些问题，只是让他趴到检查床上，把裤子褪下来一点。

萧驯没有照做，睁着圆圆的黑眼珠，警惕地向后退了两步。

韩行谦挂上帘子，戴上医用手套和口罩，轻声催促："快一点，别耽搁后边学生的时间。"

萧驯咬着下唇，艰难地挪上检查床，趴下。

"把裤腰纽扣解开。"

萧驯深吸一口气，浑身僵硬地闭着眼睛不动。

韩行谦摘下手套，单手按住他的腰让他无法挣扎，另一只手解开他的纽扣，把裤腰向下翻了几折。

他的骨骼纤细，尤其收紧的腰部，与灵猩犬的身材有相似之处。

萧驯的尾椎延长，一条细细的狗尾巴紧紧夹在腿间，能看得出来他现在有多紧张。但本应笔直的尾巴骨骼畸形，骨节中间有几处明显的突起。

"你不能再穿这种裤子了，再穿尾巴会越来越畸形，也会越来越疼。"韩行谦说，"陆言他们也都把尾巴露在外边，这没什么不好意思的。"

弱亚体的生物特征不能自如收回，因为生物特征是亚化细胞团细胞增殖以承载溢出能量的表现，弱亚体的亚化细胞团小，只能依靠细胞增殖去承载等级升高带来的能量。

"我——习惯了。"萧驯的声音有些哽咽，"小时候大哥、二哥追着我踩，说要给我断尾，父亲从来不制止，只怪我转移兄长们学习的注意力。"

"没关系。"韩行谦戴上手套，"让他们来。如果灵猩世家有这个胆子的话。"

戴着橡胶手套的指尖触碰到了敏感的尾根，萧驯打了个寒战，身体忍不住发抖。

"很漂亮的尾巴，不过需要复位一下。"韩行谦说，"不用怕，很快。对了，为什么给自己起名叫萧珣？"

萧驯嗓音有点哆嗦："珣比驯好听。驯……太乖了。"

"是吗，珣珣？"

萧驯愣了愣，正当他走神时，突然尾巴的关节传来一声脆响，伴随着尖锐的剧痛，萧驯冷不防叫了出来，冷汗顿时湿了额头和后背。几近昏厥的剧痛中，他嗅到了一股安抚因子的温柔气味。

"好了。"韩行谦利索地摘掉手套，坐回诊桌后，抽出口袋里的圆珠笔，"回去休息两天就没事了。记得跟后勤换一条尾椎开口的裤子。"

萧驯整个脸都在烧，一半是疼的，另一半不好说。

他跌跌撞撞地从检查床上下来，系上纽扣想立刻逃出这间要命的诊室，却脚步虚浮，一点力气都没有，晕针似的眼前一黑，重心不稳倒了下去。

韩医生伸出一只手扶住了他，萧驯摔在了他小臂上，韩行谦轻声说："跑什么？"

韩医生锐利的气息把萧驯整个人都包裹住，萧驯比他矮半头，完全处在被掌控的劣势中。

韩行谦垂眼注视着怀里小狗滚烫的耳朵，低头淡淡地说："诊费，刷卡。"

他从萧驯裤兜里拿出饭卡，贴在读取器上。

"您好，本次共消费一百二十一元七角。"

下午的训练萧驯也没请假，在格斗教室学习，正过骨的尾巴卡在没有开口的裤子里很难受，他总是忍不住蹭两下。

小时候这是他最痛恨的部位，藏在裤子里免得给人看到，免得被踩，被拉扯，还要随时提防被恶作剧的大哥截断。

灰色的，细细的，好看吗？总觉得是安慰。

下午训练结束，特训生们在更衣室换衣服洗澡，萧驯躲在隔间里，把尾巴从拥挤的裤子里放出来松一松才舒服了些。

忽然，陆言从隔壁隔间探进来半个脑袋问："晚上吃啥？"

两人忽然沉默，气氛尴尬了十几秒，陆言看见了萧驯屁股后边慌忙藏起来的东西，"芜湖"[1]了一声。

他把自己带尾椎开口的裤子脱了，只剩下一条小裤衩，屁股后边的白色毛球晃来晃去，颠颠地钻进萧驯的隔间："我们换换，你先穿我的，我尾巴短不怕压。"

萧驯好不容易降下温度的脸又滚烫起来。

兰波在水中的速度极快，几分钟内就从水下接近了虎鲸群，十几头虎鲸正凶猛地攻击一艘人类商船，硕大的头颅撞得船只摇摇欲坠。

虎鲸感觉到了王的气息靠近，纷纷平静下来，给王让开了一个位置。

兰波在这些巨大的动物面前看起来纤细渺小，但凶猛的虎鲸却整齐地排开，头向下低，鱼尾上下摆动，以示对王的尊敬。

"nali？（发生了什么？／怎么了？）"兰波问。

虎鲸群的领头回答，船上有奇特的气味，他们很好奇，见船上没有武器，就想弄下来尝尝。

兰波嗅了嗅融入海水中的一丝气味，气味很熟悉，似乎是白兰地酒的味道，但又和运送酒的货船气味不同，里面掺和着血腥味。

1."芜湖"："呜呼"的谐音，相当于"啊""哎呀"。

兰波放电吸附在货船外壁，像蜥蜴般贴伏在铁壳上飞速向上爬行，趁着甲板上的船员注意力都集中在袭击船只的虎鲸群上时，兰波绕到他们背后，无声地潜入货舱察看情况。

货舱中温度计显示房间只有 4 摄氏度，和一个大型冷藏室差不多，其中堆放着标有序号的蓝色集装箱，集装箱四周都是完全封闭的。

兰波把耳朵贴在集装箱的铁质外壁上，里面似乎有呼吸声。

他的耳朵逐渐变尖，耳骨变形，生长成蓝色耳鳍，让听力更加集中。

隔着一层铁板，兰波听到了里面微弱的求救声。嗓音很熟悉，兰波还以为自己出现了幻听。

他小心翼翼地将身体贴在集装箱附近，黑蓝色的利爪伸出指尖，卡在集装箱的封箱螺丝上轻轻扭动，但螺丝拧得很紧，他花了很大的力气才卸下了一面铁板的三道棱。

兰波用尾巴缠住铁板的一端，用力拖着向外卷，铁板被卷开，血水哗地涌了出来，把地板淹没。接着，伴着融化的碎冰块，一具又一具血肉模糊的尸体滚到地上。

堆积如山的尸体中艰难地探出一只伤痕累累的手，一个人顶着一张血迹斑斑的脸被压在尸堆中，他还有呼吸，凭着求生的本能向外爬。

兰波瞪大眼睛盯着他，缓缓瘫坐在地上，指尖微微发抖。

"救我。"年轻人的视线已经十分模糊，看不出面前的生物长有一条鱼尾，只顾着循着兰波身上这股温柔的亚化因子[1]爬过去，痛苦地向他伸出手，"救我……"

兰波抬手想要牵住他，但却在指尖相碰的一瞬，年轻亚体失去了最后一丝力气，头朝下栽倒在地上。

"不，不。"兰波抓住了他，把他拽到怀里紧紧抱着安抚，"randi？wei？（小猫咪？为什么？）"

---

1. 亚化因子：物种与相关的基因讯息，带有气味。

但毫无作用，他的整条脊柱被手术刀切开后又缝合，伤口化脓严重，因感染而溃烂的伤口隐约露出森森白骨。

死在他怀里的人长着和白楚年一模一样的脸，同样的黑发和同样的黑眸，眼角翘起来，像一瓣桃花。

货船在热带洋流中漂浮，兰波却感到一股寒意从脊背冒了出来，他缓缓地抬起头，仰望面前的尸山——每一具尸体都穿着同样的一次性实验服，雪白的皮肤毫无血色，黑发被污血黏合打绺，身体布满缝合伤口，几乎每个人都严重感染，大部分已经死了，还有几个昏迷的也不过在苟延残喘。他们拥有一副同样的面貌，他们都和白楚年一模一样。

兰波有些慌张，把亚体放在地上，爬到第二个集装箱边，拧开螺丝，里面同样是死于反复缝合感染的尸体，无论是身形还是长相，都与白楚年毫无差异。

兰波呆呆地坐在地上，看着两手上沾染的血不知所措，他伸出舌头舔了舔，血液里浅淡的白兰地酒味让他突然失去了思考能力。

货舱中的动静引来了外边的水手，水手进来察看，忽然抬头，却见一条人鱼坐在集装箱最高处，鱼尾蓝光乍现。

兰波空洞的蓝眼中汇聚出一条细线，像毒蛇一般冰冷地俯视着他。

他突然俯冲下来，按住水手的脖颈，嗓音低沉蛊惑："你们在运送什么？"

水手受了惊吓，惊恐得连话都说不清，他说西班牙语："我们只负责送货，雇主让我们把货物运到海中央然后扔掉……我不知道，我什么都不知道……"

"雇主，是谁？"兰波强硬地抓紧他的脖子，让他难以呼吸。

"一位……金斯敦商人……"

那水手趁兰波走神消化自己说出的情报时，悄悄从后腰的枪袋中摸出了电击枪，突然发力，一脚踹开兰波，随即对着他的心口扣下了扳机。

兰波冷不防被踹开两米远，捂着肚子摔在地上。

两个通有高压电的电击弹快速弹射而出，重击在兰波缠绕着绷带的胸前。但水手没想到，足以致人昏迷的电击弹仅仅在兰波胸前闪动了两下就熄灭了。

水手愣住，僵硬地举着电击枪，毛骨悚然地向后退，想去按两米外的警报器。

兰波的眼睛突然亮起蓝光，一股超高压电顺着电击弹的螺旋线逆流，白光带着炽热的电火花冲向水手，无视电击枪的一层绝缘套直接将水手碳化成灰。

他爬出货舱，吸附在货船外壁，四处爬行探听情况。

水手们集中在甲板上用鱼叉驱赶虎鲸群，虎鲸们像逗弄傻子一样用尾巴朝他们拍水。

不过两分钟后，虎鲸们好像感应到了什么，全部跃入水中游走了。

兰波安静地爬在货船外壁等待着，属于掠食者的尾巴危险地摇来摇去。

突然，一条足有四人合抱粗细的腕足突然探出水面，缠绕在货船船身上，那是一条布满斑点的章鱼足，有力的吸盘将货船钢铁的外壳吸得扭曲变形，轻而易举地将货船扯进了深海。

兰波松手跃回海水中，他还没有看清那只怪物的全貌，那艘货船便悄无声息地消失了。

他在附近海域搜了一圈，没有找到任何痕迹，于是飞快地朝人鱼巢穴游了回去。

白楚年来时乘坐的那艘船，在人鱼们的帮助下驶离了人鱼岛，脱离迷雾后，船上的人们才逐渐醒过来。

哈瓦那小伙揉着裂痛的脑袋爬起来，坐在地上揉了揉脖子："兄弟，我们居然还活着。我真的见到人鱼了，我还记得，是活的人鱼！"

白楚年没有搭话。

他目不转睛地盯着监测屏幕，其实在走神发呆。

他把兰波赠予的耳环摘下来拿在手里，食指和拇指夹着它的上下两端，对着光线看。鱼骨雪白轻脆，但那颗黑色矿石很沉重。兰波说，这是他亲手割下来的心脏的一角。

明明那么怕疼的一条鱼，老是做傻事。

还以为他在开玩笑，可兰波每一次表情都那么认真，他到底在想什么呢？

白楚年把耳环轻轻握在手心，冰凉的矿石在手心里隐约跳动。

他一直以为兰波和他同病相怜，都是死里逃生的孤儿，相互依偎取暖，可兰波有他的家族和使命，甚至活在与他截然不同的世界，原来只有自己既不属于人，也不属于海，卡在几个物种之间不上不下，无法融入任何一个种族。

有点烦。

晴朗的天空忽然乌云密布，伴着一道劈下云层的闪电，一道蓝光从货船上方划出迅疾的弧线，蓝光消失后，白楚年也跟着没了踪影。

兰波叼着白楚年的衣领，用尾尖将他捆在身上，带着他顺着货船外壁快速爬进水中，充满氧气的气泡将他们包裹起来。

白楚年轻轻拍拍兰波的脊背："别闹，我正忙着呢。"

"不去。"兰波松开叼着他脖领的嘴，像看管幼崽的猛兽那样，在他身边缓缓爬行，低声严厉地说，"危险。"

"有什么危险的。"白楚年笑笑，"怕什么，一个成熟期实验体，能把我怎么样。我就是去给他采个血，取一点细胞组织。"

兰波想向他解释刚刚所看到的情况，但事情的复杂程度超出了他的表达能力。他用人鱼语都无法将这件事情说得很明白，更何况要用白楚年能够听懂的中文去表达。

"跟我回去。"兰波弓起脊背，鱼尾背部的鳍竖起尖刺，做出捕猎的威胁姿态。

白楚年耐心地哄他："任务没做完呢。"

"做完了，就跟我回去？"

"可我还得回去交任务呢，蚜虫岛的孩子们也等着我回去上课。"

兰波愣了愣："你没打算，留下？"他从没想过，白楚年居然没有对大海动心，没有留下的念头。他以为 randi 做完任务就会回到自己准备的碎礁床上乖乖睡觉。

白楚年露出半颗虎牙咬着下唇："之后我会向总部申请美洲的长期任务，应该能抽出很多时间来陪你。"

"不。"兰波毫不掩饰地注视着他的眼睛，"我有宝石、黄金、绸缎，五片海洋所有生物归我所有，你要什么，我抢来给你。"

"我什么都不要。"白楚年坐下来，轻轻伸手挠了挠他的下巴。

"你喜欢，王座，也给你。"兰波缠住他的手，"我不会让亲自养大的你，回到危险的人类身边。"

看得出来兰波的神经很紧张，他浑身肌肉绷得很紧，锋利的指甲尖锐地伸在手指甲鞘外："人类恐惧你，研究你，杀死你。"

"可会长没有啊。"白楚年漫不经心地揉了揉他的脸蛋，"锦叔也没有。"

"只有你，才会相信，人。"兰波冷漠地道，"我活了二百七十年，没有人值得信任。"

"你突然怎么了？"白楚年抱住神经紧张的兰波耐心哄慰，"我本来不该出生，但既然活下来了，就总要有一点价值，会长认可我，我不能让他失望，你明白吗？"

"兰波……很少有人认可我。"

兰波默默品味着他的话，双手依然固执地将他向深海推。

一片漂浮的礁石岛屿挡住了他们的去路，兰波回忆了好一会儿，在他记忆里这片海域附近好像没有这么一座岛。

白楚年趁机抓住兰波的手，带着他游上了岸，坐在岛屿边上。巧合的是，白楚年来时乘的那艘船也航行到了这座岛附近。

兰波不信任地盯着船上的那些特工。

白楚年做了一个噤声的手势，悄声解释："都是联盟南美分部的同事，这次实验体逃逸到加勒比海地区，他们负责解决，我只是提取一点血液样本。"

兰波完全不在乎别人，只顾着寸步不离地跟在白楚年身边。

货船在岛屿附近停泊，甲板上的哈瓦那小伙子拿着望远镜四处寻找，看起来是在找白楚年。刚刚一个不明生物越过甲板，把白楚年叼走了，让甲板上的特工们很警惕。

"看你制造了多大的恐慌。"白楚年望着他们焦急寻找自己的样子，回头揉了揉兰波湿淋淋的头发，"我去跟他们打声招呼。"

白楚年刚踩上岸，忽然感到脚下异常柔软，他仔细分辨了一下脚下踩的泥土，轻轻摸了一下，很光滑，有一层黏膜。

白楚年的眼神瞬间变了，快速将兰波向海里一推："快走！"他自己也跳了下去。

白楚年手腕上的讯息接收屏亮起来，消息落款是爬虫，爬虫亚体整理完白楚年索要的实验体资料发了过来。

特种作战武器编号 809

克拉肯

状态：M2 级成熟期亚体

外形：巨型章鱼

生物原型：蓝蛸

伴生能力："无限膨胀"，将吞噬的食物无损吸收，体形不断增大，没有尽头。

亚化能力：J1 亚化能力"流云"，可以在瞬间改变身体表面颜色进行伪装。

他们刚刚停留的岛屿突然凭空消失了。白楚年屏住呼吸，在海里勉强睁开眼睛，寻找逃走的克拉肯，兰波折返回来想把白楚年拖到自己身边，忽然，身后毫无征兆地出现了一条粗壮如柱的灰色腕足，灵活地缠绕着兰波，兰波被迫与白楚年越来越远。

白楚年终于看清了克拉肯的全貌。

他的变色细胞遍布全身，几毫秒内就可以完成全身变色，他巨大的身体一半趴在白色的海床上，变成雪白的颜色，另一半身体与色彩斑斓的珊瑚融为一体。

与最初他们从港口海鲜工厂看到他时，体积几乎膨胀了三万倍，现在的克拉肯足有一千五百吨重，相当于三百头成年亚洲象堆积在一起的大小。

克拉肯忽然睁开了埋在雪白海床中的矩形眼睛，他的移动带起了海流涌动，没有兰波提供氧气，白楚年不得不快点浮出水面呼吸。

海面掀起了一阵疯狂巨浪，特工们乘坐的货船在海浪中翻滚摇晃，桅杆折断倒塌，几个特工从甲板上被甩了出去，其中就有那个倒霉的哈瓦那小伙。

几个人同时坠海，但克拉肯的兴趣似乎只集中在白楚年一个人身上，其中一条粗壮的腕足尖端缠在了白楚年脚上，将他向下拖。

海里不是白楚年的主场，面对一个成熟期章鱼实验体，白楚年处在绝对劣势。

章鱼每一条腕足都拥有独立思考的能力，他不需要多想，另外的腕足就会自动替他挡住兰波所有救援的路线。

窒息感逐渐从肺部扩散开来，白楚年眼前发黑，但此时他还没有丧失思考能力，他快速思索着脱身的办法和这个实验体的目标。

现在同样落在海里的有人类特工和非人类实验体，但明显克拉肯只对自己感兴趣，说明这只章鱼很可能接收到过特定的任务目标信号。

一个海洋生物能够识别的信号最大概率是亚化因子，白楚年怀疑有人给克拉肯识别过自己的亚化因子，但理论上他这次来加勒比海属于临时行动，不可能有人有机会提前给克拉肯注入识别因子，让他抓捕自己。

白楚年冷静地寻觅，找到了水下的一处礁石，礁石缝隙刚好可以容纳一个人通过。

足有四人合抱粗细的章鱼腕足拉扯着他，细尖端缠绕在白楚年的脚腕上，但那副庞大的身体却被白楚年拽着向海底礁石游去。

在体形悬殊的情况下，克拉肯的力量依然在白楚年之下。

但越靠近海水深处，海底压力越大，白楚年没有任何潜水设备，仅靠身体的力量和肺里的氧气游得很难。

克拉肯突然从拦截兰波的七条腕足中分出一条，缠在了白楚年另一只脚上，并且逐渐向他腰间爬，用力挤压他肺里残余的氧气。

收紧的腕足把白楚年勒得内脏痛起来，他被迫呛了一口水，身体松劲，被克拉肯扯到嘴边，扔进了黑洞似的胃里。

"randi！"兰波挣脱了腕足，朝被吸走的白楚年飞速游去，却晚了一步，被无数变异的尖牙挡在克拉肯的巨口之外。

白楚年被吞进克拉肯胃里时还保持着清醒，他随着变异的蠕动内脏进入克拉肯消化食物的部位，这里的水只没过小腿，有一半空气可供呼吸。

白楚年反而舒服了些，他拿出腰带上的强光手电筒，在伸手不见五指的漆黑中看见，这里还残存着克拉肯吞噬的货船碎片，一些集装箱还没有被消化干净。

克拉肯强力的消化液对白楚年不起作用，不过还是臭了点。

手腕上的接收器又亮了一下，爬虫又发来一些琐碎的消息。

他说，109研究所发明了一种新的实验体归纳方式，他把数据盗取了过来，如果白楚年想看，就要答应过一阵子和他们见个面。

白楚年想都没想就答应了。

文件发了过来。

这是一份改良后的实验体生长期归纳方式——

特种作战实验体的生长期分为幼体、培育期、成熟期、恶化期，经过多年的研究，科学家们现在将成熟期划分为 10 个阶段，分别为 1 级成熟体、2 级成熟体……以此类推，达到 10 级成熟体后再次进化，会进入自由体状态，而如果在达到 10 级成熟体阶段之前就发生进化，则会进入恶化期。

每个阶段的实验体战斗力排序是这样的：自由体＞恶化期＞成熟期（10 到 1 级）＞培育期＞幼体。

爬虫说，经过精确推算，无象潜行者的生长阶段为 1 级成熟体，小丑萨麦尔为 2 级成熟体，克拉肯约为 3 级成熟体。

也就是说，眼前这家伙要比前两个成熟期实验体都难对付。

"那我呢？"白楚年问。

"9 级左右。"爬虫回答，"成熟期的兰波大约 7 级，不过他现在退回培育期了。"

白楚年语音回复："你这破情报除了给我增长了点没必要的自信之外，没有什么用，换一条有用的。"

爬虫："克拉肯有三颗心脏，每条腕足都有独立思考的能力，没有骨骼，属于高智力生物。"

白楚年："弱点……"

爬虫："没啥弱点。不过也没什么优点，就是能吃，研究所发明出他来就是为了处理医疗垃圾，后来发现他越吃越大，生态缸放不下，就便宜卖给红喉鸟组织处理了。"

白楚年打着强光手电筒，蹚着水往那些个还没消化完的蓝色集装箱走过去，其中有几个被打开了，里面堆着一些被消化液融化的尸体。

什么东西，专门运送尸体的集装箱？白楚年蹲下来在尸体中翻找线索。

有一些尸体身上的实验服还没被融化，能看得出胸前的挂牌上刻有红色三角标志，代表 109 研究所所属。

"研究所做活体实验的病人吗？"白楚年走到没有打开的集装箱前，使用骨骼钢化，轻易撕开了集装箱钉死的铁皮，他大概知道里面有什么，撕开铁皮时特意退开了两步。

一股腐臭冲入鼻腔，烂肉似的尸体从撕开的窟窿里滚了出来，未融化的冰块掺和着冰水和血液哗的一声流出来。

一具尚且完整的尸体滚到白楚年脚下，脸朝下在水中漂浮着。

白楚年将他正面翻过来，见到尸体脸庞的一刹那，心里像被谁狠狠拧了一把。

这是一张和自己别无二致的脸。再看其他的尸体，相貌相同，甚至连亚化因子的气味都和他差不多，带着一股腐烂的白兰地酒香。

他僵硬地愣了一会儿，又去拆开其他的箱子，心里莫名期待着也看到别人的复制体，却无一例外全都是自己的。

他忽然明白兰波为什么要制止自己过来了。

他思绪有点乱，努力整理着头脑中的线索，如果克拉肯的目标仅仅是吞食这些带有自己亚化因子气味的尸体，那么很可能将自己也认成了尸体，因此突然发起攻击。

此时他应该立刻拍照发回联盟技术部，但他犹豫了。

这种照片如果发回去……白楚年痛苦地抱着头，蹲在没膝的水里。

一道刺眼的强光忽然照射在白楚年的脸上，他勉强睁开眼睛，只见兰波举着一把透明水化钢电锯，电锯嗡鸣着割开了克拉肯的身体，明亮的光线映照在兰波背后。

兰波把他从克拉肯的胃里拖了出来，海水从伤口处倒灌进克拉肯硕大的胃里，那些被他吞食的集装箱和尸体纷纷散落进大海中，大量白楚年的尸体在染红的血水中漂浮，兰波穿过尸海，抱着白楚年向水面游去。

"你看到了吗，那些我？"白楚年疲惫地问。

"en。（嗯。）"兰波目视前方。

"你觉得我会是其中的一个吗？"

"kimo nowakneya。（你与众不同。）"

被电锯割开的章鱼皮肤迅速愈合，克拉肯穷追不舍。兰波反手拢起一架透明水化钢四联火箭筒，魔鬼鱼 M2 亚化能力"高爆水弹"附着在四发透明火箭炮上接连发射，无视对手等级无差别击飞，克拉肯被接连四发高爆水弹冲击撞出了水面，又狠狠落了回去，溅起一片巨浪。

白楚年重获氧气，在水面大口大口地呼吸，窒息使他脑袋里发出了嗡鸣，耳朵听东西都像蒙着一层布那样不清晰。

那位哈瓦那小伙游过来，抓住了他的手腕："兄弟，没事吧？"

白楚年抹了把脸："没事。"样本已经取到了，剩下的就是这些联盟分部特工的事了。

兰波也浮在水面上，抱着白楚年的胳膊，不友好地盯着那个小伙。

"哇，原来我们船上有这么漂亮的特工吗？"哈瓦那小伙低头打量他的身材，看向水面以下，兰波的细腰连接着一条奇长的半透明鱼尾，在水中熠熠生辉。

"海妖。"小伙脸色变了，怪叫着松开手，向后手忙脚乱地游开一段距离，向白楚年大喊，"他缠上你了，快过来！"

"不用怕，这是我朋友。"白楚年抓住兰波纤细的手，展开蹼向他展示，"他很乖的。"

兰波的眼神更凶了。

这还不是最糟的。一具尸体浮了上来，漂在哈瓦那小伙身边。

那个小伙惊恐地推开尸体，但周围越来越多的尸体漂了上来。他们数量太多，有的还没完全腐烂，任谁都能清晰地看得出他们长着白楚年的脸，胸前挂着研究所的标志。

他看白楚年的眼神变了，目光充满了敌意，笃定地说："你是奸细！"

白楚年深吸了一口气："我不是。我有证件，IOA总部特工组搜查科，正式工好吧。"

哈瓦那小伙冷笑着，从腰间摸出防水手枪，指着白楚年的脑袋："会长知道你的身份？还是你蒙骗他？"

兰波忍无可忍，将鱼尾缠在那个哈瓦那特工的脖颈上，将他从水中活活吊了起来。

"算了，我跟你解释得着吗？"白楚年按住兰波，"走。"

"反正我血样和细胞都采集完了。"白楚年说得满不在乎，"这边的实验体南美分部自己解决。"

兰波冷漠地松开鱼尾，游回白楚年身边。

哈瓦那特工刚落回水里便低声威胁："不要动。"

哈瓦那特工突然扣动扳机，一声枪响，白楚年敏锐地一偏头，那枚子弹没有打在他后脑，而是穿过了他的肩头。

肩头被子弹穿透的血洞以肉眼可见的速度快速愈合。

"实验体……"哈瓦那特工恶狠狠地问，"早在船上我就发现你有问题。说吧，你有什么目的？"

白楚年背对着他，轻轻摸了一把愈合后的肩膀，轻声自嘲般地笑了笑："我是不是快要下岗了？"

IOA自由鸟勋章才戴了没多久，再这样下去，迟早要被收回吧。会长一个人抗衡不了舆论，即使解雇他，他也很理解。

一阵嘈杂的呼叫音从他们各自腰间的通信器中传来，振动提示，他们同时从水中把通信器拿出来，甩了甩水，接收命令。

船上每个特工都收到了这条命令，是由IOA南美分会长亲自传达的指令。

"本次特工组任务目标：击杀809号实验体克拉肯。

"增援直升机还有十五分钟到达，收到总部命令，将本次战斗指挥权全权交予白楚年，其余特工听其指挥配合战斗。"

　　哈瓦那特工激动地按住通信器大喊："他是实验体奸细！你们疯了吗！"

　　分部回应："一切计划由总部决定，请执行命令。"

　　兰波意外地挑起眉，白楚年攥着通信器，眼神平静，喉结轻轻动了动。

第四章

实验体

"兄弟，这下得听我的了。"白楚年从腰带里把 IOA 联盟证件掏出来，甩了甩水，翻开姓名照片页，叼在嘴里给哈瓦那特工看。

那个特工咬着牙说不出话来，即使是分会长，对总部的命令也只有听从的份儿，而他不过是南美分部特工组的一员，无法违抗上级的命令。

兰波泡在水里，静静看着白楚年的眼睛，他的眼神在闪光，像炫耀考卷上的分数没作弊的小朋友一样。

虽然他现在的外形和十几岁的人类少年相同，但他从胚胎状态生长到现在花费的时间要短于联盟证件上所写的年龄也是不争的事实，即使经过药物和科技手段快速催熟了他的身体和智慧，但只要是活物，就有心，只要有心，就有记忆和感情。

胸腔里的心脏又奇怪地跳动起来，兰波呆呆地捂着心口，回味着刚刚注视白楚年时身体中电流涌动的感觉。

白楚年浮水过来，抓住他的手贴到唇边，很诚恳又有点抱歉地商量："帮我？"

兰波在水底下纠结成麻花的鱼尾尖恶狠狠地甩了甩："可以，但他们不值得。"

白楚年将另一个通信器放在了兰波的掌心里。

"言会长，对你那么重要？"兰波攥着通信器，尾巴隐隐有变红的趋势，盯着白楚年的眼睛质问，"他和我，同时掉进水里，你先救谁？"

人类电视剧里，一个人会用这个严肃的问句质问另一个人，兰波理所应当地从中学习到，这在中国文化中是个非常重要的权衡选择。

白楚年憋住笑："先救你。"

兰波稍显满意："为什么？"

白楚年摆弄着他细长手指间的蹼："因为不救你，你就自己游走了，我就没机会救你了。"

"噢。"兰波思考了一下这其中的逻辑，心里又迟钝起来。

一阵汹涌的暗流朝他们涌来，两人同时发觉克拉肯卷土重来的气息。兰波灵活反身，跃入水中，化作一股蓝光闪电，再次冲出水面时手中多了一架透明水化钢四联火箭筒。

克拉肯的巨型腕足朝白楚年砸过来，兰波飞快地横在白楚年面前，两发高爆水弹将腕足击飞。

克拉肯的身躯太过庞大，腕足被击飞时，他沉重的身躯还在海水中埋藏着，于是高爆水弹冲击形成的切应力直接将其腕足斩断，一条扭动的章鱼腕足被水弹打上了天。

"goon。（去吧。）"兰波回过头，将四联火箭筒对准白楚年，两发高爆水弹迎面冲向白楚年。

高爆水弹对所命中的目标不会造成任何直接伤害，两发蓄有兰波 M2 亚化能力的高爆水弹击打在白楚年身上，极大的推力将他凌空送了出去，白楚年在心中默算着距离，在越过货船上方时，离开了高爆水弹的攻击范围，轻身落在货船桅杆之上，猫似的不发出一丁点声音。

他们两个之间不知何时生出了一种心照不宣的默契，或许出于对对方身体和战斗方式的了解，不需要解释战术就能打出惊人的配合。

这段时间，克拉肯被斩断的腕足截面慢慢伸长，重新生长出了一条与原来无差别的新腕足。

"IOA总部特工白楚年接收指挥权。"他扶着唇边的通信器说，"所有人向南撤到阿连安岛，准备登陆作战，完毕。"

他话音刚落，兰波喉咙中发出一声邈远尖鸣，远处海面黑色三角背鳍成群靠近，虎鲸群被召唤回游，用身体托起被海浪掀进水中的特工们，分散开向着白楚年所说的阿连安岛跃游前进。

泡在水里的哈瓦那特工身下浮起一个硕大的黑影，黑影将他的身体托出水面，黑白相间的冰凉皮肤紧挨着他的大腿。

他迅速抓住虎鲸的大背鳍来稳住平衡，被海中巨兽承载这种经历不是谁都能有的，他难免震撼地惊呼出声。

兰波在离他不远的位置向前游，将虎鲸群带离克拉肯的攻击范围。

见人鱼可以操纵虎鲸群，却没有表现出恶意，哈瓦那特工对兰波的敌意稍减，问他：

"你长得像法国人。你们是一伙的吗？"

兰波听得懂西班牙语，默默翻译了一下，没理解他的意思。

"什么是，一伙？"

"就是犯罪同伙。"那亚体对敌视的人说话一点都不好听。

兰波看着前方不远处的岛屿，喃喃回答："No一伙。"

货船在虎鲸群的推动下飞快航行，在距离岛岸尚有十来米远时就有几位特工从甲板上跳下，敏捷地落在岸边，拉住纤绳，将货船拉往岸滩。

白楚年坐在桅杆上回望，克拉肯紧跟着他们游了过来，在水面以下快速游动，然后突然消失。

这是克拉肯的J1亚化能力"流云"：瞬间改变自己身体表面的颜色，与周围环境融为一体，让人很难快速明确辨认他的位置。

"武器舱里有钢索枪。"白楚年扶着通信器说，"搬下去分散开。"

特工们都受过专业训练，即使临时更换指挥者，他们也会快速磨合。面对强大的实验体，单打独斗只会制造无谓的伤亡，协同作战是他们的一项必修课。

南美分部的特工们动作很迅速，按白楚年的指令将钢索枪搬下船舱，结实地用钢丝绳固定在礁石上。

白楚年吹了声口哨："兰波，逼他上来。"

兰波收到消息，翻身入水，下潜到数十米深处，以他为中心形成一张闪烁电网，通过海水将高压电向克拉肯传导，触电的灼热刺痛让克拉肯不得不向反方向挪动，越接近海岸，海水越浅，渐渐地，克拉肯硕大的头颅露出了海面。

"让他搁浅。钢索枪上膛瞄准腕足，一到八号特工准备突袭。"白楚年的每一个命令都简洁明确，其他听从命令的特工也能看得出来，这个接收了总部指挥权的白楚年看起来非常年轻，但战斗经验十分老到。

哈瓦那特工仰头望向发号施令的白楚年，他冷静慵懒地坐在桅杆上，黑背心和工装裤都湿透了，贴在勃发的上身肌肉和收紧的腰上，浸湿的碎发贴在脸颊边，被他不耐烦地拂开拨到耳后。

其实他和普通的人类少年也没什么差别，除了更优秀一些。

但只要想起白楚年身上迅速愈合如初的弹孔，他的心底还是会升起一股反感和恐惧。

他们为 IOA 南美分部工作的这些年，曾与几个实验体交手，特工组因此死伤无数。凶猛、嗜血、贪食和不死之身是实验体的代名词，最大口径的子弹无法伤到他们分毫，他们被爆了头还能再站起来重生，肢体被切断还能立刻长出一副新的，他们像杀不死的恶魔一样，是为战争而生的终极武器。

"哦，那个——你。"白楚年低头叫他。

哈瓦那特工回过神来："贝金，我的名字是贝金。"

"好。"白楚年说，"把匕首拿出来，别走神。给我一把。"

贝金从腰带中抽出两把战术匕首，将其中一把抛了上去。

锋利的匕首闪着寒光，打转飞向白楚年，白楚年伸手轻轻夹住刀刃。

骨骼钢化后，他的皮肤硬度也会随之强化，特定的钢化部位能够做到刀枪不入。不过如果一直保持全身钢化的状态，能量消耗会非常大，一般白楚年都会选择仅钢化某些要害部位。

兰波再一次绕开章鱼腕足的缠绕，手中透明火箭筒自动续上四发水弹，朝克拉肯接连发射。

高爆水弹的强劲冲击直接将章鱼的身体冲上了岸滩搁浅，像一座崩裂落地的山，整个岛屿仿佛都在震动，海水冲上岛屿，淹没了大半热带植物，再缓缓退潮。

白楚年当即命令：“钢索枪发射，固定腕足。一到八号特工辅助缠绕，避免脱离。”

话音落时，钢索枪接连发射，带着钉头的爪枪拖着结实的绳索穿透了粗壮的腕足，八个人分别负责将每一根钢索紧密缠绕在黏滑的腕足上，克拉肯被固定在岸滩上动弹不得。

既然每条腕足都能独立思考，切断后还能再生，那么即使把八条腕足都切断也无济于事，成熟期实验体的优势相比培育期实验体更多地体现在思考能力上，因此白楚年选择让他暂时失去思考能力，那样威胁会弱很多。

“贝金，”白楚年在通信器中说，“带匕首上来，去背面找他的眼睛。”

哈瓦那特工是一个枯叶螳螂亚体，他双手反持匕首，有力的双腿使他能够轻易攀爬到巨型章鱼的头颅边。哈瓦那特工找到了他的矩形眼睛，举起肌肉发达的双臂，将匕首深深地插了进去。

白楚年在心中估算着他的速度，在贝金将匕首插入章鱼眼睛时，向下甩动左手，匕首打着转飞出去，深深插进章鱼另一只眼睛里。

章鱼暂时完全失去了感官。

“贝金，切开眼睛，把大脑先破坏掉。”

“收到。”贝金沉声回答。

他知道，即使有多年实战经验的指挥官来指挥与陌生实验体的战斗，尚且需要一步一步摸索战术，但白楚年脑海中明显已经部署了一套完整的战术。他的每一步都不是试探，而是胸有成竹地在拉扯一个不存在的进度条。

天赋惊人的指挥官。如果不是实验体，他恐怕会是个很值得交往的朋友吧。

贝金非常擅长使用双匕首，利索地找到并破坏了克拉肯的大脑，这时候，章鱼的身体开始大幅度震颤。

白楚年皱起眉，对通信器中说："所有人立刻撤离，与克拉肯保持五米以上的距离。"

克拉肯的皮肤混乱地变换颜色，身上逐渐出现了暗蓝色圆环，圆环发出明亮的蓝光。

克拉肯 M2 亚化能力"同族转换"，可以将自身生物特性改变成同族其他种类的生物特性，他将自身的"蓝蛸"属性转换成了"蓝环章鱼"，蓝环章鱼是一种剧毒章鱼，毒性足够杀死人类。

这个时候贝金还没从克拉肯身上离开，克拉肯身上布满黏液，很难借力。

克拉肯猛烈地挣扎起来，用尽全力将一条被钢索缠绕的腕足撕扯下来，疯狂向身上拍打，为了将贝金扯下去扔进嘴里。

白楚年见状从桅杆上跳下来，挡在腕足和贝金中间，抓住贝金的腰带把他扔了下去，兰波凌空一跃，接住了贝金，鱼尾卷住他的身体，将他甩上了岸。

贝金摔在岸滩的礁石上，在沙粒中滚了几圈爬起来，只见白楚年险些被腕足缠住，他伸手抓住了那条有力的腕足，但就像被灼烧到一般突然松开手。

强化变异的毒液迅速腐蚀了白楚年手掌的皮肤，血肉腐烂直到见骨，白楚年吃痛地攥住手腕，额头青筋暴了出来。

兰波从水中一跃而起，叼住白楚年的衣服，把他拖进了水里，再浮上来时，白楚年的手已经恢复如初。

贝金僵硬地注视着这场实验体的乱斗，慢慢地扶住了自己的手臂。

刚刚如果不是白楚年及时在中间挡了一下，恐怕自己这条手臂都会被毒液腐蚀大半，或许连身体都会缓缓化成一摊毒水。他不怕死，但这样死去未免有些痛苦。

实验体也会觉得痛苦吗？

贝金忍不住胡思乱想，他一开始就把白楚年与克拉肯视作同一种怪物，但似乎又不是，他们之间的差别不止在于外形。

克拉肯也在缓慢愈合，很快，他又挣脱了两条腕足。灵活的腕足伸进海中追逐兰波，另一条腕足则一直在白楚年周身乱刺，逼他躲避，消耗着白楚年的体力。

本能促使贝金捡起匕首，往白楚年身边赶过去。

拥有螳螂类亚化细胞团的人类都非常擅长使用刀剑，他们双臂的肌肉非常发达，在腕足即将缠在白楚年脚上时，两把匕首寒光闪过，将腕足切成了三段。

白楚年趁机脱离了克拉肯的攻击范围。

贝金双手持匕首落在对面。

白楚年望着他，跟他比了一个特工常用的手势："干得漂亮！"

白楚年很大方地朝贝金微笑，贝金犹豫着想要回应点什么。

不过白楚年的注意力已经重新回到了克拉肯身上，他时刻监视着克拉肯的动静，提醒靠克拉肯最近的几位特工："他又变了，换位置，找掩体躲一下。"

白楚年的全局观察力是贝金见过最强的，好像每个人都在他的掌控之中。

贝金想，好在他不是敌人。他又拍了拍脑袋，告诉自己现在不是想这些的时候。

克拉肯浑身的色彩变为鲜艳的赤红色，再次施展 M2 亚化能力"同族转换"，这次的转换对象是火焰乌贼，同样拥有剧毒，每次转换，克拉肯的体力都会有大幅度的恢复。

岸上的礁石被克拉肯疯狂挣开，八条腕足重获自由。他用腕足挪动自己笨重的身躯，从搁浅的沙滩上退到海中。

不过他的退路已经彻底被兰波切断了。

大脑被破坏的克拉肯无法思考战术，只能依靠腕足胡乱缠绕，但兰波身形小而灵活，在八条腕足间敏捷穿梭，忽然兰波从水中一跃而起，霎时天空乌云变幻，黑暗笼罩海面，仿佛雷暴将至，气压骤降，岸上的人们呼吸变得越来越困难。

云层中的闪电包覆了兰波的身体，兰波蓄满炫目蓝电跃入水中，随之一条通体透明的魔鬼鱼跃出海面，浑身雪白的骨骼间游走着电光，一颗如同矿石的暗蓝心脏在骨架中怦怦跳动。

连白楚年都愣了，目光被这只神圣的生物所吸引。

魔鬼鱼落入海中，雷电从他落水处爆裂开来，克拉肯浑身被电光缠绕，一股焦煳味充斥在空气中。

闪电骤然消逝，天空仍被黑暗笼罩。

片刻宁静后，海面骤起尖刺，数米长的水刺带着电光如同万发乱箭穿透了克拉肯的身体，三颗心脏被同时洞穿。

克拉肯早已被逼入末路，最后一击濒死的咆哮传到数千米外。

水刺软化，缓缓从克拉肯千疮百孔的身体中流走，乌云散开，光线照入浅海。

涂装 IOA 标志的武装直升机增援抵达阿连安岛，不过这时候战斗差不多结束了。

机长接入通信，大声地问白楚年："你解决了一个成熟期实验体？"

"不不，我只负责一点小事。"白楚年用食指和拇指比画一厘米，淡笑着回答。

直升机忙着将克拉肯的尸体捆绑在运送箱中，从空中运回分部基地。兰波浮出水面，咕噜吐掉嘴里的水，爬到浅滩上，甩了甩头发。

白楚年蹲到他身边，揉了揉他的头："原来你真的是只小蝠鳐啊，扁扁的，可爱。"

"没有谁，能在加勒比海挑战我！"兰波歪着头，尾巴尖卷卷，比画出一毫米，"虽然人类起到了一些微小的作用。"

"嘿。"

背后有人叫了他一声。

白楚年转过身，看见是贝金。他湿透的衣服上沾满沙粒，有些局促地握着自己的两把匕首站在不远处，小麦色的脸庞被礁石擦破了一点皮。

"指挥得挺不错。"贝金不自在地说，"和真正的指挥官一样。"

"我本来就是真的。"白楚年站起来，双手插在裤兜里，"一场己方无伤对战而已，不算什么。"

"你很坦荡。"贝金不熟练地夸奖他，但见到白楚年站起来，他还是警惕地退了两步。

他的紧张戒备白楚年都看在眼里，唇角的笑意淡了，他舔了舔沾着咸腥海水的下唇，轻声回答："你不用勉强靠近我。"

他说着，眼神忽然变了，克拉肯被切断的腕足神经还没有完全死亡，突然痉挛地跳动起来，淋漓着毒液的腕足砸了过来，白楚年本能地快步伸手上前控制住它。虽然知道克拉肯的毒液很烈，不过只要疼一下就能恢复的事，总比死个人划算。

白楚年是这么想的，但小腹忽然一凉，有什么冰冷的东西捅了进来。

白楚年缓缓回过头，诧异地对上一双惊恐的眼睛。

贝金把颤抖的双手从匕首把上拿下来，匕首刃深深插进了白楚年的小腹，并且撕扯开一条伤口。

"你突然扑过来，想做什么？不要小看人类的反应速度。"贝金坚定地注视着他，并不觉得自己的做法有何不妥。

但渐渐地，他笃定的声音哆嗦起来，缓缓向后退，摔坐在满是沙粒的岸滩上，他努力说服自己没做错，但事实让他难以置信——

他用余光看到一条腕足从自己耳畔落了下去，白楚年的手遮在他额角。

苟延残喘跳动的腕足，被白楚年挡了一下之后，彻底失去了活力，掉在地上不再动弹，毒液蹭在了白楚年伸出去遮挡的小臂上，剧烈地腐蚀着皮肉，立刻暴露出了森森白骨。

贝金张着嘴，说不出话，坐在地上，怔怔地望着他。

白楚年被毒液腐蚀的手恢复速度变慢了，因为匕首上沾染了不少克拉肯身上的污物，旧伤撕裂，伤口轻微感染。

他用暴露白骨的左手抓住匕首的把，缓缓从小腹上拔出来，扔在地上，眸光暗淡，深深地看了贝金一眼。

兰波也没想到短短几秒钟内会出这样的变故，他扑到白楚年身边，把白楚年扶到自己怀里，慌张地捂住他的耳朵。

贝金很为自己的失手后悔："我以为……他，他不是能恢复的吗？"

兰波回头朝他龇起尖牙，嘶吼着威胁他不准靠近。

通信器亮了一下，总部通信接入进来："进展如何？"

白楚年喘着粗气回应："二期任务完成，请指示！"

言逸听出了白楚年声音异常，在通信器中问询："伤势怎么样？我会派钟医生去接你。"

"哼……没事……"白楚年轻声冷笑，"我被护食的蠢狗咬了！完毕。"

兰波将他身体放平，趴在他小腹上的刀口边检查伤势，好在伤口不长，凭经验判断感染不会很严重。

白楚年闭上眼睛。

兰波从水中引出一条极细的水化钢丝线，给白楚年缝合伤口止血。

"疼，晾着吧，疼。"

"这是，信任人的下场，你要记住。"兰波眼神发冷，阴郁地说。

他确信白楚年没有大碍，于是缝合的动作又快了些，白楚年痛得耳朵冒了出来自己还不知道，白茸茸的耳朵蔫蔫地耷拉在头发里。

"小感染而已，吃点消炎药就好，急什么呢，你伤我比这严重多了。"白楚年吸着凉气，无精打采地说。

"我救你，他杀你，不一样。"

白楚年勉强笑笑："你怎么救我？"

"让你出去，我留下。"

"为什么是我？"

"你有，纯净和忠诚。"

"我们只相处了半年，半年而已，不会走眼？"

"一眼足够，不用半年。"

兰波把手臂伸在他面前，用指甲给小臂上刻下的最后一行备忘录后边打了个钩，上面写着：白楚年。

那位言会长很会看人，灵魂里刻着忠诚的少年很少很少，也很脆弱，错过了、伤害了都不会再有。

缝合结束，兰波掐断水线，轻轻碰了碰白楚年头顶的耳朵。

触电似的痒痒感，让白楚年打了个寒战，耳朵一下子缩了回去。

他不太擅长表达满足和害羞。

救援直升机上的医护人员飞奔过来，把白楚年抬走治疗，兰波没有制止，他很清楚人类的医疗技术要比他们先进得多。

救援直升机一走，兰波伸开长尾卷住贝金的脖子，向后仰面跃入水中，拖着猝不及防的贝金向深海潜游。

贝金吃力地扒着脖颈上紧紧缠绕的鱼尾，窒息的痛苦让他五官扭曲变形。

兰波时不时松开他，再迅速游过去缠住他，肆意玩弄手中懦弱的猎物，缓慢而残忍地说："你们这么弱小，伤害我们时……不遗余力，像可笑的小虫。我不会让你，死得那么容易，来被深海慢慢碾碎吧！"

兰波攥在手心的通信器忽然亮起灯光，他皱了皱眉，把通信器塞进耳朵里。

里面白楚年的声音很清晰：

"兰波，放他走。"

兰波恨恨地咬了咬牙，松开鱼尾，让贝金浮了上去。

此时，海面波涛汹涌，乌云密布，狂风骤起，潮水淹没了岛屿，那些还没来得及撤离的特工被海水吞没，在海浪中翻滚。只有真正被水淹没时才会真切地感受到大海也会愤怒，从而产生生死由天的无力感。

兰波没有回应白楚年，而是接往总部的通信。

会长允许了他的通话，并有耐心地、安静地等待他说完。

兰波低沉的嗓音充满威胁和不满——

"克拉肯都不能让他受伤，他是因为你们的愚蠢而受伤的。

"我养大他不是为了，给人类欺负的。

"你级别高于我，陆地却不会高于大海。雷暴登陆，冰山融化，无尽涨潮，你喜欢哪一个？

"治好他，还给我。"

言逸沉默许久。

通信器中淌过电流音：

"息怒，王。"

第五章

独一无二

那些和白楚年模样相同的尸体，从被克拉肯吞噬的集装箱里散落出来，孤独地漂浮在海中。

虎鲸群盘绕在这片海域中，排成有序的队伍，用光滑的额头顶着悬浮在海中的尸体，缓缓推到兰波面前。

兰波跪坐在海底的一片礁石边，接过尸体，手轻轻放在他的眼睛上，低声说："blasyi kimo。（保佑你。）"

一只蓝光水母漂浮到尸体身上，化作光点与他融为一体，尸体慢慢散作白沙，铺在礁石上，一片橙红珊瑚随之聚集而生。

直升机带白楚年离开后，兰波把每一具无家可归的尸体都掩埋进大海，让他们养育珊瑚，珊瑚成为他们的墓碑。

埋完最后一具，海底多了一片橙红艳丽的珊瑚海。兰波躺在里面休息，抬手看看小臂上刻下的备忘录。

兰波一点一点抠掉第一项和第二项疤痕里的沙粒，伤口很快愈合如初，恢复原本皮肤的光滑洁净。

不过他留下了第三项，伸出锋利的指甲，把字刻得深了一些。

白楚年伤势并不严重，感染也没有进一步扩大，但还是被总部派人接走了。

他还是第一次搭乘会长的私人飞机，飞机卧室的暖色灯光很温馨，里面摆了一张双人大床，铺着柔软的蚕丝被。

他手背扎着消炎输液针，无聊地躺在床上，嘴里特别苦，顺手往床头抽屉里摸摸看有没有甜食。

一位穿白色制服的医生走进来，看了看剩余药量，坐下给他检查伤口愈合情况。

钟教授现任 IOA 医学会部长，拥有 M2 级青风藤亚化细胞团，J1 亚化能力解百毒，M2 亚化能力愈伤术，在联盟中的地位仅在言逸之下。

"把您都请上来了，会长也太小题大做了吧，我以为韩哥来接我呢。"白楚年支起身子靠在床头，转了转恢复完好的左手，攥拳给钟教授看，"没事了，只要能愈合就证明消炎了，我身体比仪器还准。"

钟裁冰坐在床边，卷起白楚年的衣服检查他的伤口，伤口完全愈合，只留下了一道轻微的痕迹。然后钟裁冰又挨个检查他的眼睛、手，从上到下按了一遍他的脊柱和肋骨，一切正常才放下心来。

"我还是亲自来看看才放心，不然你蹿上跳下把伤拖重了，到时候更不好治。"

白楚年懒洋洋地用单手垫着头："嗯，不会，我老实着呢，您老放心。"

"你老实？"钟裁冰笑起来，"听说把毕总和陆总的宝贝疙瘩全拐到特训基地了，这事除了你没人干得出来。"

"啧！特工的事，怎么能叫拐呢？"白楚年拍着大腿辩解，忽然停顿了一下，凑到钟教授身边，慢悠悠地问，"听说您家有个小亚体，级别不低来着，对特训基地有没有兴趣了解一下？"

"我家夏乃川才上初中。"钟教授失笑，"他爸爸看得紧，小孩累得要命。"

"你还挺上心的。"钟教授打趣他。

白楚年捏起指头盘算："得上心。现在特训基地能立刻拎出来用的小孩不超过十个。

"所以有时候训他们就给自己憋一肚子气，这帮小孩怎么这么笨呢。不过时间久了，又觉得这一群努力的小呆子挺可爱。

"我是觉着，像我这种……呃，东西？万一哪天我不在了，得给会长手下留出能用的人。"

他自顾自说完，突然沉默下来，靠在床头，盯着手背上的输液针发呆。

"总有一天我们会从世界上消失。"

白楚年垂下眼睫，灯光在他眼睑下投了一层阴影："就像报废的枪一样。"

钟教授坐在床边望着他，能感觉到他情绪的低落，从被抬上飞机时他就一直很颓丧。

在多年的实验体研究中，钟教授发现一部分实验体拥有十分细腻的情感变化，他们的大脑会对指责、误解、抛弃等模拟场景做出排斥的反应，与依靠芯片程序做出固定行为和表情的机器人截然不同，甚至由于大脑经过精密的改造，他们会比人类更敏感。

把所有实验体懒惰地归为一类，并且无视他们其中一部分的人性是武断的，很不科学。

"会长已经动身去威斯敏斯特参加国际会议了，暂时脱不开身。"钟教授站起来，"他交代我做件事。"

温暖修长的手轻轻搭在白楚年发顶，揉了揉，淡笑着说："他让我这么做，顺便告诉你，你是独一无二的。"

白楚年后背僵了僵，不自在地清清嗓子："知道了。"

钟教授给他拔了针，缓缓走出卧室，关上门。离开前他往门里望了一眼，白楚年用被子把脑袋蒙得严严实实，在床上骨碌。

私人飞机落地，负责照顾白楚年的几个护士想把他抬到担架床上推下去，白楚年没答应，披上外套自己下了飞机。

机场外停了一辆保时捷，韩行谦坐在驾驶座里看最新的医学杂志。

白楚年拉开车门坐进去："我说你在这儿闲得直哼哼，让钟教授亲自接我一趟，你过意得去，老子还过意不去呢。"

韩行谦合上杂志，手搭在方向盘上："会长的命令，我插不上话。抽空给你接机就不错了。"

"抽空？"白楚年才注意到副驾驶坐着个人，萧驯板板正正地坐在座位上。

白楚年当即下车，隔着玻璃给韩行谦比了个中指。

韩行谦开车在他身边缓行，按下车窗，轻轻推一下镜框："走呗。"

傍晚风凉，白楚年拢住外套迎着风走，回头问韩行谦："你带他出来干吗啊？"

萧驯赶忙解释："韩哥带我到联盟警署改身份证，灵猩世家的身份不方便，所以……"

韩行谦挑眉看着萧驯："不然呢？"

萧驯噎住，脸色一会儿红一会儿白。

"我自己回基地。"白楚年摆手让他们先走，临走前扒着窗户嘱咐，"我好容易弄进来的狙击手，别给我糟蹋了。"

韩行谦笑了一声，关上车窗，汇入了车流中。

白楚年在港口周边溜达了一圈，夜里刮起微风，皮肤上冷起小疙瘩，他裹紧外套，蹲在码头，摸出刚买的廉价烟和打火机，手凉得有些僵硬，按了几次才打着火，停泊的渡轮上挂的灯倒映在海面上。

其实他也积攒了几百万的存款，别墅和跑车放在看不见的地方积灰，但他就是喜欢住在一梯两户挨挨挤挤的公寓小区，早上听着对门遛鸟大爷吹着口哨下楼，挤进人挨人下饺子似的菜市场，挑选今天想吃的东西。这些被人们抱怨够了的琐碎日子，恰好就是他生长在观察箱里看不见又向往的生活。

烟灰落在水里，白楚年跟着低下头，水里映着自己的影子，映出耳朵上戴的雪白鱼骨，黑色矿石在黑暗中隐现暗蓝色，有频率地闪动，像在呼吸，也像心跳。

他伸手在水面画了个笑脸，在身上蹭了蹭水站起来。

已经很好了，要知足。

凌晨时分，蚜虫岛已经有人在不同场地加训。日光明艳时，学员们在岸边集合列队，每个人都打点行李整装待发。

今天是年底考核的日子，考核实况会在总部同步转播，各个科室的前辈都能看到每个学员的表现。

白楚年乘渡轮回来，掐着时间刚好赶上出发，他换上教官服下船，外套随意地搭在肩上。

几位教官都在场，各自训诫嘱咐自己班的学员，转过头看见白楚年回来了，用不可言说的复杂表情看着他。

"看我干吗？"白楚年还挺纳闷，"我出差回来了。"

学员们见白教官回来，大气都不敢出一口，大眼瞪小眼，站得笔直。

白楚年看了眼表，嗓子发干，说话烟嗓有点重："干什么，希望我死在外边？"

他从口袋里摸出蛤蟆镜戴上，插着兜在列队中巡视，给萤整了整帽子，给陆言扒拉一下领口。

"一个个，贼眉鼠眼，眼睛发光，什么事啊，这么乐呵呵的？

"今年考核要是再打个稀碎，自己先想想下场，听见了吗？"

小丑鱼站得笔管条直，对着白楚年一个劲地扬下巴。

白楚年插兜走到他身边："不是，你什么毛病？"

"教官，后边，后边。"小丑鱼小声说，皱着眉朝他挤眼睛。

"后边个什么？"白楚年回头看了一眼，没什么异样，于是靠到后边一人高的礁石旁，"打起精神来，不管发生什么事，记住镇定、冷静，听到了吗？"

"听到了！"学员们高声答应。

"听到了，长官。"

一个低沉而有磁性的嗓音紧贴他的耳畔轻声回答。

人鱼幽蓝的鱼尾缠绕在礁石上，倒挂下来，蜥蜴般攀在白楚年身边。

白楚年当场僵硬。

韩行谦坐在装甲车前盖上剥瓜子："他昨晚就来了，每个寝室串了一遍，搞得鸡飞狗跳的。"

第二卷

风中羁绊：双想丝

第六章

红桃岛

昨晚学员寝室楼炸了锅，住在六层的学员们发现对面寝室楼外墙上爬着一只一人高的蓝色蜥蜴，尾巴还特别长，在夜里一亮一亮的。

那只大蜥蜴从窗户中间爬进爬出，只听对面楼内尖叫连连，水壶、衣架、吸尘器倒了一地。

事实上兰波先去白楚年住的单人别墅搜了一圈，但没找到人，于是循着气味在各个建筑物中间都找了一圈，还没找着人，才把目标放在了寝室楼上。白楚年只要在基地，就每周都会查寝室，所以每个房间都有他的气味。

据说当时的情形是这样的：

兰波爬进其中一间寝室，发现找错人了，但那个布偶猫亚体的耳朵看起来质感不错，兰波忍不住停下来撸了一会儿，再去下一间找。这些学员的级别在兰波面前根本不够看，只有被绑起来任人宰割的份儿。

能进入特训基地的亚体等级都不会太低，即使亚化细胞团只有 J1 分化，亚化细胞团能量也要比普通人高，能量外溢造成亚化细胞团细胞增殖，因此大部分人身上都具备外显的生物特征。

这下正合兰波的意，他每间寝室都逛了一遍，还撸哭了两个。

逛完一个寝室，兰波又奔向 A 寝，不过小亚体们没什么好玩的，有的还不太爱干净，房间发臭，兰波嫌恶地从窗户爬了出来。

当晚韩行谦及时赶到现场，用渔网捕捉到他，兜回自己住处安顿了一晚，勉强阻止了兰波对寝室楼进行二次破坏。

离开常住区域会使实验体行为混乱度提高——韩行谦在记事本上郑重地写道。

几位教官在角落里看热闹，可算有大热闹看了。

但白楚年只是僵了一下，轻咳道："看什么？所有人，机场集合，准备出发。"

兰波倒吊着悬挂在他身边，表情不太高兴："我也要整衣领。"

白楚年板着脸回头训他："别捣乱。"

兰波皱眉，悄悄缩回礁石后面。

学员们交头接耳议论着跑走了，这里面除了个别人知道教官和那条神秘人鱼的关系之外，其他人都是一头雾水。

萤和小丑鱼捂住嘴，努力将话憋在心里，毕揽星和萧驯都不是很喜欢聊八卦的人，陆言虽然认识白楚年挺久了，但完全在状况外，对白楚年和兰波的关系一无所知，满脑子都是这次考试怎么把对手打趴下。

等人们走得差不多了，白楚年松了口气，绕到礁石后边找兰波。

"别坐地上。"白楚年躬身把兰波抱起来，把沾在他屁股鳞片上的沙子拍干净。

"凶我。"兰波记仇地把脸转到另一边。

白楚年托着下颌把他的脸转回来面向自己："我问你，为什么自己跑回来？"

兰波皱着眉回答："爷——乐意。"

人话倒学出精髓来了。白楚年把他放在脚边的矮礁石上，插兜审视着他说："多危险。"

"你的礼物，没带走，我给你送来了。"兰波仰头望着他，"你可以保护我吗？"

白楚年舔了舔下唇，插兜转过身，无奈地捋了两下头发，再转回来。

有时候，这条鱼嘴里说出来的奇怪的词语组合，拼接起来就有种错乱感。

"你别老用这种形容词，这不是什么好词我跟你说，乖孩子不说这个话。"

"哎哟。"白楚年抓了抓头发，教鱼就得从娃娃抓起，鱼一大了就没法教了。

"给我整领子啊。"兰波抬起头，纤瘦的锁骨随着抬头的动作被拉伸得更加明显。

"你哪有领子啊？"

他上半身只裹着一层绷带，白楚年只好把肩头的外套给兰波披在身上，再单膝蹲在地上给他整理领口。

兰波弯起眼睛，看着他戴在左耳上的鱼骨矿石，这个时候，那颗矿石散发的暗光又在有频率地隐现。

"取下这一块时，我看见了，自己的心脏。"兰波告诉他，"当我想到，randi，它会发亮。"

兰波说出 randi 的时候，白楚年耳朵上的矿石微弱地亮起电光。

"会长，转达给你什么了吗？"

"嗯？哦，没什么，就安慰我一下。"那天白楚年被救援直升机运走之后，没听到兰波和会长单独的谈话。

"嗯，"兰波放下心，轻声嘀咕，"算兔子识相。"告密的人会令他鄙视。

白楚年有点困惑。

"你们要去，旅行吗？"兰波问，"我也想去看看。"

"是场审核考试，地点在靠近南方的一个小岛。"白楚年迅速想了想那里有什么好地方，"哦，对了，那儿有几个位置景色不错，考核完可以带你去玩。"

学员和教官们都已经上了飞机，白楚年把兰波放在自己的座位上，给他拿了一个背包放在座位底下，里面装满矿泉水。

他的座位与韩行谦相邻，韩行谦知趣地去了后排，跟狙击班的学员坐在一起，翻开杂志打发时间。

白楚年坐在韩行谦的位置上。

兰波好奇地转过身，扶着靠背，看向舱内的学员。学员们一早就被这条漂亮的人鱼吸引了，一路上的话题都围绕着他，好不容易能仔细看看他的脸，那群孩子盯着兰波看个没完，有的小亚体还悄悄朝他摆手打了个招呼。

"你为什么没有班？"兰波回头问他。

在特训基地，每位教官都会带一个班，这个班的学员主修自己教官的课，但白楚年例外，身为指挥课教官，他是不带特定某个班的。

"他们水平还够不着我的标准。"白楚年说，"不配进老子的班。"

陆言不服气，搭了一句腔："怎么才算够得着啊？"

白楚年："一场战斗下来一点纰漏都没出的时候。"

陆言想了想："好像也不是很难啊。"

白楚年嗤笑："等你们谁做到再说吧。"

舱门关闭，飞机进入跑道，兰波扶着小窗看到外边的机翼，嘀咕道："翅膀大巴。"

"这是飞机。你是第一次坐吗？"白楚年把他拉过来坐稳当，细心地为他系紧安全带，"小心点！"

飞机起飞，突然出现的推背感把兰波吓了一跳，紧接着耳朵里奇怪地被堵住了，兰波飞快钻出安全带，紧紧蜷到白楚年身上。

"nali nali？（怎么了？怎么了？）"

"没事，你坐下。"白楚年轻拍他后背，不知不觉从亚化细胞团中溢出一缕安抚因子。

兰波指着自己耳朵："wei？〔为什么（堵住了）？〕"

"正常，别怕。"白楚年给他揉了揉耳朵，托着他下巴动了动，"你这样，张开嘴，会好一点。"

白兰地气味的安抚因子溢满机舱，红蟹教官就坐在他后边，被熏得太阳穴突突地疼，扶着脑袋念叨："服了，起个飞而已，至于放这么高浓度的安抚因子吗？楚哥，我要脑震荡了。"

戴柠教官蹭着这股醉香的安抚因子，把脑袋搁在小桌板上睡得直打鼾。

这趟飞机的机长是从基地侦测台临时调过来的，平时开惯了歼击机，垂直起飞速度拉满，兰波看了一眼窗外，外边天旋地转，距离陆地越来越远。

"兰波想吐。"兰波蜷成一个半透明球，顺着机舱中间的走道往厕所滚过去。

"哎，你过来，我带你去。"白楚年解开安全带，一路追着翻滚的鱼球，跑到机舱末尾。

飞机忽然进入平稳飞行状态，鱼球靠着惯性折返方向又骨碌了回来，白楚年又赶紧追回来。

韩行谦支着头看热闹，萧驯伸出头看了一眼，忽然看见韩医生把一本杂志推过来，杂志上堆着一小堆手剥的瓜子仁。

萧驯怔了怔，犹豫着捏起一粒放到嘴里，细细嚼了半天，又捏起一粒。

韩行谦打开笔记本电脑，从黑屏的影像中观察萧驯翘起来乱摇的小狗尾巴，伸出腿拦住走廊里滚来滚去的鱼球，让白楚年把鱼抱走，安静一点，不要打扰他。

飞行半个小时，飞机即将抵达目的地上空，白楚年拿起机载麦克风贴在唇边：

"你们已经进入红桃岛军事训练场，航线将横穿红桃岛上空，在机场落地，参与考核的学员六人一组，武器由训练场内固定弹药箱提供，每把武器上都附加了我的伴生能力'疼痛欺骗'，你们不会真的受伤，但会体验到一比一还原的受伤疼痛，失去战斗能力的队员原地等待清扫救援即可，直到场上仅剩一队为止。你们的表现将由所有教官全程监控，并将实况影像转接总部高层，你们务必全力以赴，让我看到你们艰苦训练一年来的成果。"

被随机点到名字的特训生接连跳伞，白楚年忙着点名，兰波从座椅底下找到了一个降落伞包，自己安安静静地摆弄着。

萤喊了一声"99号准备完毕！"，然后跳伞离开机舱，小丑鱼喊"100号准备完毕！"，随即跟了上去。

白楚年："好。"

"101号准备完毕！"

白楚年："好。"

"102号准备完毕！"

白楚年："好。"

"103号准备完毕！"

白楚年："好。"

两秒钟后。

白楚年："？？？ 103号哪儿来的？"

兰波嗖地抱着伞包从飞机上自由落体，以一个奇特的造型胡乱旋转降落。

他落得比所有人都快，因为他并没有打开降落伞，俯冲落地的一瞬间靠强电流磁悬浮缓冲，发出一声电流嗡鸣。

"刺激。"兰波附在建筑物穹顶，卷在避雷针上，尾巴尖欢快地卷起来，仰起头看了看飞机，发现白楚年并没下来。

兰波："？"

实时录像清晰放大了兰波的情况——他乐此不疲地打开固定弹药箱钻进去，在有人来拿武器时，突然探出头喷他们一身水，然后叼着武器爬走了。

红蟹看着实时录像，乐了："哈哈哈……这不一搅屎棍吗？楚哥你朋友真带劲。"

韩行谦抱臂靠在一边："挺好，是该让这帮高傲的孩子见识一下真正的对手，让兰波当陪练好了。"

白楚年坐在机舱里，揉着脑袋掐人中"抢救"自己。

"你让一个混乱中立的非陆地生物当陪练，"白楚年摆手，"人干的事他是一件都不会干的。"

韩行谦问："我能收集一些关于兰波的行动数据吗？"

"可以。"

戴柠斜倚座位靠背，问白楚年："那我们接下来的计划还照常进行吗？"

"按原计划进行。"白楚年打了个响指，"问题不大，多对付一条鱼而已。"

白楚年盯着手腕电子屏上的地图："差不多了，我们走。"

几位教官从座位底下摸出黑色头套和骷髅面具利索地戴上，脱去教官服，换上常服，背上伞包，打开舱门跳了下去。

白楚年手里攥着头套和金属骷髅面具，蹲在监控屏前寻找兰波的踪迹。

红桃岛各个角落都安装了摄像扬声装置，方便录制每个学员的战斗表现，他轻易地从数千个镜头中找到了兰波。

兰波正趴在山谷小溪里享受日光浴，溪鱼在他周围游荡，帮兰波清理按摩身体，运气好的还能混上一只蓝光水母吃。山沟里的乡下鱼没见过王，甫一天降仙子，立刻崇拜得五体投地。

红桃岛地理位置靠南，这月份山里野花开得正盛，不知名的白色碎花一簇簇靠着溪水，兰波身上散发的白刺玫亚化因子吸引来几只蓝色蝴蝶落在身上。

他翻了个身，枕在一把突击步枪上，日光正好，兰波抬起头，雪白的脸颊和肩膀仿佛披着一层蜂蜜色的薄纱。

白楚年看得入了神，恍惚间兰波身上裹缠的绷带也成了博物馆中雕刻天使身上的洁白绸缎。

白楚年忽然很想抓一把泥土或者其他什么东西，抹在兰波洁白的躯体上，总之把他弄脏，再把他身上的绷带一根一根扯断，让他仓皇无措地遮掩背后的伤疤，但没有人保护他，他只能寻求自己的保护。

越了解兰波，就越能感受到他与普通人的云泥之别，他身上有种圣洁的气息。朝圣者想要靠近神祇，不一定需要一步一跪上阶梯，也能用祈愿的金铃和绳绑住神的脖子，把他扯到人间。

白楚年突然被自己的想法惊醒，用力抓了抓头发。

"不对，不对。"

他嘀咕着否定自己。

"有什么不对的。"一个声音在他身后说。

白楚年回过头，发现韩行谦还没跳下去，正了正色："你知道我想什么呢？"

"知道啊。"韩行谦扶在座椅靠背边，托腮低头看着他。

"OK，不要动，测一下心率。"韩行谦看了他一眼，用铅笔在记事本上写下数据，抬眼瞥他，"长大了，我这个老父亲很欣慰。"

"你能不能别老动不动就观察我？"

"这也是我的一项工作。"

白楚年差点忘了，自己被锦叔从地下拳场捡回来以后，在联盟里接受治疗的那段时间，一直是韩行谦在给他做后续恢复。

"算了，我不跟文人计较。"

白楚年打开溪水边的通信扬声器叫他："兰波。"

兰波听到熟悉的声音，四处找了一会儿，发现了身边的隐藏摄像头。

"跟你说个事。……"

兰波听完，摘了一朵野花，趴在镜头前摆弄，嗓音很有磁性："可以，但你要怎么谢我呢？"

一只蝴蝶飞来，落在兰波指间的白花上，镜头里兰波无瑕的脸离得很近。

"你别过分，给我瞎捣乱，还谈条件。"

"那我……见到一个，就打哭一个。"兰波无聊地嗅了嗅花朵，显然不吃这一套。

"那你想要什么？"白楚年问。

"要你，回去以后，给我看，录下来。"

韩行谦喷了一声："真不错。给我也发一份，这份资料对我的研究会很有帮助。"

"研究你自己去吧。"白楚年伸腿把韩行谦从机舱里踹了出去。

与兰波交代完，白楚年背上伞包，也跳了下去。

白楚年的落地点位于一座破旧神庙的附近，这里安装了信号塔，监控设备和武器都放在改装过的神庙里面，数千显示屏排列在神像下。

其他教官早已落地，将设备调试完毕，搭起帐篷在篝火边煮饭。

白楚年和韩行谦收了伞，走进神庙里面，神庙内部很开阔，到处堆放着大理石雕刻的女神像，中间有个荒芜的神坛，野花在里面开得十分茂盛，这里原本是仿北欧古建筑风格制作的布景，后来岛屿被联盟买下来，当作军事演习场，这些建筑就跟着闲置了。

狙击教官洛伦兹坐在篝火边吃罐头，黑色面罩和骷髅面具撩到头顶，其他几位教官也是这种相差无几的凶恶打扮。

"最外围的武器弹药箱应该已经空了。"白楚年盯着屏幕上的地图，每个特训生身上都安装了状态监测器，在地图上一览无余，地图上散布的绿色圆点就代表学员的位置，圆点变为橙色时意味着学员受击，变为红色时代表此学员失去战斗能力，视作阵亡。

"K，把外围固定弹药箱禁用，然后这几处我标点的位置起山火，放几头熊和豹子，把这几个想在山沟里'苟'[1]着不动的小鬼头赶到人多的地方。"

技术教官 K 是个沉默寡言的亚体，穿着一身黑衣，严严实实地戴着骷髅面罩，安静地敲击键盘，很快，散落在地图外围的几个绿色圆点变成了橙色，开始飞快地向地图中心移动。

其他教官都围过来，洛伦兹端着罐头，一边挖着吃，一边在数千个监控屏幕里找自己班的学员，他蹭了蹭嘴角的油道："嘿，小家伙制高点找得挺快，不愧是我教出来的。"

战术教官红蟹叉着腰死盯着监控："这死小子，山谷隧道的攻法我教了一百八十遍了，还是记不住，不知道长个脑子是不是拉屎用的，这些个崽子迟早要把我活活气死。"

戴柠趴在白楚年座椅靠背后边，指着监控屏幕："楚哥，你看这个。"

白楚年顺着他指的方向看过去。

"这是狙击班的一个小朋友，姓萧的，在我课上练得也很刻苦。"戴柠说，"不过他们俩最近几次周考都恰好在一个队里。陆言那个小鬼灵精，应该是钻系统空子，故意跟那小孩组队了，陆言狙击打不好，歪脑筋动得还挺快。"

白楚年哼笑："还挺会互补的，据我所知，萧驯近战很弱，他跟陆言在一块儿，能最大限度保证自己的近身安全。"

韩行谦靠在椅背上悠闲地看监控，他也不带班，生化课是新加上去的，基本不在这次考核范围内。

"K，找个机会搞其中一个。"白楚年轻轻敲着桌面，"我看看他俩是不是就黔驴技穷了。"

技术教官 K 点了一下头。

1."苟"：网络词语，多用于游戏中，形容非常有耐心，找一个落脚点一直蹲着不动的战术策略。

萧驯蹲坐在山谷中一棵茂密的榕树上，怀里抱着一把 M25 狙击枪，背后背着一把阿玛莱特狙击枪，两把栓狙，看得出来他已经完全放弃了近战，专注于远程狙击。

他们队伍里还有一个边牧亚体，在控制无人机搜寻下一个物资点，余下三位队员各自在自己的岗位上工作。

陆言背着抢来的步枪，在树底下举着望远镜，观察敌人位置。

他舔着嘴唇嘀咕："啊，我看见揽星了，前几次周考都没分出胜负，这次非赢他不可。"

"萧萧，我们这儿离他们有多远？"

萧驯一动不动地架着狙击枪，单眼瞄准，淡漠地回答："637.21 米。"

"我带三个人开车下去，快到的时候给你信号，你把高层楼外围那个装炸弹的先狙掉，然后我们尽量把他们赶出掩体，你狙掉其他人。"

萧驯轻声答应："毕揽星呢？"

陆言："他有毒藤甲，一枪肯定干不掉的，我这次要从背后偷袭他。他们抢了导弹弹药箱，我抢来给边牧用，走走走，上车上车！跟着陆哥冲呀！"

监控后边几位教官笑成一团。

白楚年支着头笑："这小兔子，真猛。"

陆言他们的车开走之后，K 教官改变了一下程序，打开了一个兽笼。

萧驯正全神贯注地盯着狙击镜中的目标，守在他树下的布偶猫亚体警惕地站了起来，轻声提醒萧驯："有动静。"

萧驯回头，突然密林中扑出一只金属机械狼，张开锋利的狼牙，朝他嘶吼而来。

萧驯立刻翻身跳下榕树躲开这一击，抱着狙击枪在地上一滚，快速开了一枪，正中金属机械狼心，趁他换弹的工夫，另一只狼从背后冲了过来，萧驯立刻换了背上另一把狙击枪，在狼扑来时矮身滑到布偶猫身边，一枪爆了机械狼的头。

收拾完两只机械狼，萧驯又爬回原来的架枪点，专注地透过狙击镜盯着敌人。

监控后，几位教官啧啧称赞："有两下子。"

白楚年注意着场上的人数，差不多超过半数伤亡后，他回头对 K 教官道："把二期任务发下去。"

随即，任务发布成功的提示出现在地图上。

陆言的小队正和毕揽星的队伍乱斗成一团，毕揽星队伍的成员被萧驯狙杀了两个，陆言队里也有一个亚体被毕揽星的毒藤绞杀，双方酣战中，任务提示音响了起来。

"存活学员请注意，现在发布二期任务：七名恐怖分子持械潜入红桃岛东南方神庙遗迹，请在考核结束前歼灭所有恐怖分子，学员全部阵亡则视作本次考核失败，下面提供目标肖像。"

陆言躲到废弃仓库后边，快速翻看二期任务内容。

"七名……"陆言咽了口唾沫，"啥啊，肯定是老涅出的主意。"

在特训基地混的日子不长，白楚年的外号陆言学得明明白白。

任务提示音又响起来。

"二期任务提示：在地图内找到一位辅助人员帮助冲锋。下面提供辅助人员肖像。"

兰波的照片赫然出现在电子屏上。

陆言爬到仓库堆积的集装箱最上面，朝墙面有节奏地开了几枪，毕揽星心领神会，用手势示意队员暂停射击。

毕揽星抬头看向仓库，仓库受潮腐蚀的砖缝中露出一双黑溜溜的眼睛。

陆言扒着砖缝问："喂，揽星，你们也收到二期任务了吧?"

毕揽星点头。

陆言："我就知道年底考核肯定不会像周考那么简单，说有七名恐怖分子，还持械，还给我们安排了一个辅助人员帮助冲锋，兰波咱们认识，近战群战都很强的，以前根本没有辅助人员这一说，这说明什么？说明任务很困难。"

"我们每个队伍最多六个人，有的还减员了，现在还活着的顶多有五十个人，等我们到了位置，每队最多也就剩下三四个人了，要是一个队一个队地上，那不是葫芦娃救爷爷吗？我可不想被拖出去做 SERE 训练。"

SERE 训练即战俘训练，每次月度考试中提前阵亡的学员就会被清扫援救人员扔到模拟战俘营，强度默认为最高的 C 级，相当于一个敌方监狱，里面会有完全陌生的教官充当敌军角色，给他们戴上亚化细胞团控制器，捆绑、鞭笞、谩骂、羞辱，扒掉衣服，不准他们饮食休息，还时不时用灼热的强光照射他们，用刺耳的噪声让他们精神崩溃，之后便是无休止的拳打脚踢拷问，直到整场考核结束为止。

虽说成功逃脱战俘营的学员会被免责，但逃出来实在太难了，每次只有一两名学员能做到。

特工被俘的风险非常高，一旦选择了这项职业，就要有面对痛苦和恐怖压力的承受能力。

陆言考核失误进去过一次，时间很短，只有四个小时左右。当时戴柠教官很担心，会不会给娇生惯养的小家伙造成心理阴影，但很显然戴柠小瞧了他，小兔子出来以后，躲进衣柜里抹了一夜眼泪，第二天还是红着眼睛、遍体鳞伤地按时出现在了教室里。

想起那次经历，陆言小腿就哆嗦，于是每到重大考试他都全力以赴，以免再进战俘营。

毕揽星低头给 Uzi（乌兹冲锋枪）换弹匣，低声问："你想怎么做？"

"我们先一块儿把恐怖分子干掉。"陆言脑筋转得飞快，"你看，任务里没说只让一队去执行歼灭任务吧，没说就是可以的意思。"

毕揽星想了想："行。你们负责去找兰波，我们去联络其他队伍，两个小时后在神庙外一千米的山谷沼泽集合，我会提前建筑防御工事，重新分组冲锋。"

陆言："对一下表。我们先撤了。"

陆言带着两位队员，开车返回原位，带上萧驯和布偶猫往另一个方向去。

ATWL考试时陆言与兰波相处过几天，大致了解他的某些习性，直接奔着有水的位置开过去，地毯式搜索所有水源。

兰波宁静地躺在小溪里，枕着一把突击步枪，双手垂在鹅卵石上，蓝色蝴蝶落在他的金发间。

他们把越野车停在远处，从鹅卵石上走过来靠近兰波。

萧驯习惯性探查目标的情况——

生命数据总体分析：100%

体力剩余：100%

亚化细胞团能量剩余：100%

情绪占比：愉悦50%，无聊50%

进食量：99%

又出现了，这个特殊的指标。萧驯一直不明白为什么兰波的数据里会有这么一项，上一次见到兰波，他的进食量是97%，现在又增加了一些，不知道达到100%会发生什么事。

"他现在心情不错，靠近试试。"萧驯说。

陆言一溜小跑过去，蹲下来拍了兰波肩膀一下："兄弟，你是我们的救兵吗？"

兰波睁开一只眼睛："noliya bigi milayer。（失礼的人类幼崽。）"

他慵懒地翻了个身，趴在步枪上侧卧起来，浅金色的睫毛上挂着一滴水珠。

陆言转身叫其他人过来，他尾巴根忽然有点痒痒，回头看见兰波正用食指轻轻在他的毛球尾巴上卷动。

兰波支着头，低声笑道："bani。（兔兔。）"

萧驯注意到了兰波的情绪数值改变，愉悦程度从 50% 升到了 60%。

边牧亚体见势赶紧把身边的暹罗猫亚体和布偶猫亚体都推到兰波身边。

这两位的外显生物特征位置不一样，布偶猫的特征体现在耳朵上，暹罗猫的特征体现在脚上。

"a, rando。（啊，小猫。）"兰波揉了揉布偶猫的耳朵和暹罗猫的爪垫，碧蓝的眼睛眯成一条线。

他的愉悦程度从 60% 飙升到了 100%。

监控屏幕后，盯着实时影像的白楚年十指交叉托着下巴，手肘搭在桌面上，脸色发黑："草率了。"

现在地图上代表学员位置的圆点，都在往神庙附近会集，但圆点的颜色一直都是绿色，没有人受击和阵亡，也就意味着不同队学员虽然打了照面但并没有开枪，绿色圆点越来越密集，几乎都集中到了神庙外一千米的位置。

唯一一个靠得比较远的队伍，正从山谷驱车赶来，可以判断他们车上载着兰波。

"这是要全体合作来歼灭我们啊。"白楚年托着下巴想，"K，现在还有多少学员存活？"

"54 个。"

"毕揽星已经在建防弹垒了，位置选得也很好，易守难攻，应该是为狙击班准备的。"白楚年通过录像观察，"他对战术的确很有自己的见解。"

红蟹教官得意道："也不看是谁教出来的！"

"柠哥，趁他们还没全会集到一块儿，你去打掉几个。"白楚年在地图几个位置标上红点，"把他们的包围圈打散。"

"嗯。"戴柠把通信器塞进耳朵里，套上骷髅头套，灵活地翻出神庙废墟。

"郑哥在后边火力压制一下，掩护他。他们人太多了，车轮战对我们不利，韩哥跟上去，保证弹药和体力补给。"

侧写课教官郑跃背上装备，跟着戴柠翻出神庙外墙，韩行谦合上记事本放进口袋，从阶梯走了下去。

郑跃找了一处隐蔽的斜坡，将枪架在地上，趴下，掩护戴柠潜入学员密集的包围圈。

但学员里有一个獴狐狓亚体，J1亚化能力"不眠哨兵"，这个放哨的能力看似鸡肋，但实战作用十分惊人，因为这个能力对亚化细胞团消耗非常微弱，几乎可以忽略不计，因此可以保持极长一段时间的高度警惕。

戴柠在距离他们还有五十米的时候，就被獴狐狓发现了，他吹响了哨音，尖锐的哨音在山谷中回荡。

白楚年的声音及时从通信器中响起："撤回来。别让他们灭了。"

教官陪练时不会使用J1以上的亚化能力，那么同时面对五十多名精英学员的全力冲锋，没有想象的那么容易。

在毕揽星的部署下，所有存活学员把拿到的装备重新分配，把掩藏位置的吉利服和高精度狙击步枪（以下简称"高精狙"）分给狙击班，冲锋枪和步枪分配给格斗班，战术班和侧写班分散开来，划分给每个重组小队。

那么，现在存活的五十四名学员就划分成了九个标准的反恐行动队伍，每个队伍都同时具备一位清障破门手、临战应变尖兵、携盾掩护手、携带捆扎装备的抓捕手、负责警戒后方的后卫和狙击手。

戴柠只擅长近战格斗，偷袭一旦失败就没了机会，郑跃为他架住一路追杀过来的学员，但大约一千米外的密集藤蔓堡垒中，两发狙击弹瞬间击中了他的肩膀。

演习场内所有武器都附加了白楚年的伴生能力"疼痛欺骗"，两发狙击弹带来的炸裂般的痛苦，让郑跃冷汗浸湿了全身。

韩行谦及时用J1亚化能力"耐力重置"，将戴柠和郑跃的身体恢复到最佳状态，协助他们转移位置。

白楚年的表情难得认真起来。

"红蟹，把地区分割成三部分，给我找出一个最薄弱的突破口。"

"K，在我标点的位置布置地雷。"

"洛伦兹，狙杀毕揽星。"

几位教官的神色稍变得严肃，立刻按白楚年的布置行动。

除了白楚年，其他教官在特训基地任职的时间大多有八年之久，这八年内每一年都会进行年终军事演习，但从来没有遇到过这么棘手的情况。

似乎几名新学员的到来，潜移默化地影响着这些少年的凝聚力和胜负欲。

陆言那一队的装甲车越过了其他人的包围圈，绕到了神庙后方，腰带上挂着信号枪，一旦他们抢占了神庙后方位置，前方的学员就会开始冲锋支援。

萧驯检测到了地下的磁场信号："他们布雷了。数量很多，开车过不去。"

"我们先过去。"布偶猫和暹罗猫背着冲锋枪翻出车外，他们的行动速度极快，并且落地无声，从雷区径直穿过，攀爬到神庙废墟断裂的欧式梁柱上。

两个猫亚体的伴生能力都是避障，飞快穿越雷区根本不会触发任何机关。

兰波托着脸，愉快地看着猫猫爬墙。

他们利索地扔出钢索，绳索一端系在梁柱上，另一端抛给陆言和萧驯，两人接下绳索，绑在了粗树上，然后顺着钢索向上攀爬，爬到梁柱上，朝神庙中心靠近。

陆言安静地趴在高处，用望远镜观察敌人："一、二……五个在外边，剩下两个应该在里面。"

"我们人多，耗也能耗死他们。"

不过很快，阵亡的学员数量增速变快了，场上还剩下四十一名学员。

"揽星……躲到后方了，有人在针对他。"

"不对劲。"陆言举着望远镜扫视，"这几个恐怖分子好像体力弹药都用不完的样子。"

兰波趴在越野车顶上无聊地数着子弹，漫不经心道："里面有个医生，先打掉。"

"哦哦哦，找到了。"陆言盯上了戴着骷髅头套，藏身在小瀑布草丛里给其他人恢复体力的韩行谦。

兰波坐起来，将步枪弹匣推上："你们所有人，全部打医生。七个，变成六个，越来越少。"

"好主意。"

兰波抬起尾尖，将一只湿漉漉的蓝光水母塞到陆言手里："听我的，去里面。randi，小笨蛋。"

白楚年观察着数千个监控屏幕，掌握着大部分学员的动向，但他一直没发现陆言那一队，也没看见兰波，估摸他们应该是绕后准备偷袭了。

身后轻轻响起一滴水声，被白楚年灵敏地捕捉到。他离开指挥台，朝产生波纹的神坛喷泉走去。

喷泉水深且浑浊，看不见水底的动静，不过几个水泡浮了上来，一只蓝光水母在水面游荡。

白楚年心里了然，蹲在喷泉沿上，用枪口指着水面，淡笑了一声："你没了。"

不料，水面另一个稍远的位置，突然出现了一个圆形黑洞，陆言双手各持一把沙漠之鹰，从狡兔之窟中一跃而起，两发子弹朝白楚年的脑袋打了出去。

白楚年立刻反应过来，朝陆言开了一枪，但陆言早有准备，闭合狡兔之窟，逃到了喷泉外，又朝白楚年开了两枪。

白楚年踩着废墟高墙跳跃着躲避子弹，对着通信器说："韩哥快换位置。"

他没有多与陆言纠缠，翻出高墙去支援韩行谦，这些小鬼已经看穿了他们的辅助者，必然会全力集中火力对付韩行谦。

一发狙击弹预判了白楚年的前进方向，将白楚年的救援路线切断，白楚年循着子弹落点的弹道回望，看见了伏在神庙高处用高精狙瞄准他的萧驯。

韩行谦收到了白楚年的提醒，立刻从原位撤离，但被迎面而上的几发无人机导弹挡了回去。

边牧亚体操纵无人机围堵韩行谦，韩行谦连续发动 J1 亚化能力"耐力重置"，当重置次数足够多时，无人机就会因为达到使用寿命而报废。

但他的耐力重置速度慢了下来。

边牧亚体托着笔记本电脑，站在远处通过无人机扬声器对他说："我的伴生能力是牧羊，削弱有蹄类亚化细胞团，韩教官。"

毕揽星为了避免被对方狙击手干掉，于是躲到了堡垒后方，但他没有停止战术部署，传达给所有学员集中火力攻击的消息。

一时场上所有学员将炮火全部集中到了韩行谦身上。

韩行谦被迫穿过小瀑布撤离，但一具碧蓝身躯从瀑布飞跃而下，兰波肩扛火箭筒，一发高爆水弹直接把韩行谦轰出场外。

这时，信号弹从神庙后方升起，陆言发射了捣毁敌后信号，毕揽星收到后立刻发起命令："按计划冲锋。"

白楚年赶到位置时，韩行谦防弹服上的绿色示意灯变成了红色，代表已阵亡。

兰波坐在瀑布边，肩头扛着透明水化钢四联火箭筒，朝白楚年微抬下颌，金发在日光下散着明媚柔光。

"菜鸡。"

第七章

演习考核

白楚年的位置在废墟墙后，身后的退路被狙击手死死架住，只要他的头探出掩体外一丁点，立刻就会有十发狙击弹爆掉他的脑袋。

他与兰波仅仅相距七八米，前有人鱼肩扛火箭筒嘲讽"菜鸡"，后有三十多个得意门生朝神庙冲锋，右手边还埋伏着陆言那一队，两面夹击并且敌众我寡的局面对教官组十分不利，稍有不慎就会栽在这群小子手里。

兰波单手将水化钢形成的透明四联火箭筒戳在身边，轻抬下巴颏，尾尖在地上轻轻敲了敲："如果你现在，在这里跪下，我会放水，在你的孩子们面前，让你有面子。"

白楚年将手枪在掌心打了个转，插回腰间枪带，骷髅头套遮挡下看不出他的表情："如果我不呢？"

兰波抚摸着透明火箭筒外壁，笃定地笑道："我会，当众打败你。

"早上，孩子们看你的眼神，爱慕，期望，追随。"

白楚年双手插在裤兜里，微微俯身，骷髅面具下的眼睛漆黑发亮："万一我不弱于你呢？"

兰波蹙起浅淡的细眉："你不会成功。"

兰波忽然将身边立着的火箭筒扛到肩头，顺着瀑布水流迅速攀爬到三米来高的岩石上，四发高爆水弹朝白楚年所站的位置轰然发射。

水花爆裂，地面被高爆水弹的冲击力轰出了一个巨大的坑，白楚年却消失了。

白楚年轻盈地站在废墟高处断裂的横柱上，猫似的脚步点地轻身跳跃，在枪林弹雨中闪现，扶着唇边的通信器低声说："我朋友叛变了，他玩真的呢！戴柠、郑跃撤回来与我会合，K，在我标注的位置布雷，引爆烟幕弹，洛伦兹在你一点钟方向重新找制高点，红蟹，等会儿我们撤到神庙南边的荒树林，你把时间最短的撤离路线发给每个人。"

韩行谦提前被集火[1]出局，反倒落个清静，给自己恢复了状态，找了个地方拧开一瓶矿泉水坐下休息，跟通信器里面的白楚年闲聊："小白，跑什么啊？回来跟兰波干。他这一炮轰我身上，可一点没留情。"

白楚年边盯着手腕电子屏上的地图策划下一步行动，边回韩行谦的话："不是我不想打，韩哥。嗯……对，我就是不想打。"

红蟹："你这回要是坑得我们下不来台，爷跟你绝交。"

白楚年："不慌，小场面。"

戴柠："要不我们用 M2 能力反击吧，输给这帮小土匪，我接受不了。"

洛伦兹："逼我们用出二阶能力也一样丢人啊。"

白楚年："翻不了车，信我。"

神庙废墟覆盖的面积很广，他们穿越倒塌的梁柱和砖墙，在荒树林分散开来。

荒树林中心环绕着一座阔大的古欧式祭坛，左右两排神像姿态各异，大理石表面因长时间被风沙侵蚀而变得斑驳坑洼，主位的神像脸颊破损，已经看不清原貌。

---

1. 集火：与附近的队友集中火力攻击锁定的敌人。

毕揽星一直在防弹垒后方用望远镜观察着目标的动向，他从高处爬下来，从地图上分析目标撤离的方向。

两支学员队伍会合后，陆言问毕揽星："现在怎么办？我们还剩下三十六个人了。被我们打掉的是韩教官，其他六个人肯定都是教官扮的，这怎么可能打得过？"

IOA联盟特训基地的教官，除白楚年和韩行谦之外，全部都是退役特工，不知道为联盟完成过多少紧急任务，面对他们，谁都不免发怵。

"还是有可能的。"

从战斗开始直到现在，毕揽星一直保持着冷静和清晰的判断力，他想了想说："我们还有一位辅助人员呢。兰波是我们取胜的关键，这几个月来，我早就发现，不管在什么情况下，教官陪练都不会用J1以上的亚化能力。可能是上级的规定，也可能关乎教官的尊严，得利用好这一点。"

"对方的狙击手一直在狙我，我想大概是楚哥看出我在部署战术，所以想把我们的核心指挥先打掉，我们人多，一旦没了主指挥会很麻烦。"

"楚哥的指挥向来没出过差错，那我们就按他的指挥来。"

毕揽星在每个重组小队中抽调了一部分人，基本都是格斗班的学员，擅长近战。

"阿言，你带上兰波，还有这支小队，开车绕到荒树林后面，荒树林里有个神坛，楚哥大概率会在里面，围攻他，即使打不掉，也要死死拖住他。"

"萧珣，你也跟他们，在他们拖着楚哥的时候，最好能趁机狙杀他。"

"嗯。"

毕揽星嘱咐陆言："千万记住，保护好队伍里的谭青和谭杨，让他们跟紧兰波，一步都不能落下。"

谭青和谭杨是一对孪生子，容貌生得很像，尤其是色泽浅淡的眼睛，看起来温柔明亮。

陆言点头，带着队伍快步离开。

兰波打了个呵欠，顺着废墟梁柱，慢腾腾爬走，跟上了这支小队。他希望所有人都跟上才好，方便自己扑倒白楚年的时候一起宣示主权。

萧驯背着双狙，从高处与他们分开行进。

毕揽星继续安排余下的一半同学。

天色越来越暗，荒树林中偶尔传来一声骇人的狼嚎，白楚年摘掉头套，倚靠在大理石神像下坐着，在通信器中不断下达指令。

洛伦兹和戴柠突然紧急求助。

戴柠的近战能力在所有教官中出类拔萃，而洛伦兹作为鹰眼狙神久负盛名，别说学员，就是面对真正的敌人围剿也不会出任何纰漏。

但毕揽星不一样，他对每位教官的能力了如指掌，于是他故意将枪线拉开，让狙击班学员远程牵制戴柠，而余下的格斗班学员摸到洛伦兹近点，强硬冲锋，毕揽星自己则带人将两位教官彻底分隔开。

在与这个少年相处的过程中，白楚年发现他的观察力和耐心要远高于同龄人。他的打法的确不要命了些，看得出来他知道这些教官不会用全力反抗，也知道己方不会真的有人因此死亡。他很会利用已有的情报安排战术，虽然思维还维持在象牙塔的理想化阶段，但规划天赋和对战局的见解可见一斑。这样下去，过不了多久就可以带他出去体会一下能够见血的实战了。

"K，在我标记范围置换。"白楚年说。

技术教官 K 的亚化细胞团与爬虫亚化细胞团类型相似，同为罕见的编程亚化细胞团，K 教官的亚化细胞团为"天平"，J1 亚化能力"等量交换"，可以将范围内两个空间，或者时间、能量波、属性短暂交换。

在 K 教官使用能力的同时，戴柠和洛伦兹脚下同时出现了一个圆形的、由二进制数字组成的光圈，圆形范围内快速流过未知的程序，两个空间瞬间扭转交换，戴柠和洛伦兹交换了位置。

现在的局面反转，两位被学员抓住弱点一通狂轰滥炸的教官都受了伤，但交换后，戴柠面对的是一群格斗班的学员，而洛伦兹开始与自己狙击班的学员们挨个对狙，存活学员数量锐减。

戴柠对战这些还嫩的学生绰绰有余，但他发现人数对不上，低声联络白楚年："楚哥，格斗班学员不全在这儿，除了已经出局的，应该还有六个人不在我这儿。"

白楚年懒洋洋地靠在神像脚下，手腕搭在膝头："没关系，我们先把老K牺牲掉。"

K教官："？"

毕揽星早就留出了一队突击兵，就待K教官用出亚化能力暴露位置，"等量交换"这个能力有范围限制，如果想保住戴柠和洛伦兹，K教官非露面不可。

他真实的目标就是K教官，K操纵电脑可以在场地中任意布置陷阱，对他们的突击来说，是个极大的不可控的阻碍，必须先除掉他。

白楚年说："你们两个不用管K。K是他们这次进攻的目标，回援就上了他们的套了。"

果然，K教官被集火击杀，防弹服的示意灯变红，代表已阵亡。

但学员们也不轻松，他们用十几个人的牺牲，才换来了一位教官的下场。

毕揽星皱起眉："他们不回援，被楚哥看穿了吗？"

好在让陆言离开时分了自己队里的通信器给他，毕揽星临时改变方案，让陆言和萧驯放弃白楚年，拖住白楚年的任务只交给兰波和另外两名学员。

现在场上剩余五位教官、十七名学员。

白楚年："毕揽星用的是不要命的自爆打法，拼的就是他们只要有一人存活就算赢，不过也能理解，小家伙们没打过实战，还不知道生命可贵呢。"

红蟹："回去我得批评他，他们又不是恐怖分子，这叫干什么呢。"

白楚年："不用，规则就是规则，合理利用规则也是一种智慧。有些他应该知道的东西，过一阵子我会让他明白的。不过现在，我们不牺牲三位教官还真不好对付他们。"

郑跃教官："哪三位？"

白楚年："你呀。"

通信器中传来郑跃的一声惨叫。

被半路召回的陆言和萧驯并没有撤回原位，而是按照毕揽星的指示去偷袭了郑跃。

郑跃本身就在与五六名学员绕着掩体缠斗，他刚击杀两个人，陆言就从凭空出现的黑洞中跳了出来，垂耳兔的 J1 亚化能力"狡兔之窟"可以短时间内瞬发多次，并且无声，最适合背后偷袭。

郑跃受了一击偷袭，立刻退到下一个掩体后，但十几米外一架狙击枪漆黑的枪口对准了他，他索性直接靠近狙击手，准备夺下制高点再反击，没想到萧驯突然抱着狙击枪从掩体后一跃而起，落地翻身一滚，躲开了冲锋枪口火焰，在距离不到两米的情况下贴脸击倒郑跃。

白楚年把耳麦拿远了一点，因为郑哥太惨了，只听郑跃叫了一声"这小子冲锋狙 [1] 啊！"后就变成了阵亡状态。

场上还剩四位教官、十五名学员，战况激烈，胜负还真不好说。

白楚年说："目标暴露了，红蟹，洛伦兹，准备。"

陆言从狡兔之窟中落地时突然被一股巨大的力量缠住了肩膀，红蟹教官在这里潜藏多时，他的手像一把强硬的铁钳，而陆言靠灵活闪避打近战，一旦被抓住就很难脱身，因为力量不够。

他感到自己像被活生生钳成了两半，全身骨骼胀痛不堪，活活昏死过去，变成了阵亡状态。

而萧驯也在跃出掩体击杀郑跃时，被洛伦兹一枪击杀。

"剩下的红蟹安排。"白楚年对他们说，"接下来就该轮到我了。"

---

1. 冲锋狙：指使用狙击步枪到交火点去击杀敌人，一般是狙击枪玩法熟练，且反应速度较快的玩家使用。

他仰起头，破旧坍塌的神殿穹顶在经年的风雨侵蚀下漏了一个大洞，天空漆黑，一轮圆月挂在废墟之上，兰波就坐在穹顶的雕柱边，鱼尾微光闪烁，月辉落在他浅浅的睫毛和眼睛上，散发着美丽的危险气息。

兰波抬手，扔给他一把枪和一把匕首，眼神宠溺但倨傲。

但白楚年没有捡，将腰间的手枪拿出来扔在脚边踢远，摊开手："就这样。"

兰波眯起眼睛："你很自信。但我是认真的。"

白楚年蹲在神坛边缘，淡笑着朝他勾了勾手。

兰波单手撑起身体跳下来，手中的左轮手枪朝白楚年连点五发。

白楚年的身形快出残影，他预判弹道轨迹并轻身避开，翻越两人之间的神坛废墟，凌空扑下来，抓住兰波手腕，指尖钢化，按动他的手筋，筋脉麻木顿时让兰波五指松懈，左轮手枪落在了白楚年手里。

兰波用手肘重击白楚年胸口，靠着湿滑的鱼尾从白楚年臂弯里溜了出去，双手抓住横断的石柱，靠双臂的力量带着身体重新爬回穹顶。

白楚年将左轮手枪也扔到地上，淡笑着望着他："荒树林只有沙砾和荒草，下来吧，不闹了。"

"专心。"兰波的眼瞳忽然聚成一条细线，半透明鱼尾电光炫目。

刚刚拖延的时间让他完成了蓄电，白楚年迅疾离开原位，但还是被密集的电火花燎到了手臂。

乌云遮月，密集的云层从空中压低，迫近神殿，闪电在云层中跳跃，密集的闪电蜿蜒劈下，白楚年在数道闪电中跳跃躲避。

兰波的 J1 亚化能力"下击暴流"，可以随意控制范围内云层正负电子，一旦乌云聚集得足够多，就会降雨，水源一多，兰波的优势就会成倍增长。

白楚年不会给他这个机会，轻踏怪石嶙峋的墙壁，翻上穹顶，抓住兰波后颈，将他扯了下来。穹顶将兰波与云层隔绝开来，乌云缓缓驱散。

耳朵上的通信器传来新的消息，红蟹说他们清完了场，还剩下两名学员躲藏起来，他们没找到。

兰波原本被控制了，忽然挑眉问："你想知道剩下两个人在哪儿吗？"

白楚年脸色微僵。

兰波手中忽然汇来一股水流，在他手中形成一管水化钢透明火箭筒，一发高爆水弹将压制在自己身上的白楚年轰飞。

白楚年后背狠狠撞在了废墟斑驳的墙壁上，他翻身一滚，避开兰波的下一发高爆水弹，即使高爆水弹本身不造成任何伤害，它所蕴含的冲击力也足够让他在撞击中阵亡，一旦他阵亡，兰波再去对付剩下的三名教官便不费吹灰之力。

"我知道那两个小鬼在哪儿了。"白楚年避开水弹，忽然从腰间拿出一个引爆遥控器，在兰波还没反应过来时按下了引爆开关。

废墟外响起一连串的爆炸声，剧烈的爆炸声响过，监测台自动发出广播："所有学员阵亡，考核结束。学员请在教官的指令下集合。"

最后两名学员被 K 教官提前安装在废墟周围的炸弹炸死了。同时，兰波手中的水化钢火箭筒跟着消失了。

"谭青和谭杨一直跟着你对吧，所以你才有自信在荒树林挑战我。"

这对孪生子一个拥有氢亚化细胞团，另一个拥有氧亚化细胞团，虽然不像贺家兄弟那样拥有罕见的双子亚化细胞团，却也有合攻能力，能够合成所有仅由氢元素和氧元素构成的一切化合物，包括水在内。

"但在陆地上，你还是弱了一点点，这没什么。"白楚年从背后扣住兰波的脖颈，将他按在神坛上，左手将他双手反制在背后，钢化的指尖轻轻卡住他的关节，让他无法动弹。

兰波吃痛，挣扎着仰起头。

阵亡的学员们差不多都集合过来，列队等着教官点名，没想到透过废墟破烂的矮墙，看见白教官把兰波按在了坍塌的主神神像下，白教官看着身下的人鱼。

兰波双手被反制在背后，咬着牙回头狠狠地注视他："长大了，你，力气变大了。"

"是啊。"白楚年笑起来，低头道，"你想向所有人证明，不一定非要打赢我。"

兰波嗯了一声。

陆言用兔耳朵挡住眼睛。

萤和小丑鱼早已见怪不怪，其他亚体难免情绪激动，嫉妒得面目全非的也不是没有。

谭青、谭杨面无表情地用打火机点燃手心里的可燃气体，不知道说什么，给教官放个烟花吧。

"好了，现在大家都知道了。"白楚年愉快地俯身摘掉挂在兰波睫毛上的小粒珍珠揣进兜里，"这个仪式您还满意吗？"

兰波抓住白楚年的衣领拽到面前："你想，造反？"

白楚年轻松迈到神坛沿上，蹲在兰波身边，悠闲笑道："没有啊，毕竟陆地是我的主场，我也很想让你知道，在这里我有保护你的能力。"

"给你，头发乱了。"白楚年伸出手，一截手腕露出武装防弹服外，上面套着一根小皮筋。

兰波从他手腕上摘下皮筋，将散乱的金发拢起来，扎到脑后。

皮筋上粘着一个塑料的蓝色小鱼，是白楚年到码头买烟的时候顺便买的，他蹲在摊位旁边挑了半天。

兰波很好哄，一下子安静下来，尾尖蜷成一个卷。

"什么敬慕期待。"白楚年回头望了望那些学员，"你想多了，以后万一哪一天他们突然知道了我的身份，到时候会怎么样，我从来都不愿意想。"

兰波抬眼问："会怎样？"

白楚年轻叹口气："我不想他们怕我。嗯……虽然他们一直很怕我，这样也好，如果真的有暴露身份的那一天，他们的态度反差应该不会太强烈。"

兰波摇头："我也，被改造。但，王还是王。"

"那不一样，你本来就不需要融入什么地方。"白楚年沉默地看着地面，无聊地抠着神坛夹缝里的小石子。

兰波轻声安慰："你不可怕，你有粉色爪爪。"

白楚年愣住，手心里浮起一层软爪垫他还没注意到。"哎哟。"他把爪垫收了回去。

兰波笑起来，尾尖卷成心形。

"不许出声。"白楚年往集合地点走去。

见白楚年回来走到他们面前，学员们纷纷绷紧身体站直，垂着眼皮不敢看他。这次学员全军覆没，算作考核不合格，实时录像还传回了总部，还不知道这个老涅要怎么收拾他们，以老涅的手段，把他们全部扔进战俘营做七天七夜的 SERE 训练也不是没可能。

没想到白楚年却说："干得不错，挺漂亮的。"

特训生们都不敢相信自己的耳朵。

郑跃教官抱臂道："本来就没打算让你们任何一个人活着走出来，这次能打掉我们三个的确挺出人意料的。"

学员们隐约露出欣喜的眼神。

"别高兴得太早。"白楚年说，"得亏这是演习，只看输赢，不看伤亡。每人回去写一篇战后总结，三千字，两天后各班班长收齐交上来。"

"噢……"小崽子们没精打采地答应。

红桃岛的清扫人员负责提供食物，有人提议露天烧烤，学员们都筋疲力尽，饥肠辘辘，希望烤架上的肉快点熟。

白楚年用匕首片下一块肉，吹凉，卷在生菜里递给兰波。

兰波看着菜包问："礼物？"

"不是，卷起来吃的，这样——"白楚年把生菜裹紧，插在匕首尖上喂他。

兰波张开巨大的、布满尖刺后牙的嘴，连着匕首一起咬断，吞了下去，然后又恢复了红润小嘴的形状。

"啧，干吗呢？嘴张小点。"白楚年又给他裹了一个，手拿着给他塞嘴里，轻声念叨，"你别把我手咬没了。"

萧驯规规矩矩地跪坐着，安静地切下一片肉，夹在生菜叶里，包成规整的四方形，拿在手里，刚要吃，忽然发现身边的韩教官看着他。

萧驯怔怔地和他对视，韩行谦说："谢谢。"

萧驯手里拿着菜包呆住，突然反应过来，愣愣地把菜包交给韩行谦，韩行谦满意地接过来。

萧驯手里拿着新的生菜叶子，忘了接下来该干吗了，狗尾巴不听使唤地摇起来。

吃饭的时候，教官和学员之间的关系总会比平时亲近不少，有学员大着胆子提议 K 教官把骷髅头套摘下来，他们所有人都没见过 K 教官长什么样，因为 K 教官从不露脸。

不光是他们，其实其他教官也没见过 K 的长相，甚至没听过他的声音，他绝大多数时候不说话，如果非要说话，也只会发出一些电子合成音。

K 教官把头套靠近嘴的位置用匕首划了个开口，静默地吃东西，通过这一点基本可以判断他不是一个机器人，而且下颌线很好看。

陆言还沉浸在自己输给毕揽星的郁闷里，根本顾不上八卦别人。

这次考核没有学员幸存，那排名自然就会按存活时间决定，毕揽星最后才下场，他们打的这场赌终于分出了胜负。

陆言气得饭都吃不下，躲到废墟石头后边咬生菜。

一只戴着护手的手搭在他的头上，陆言甩了甩，耳朵跟着晃荡。

"别生气了。还有下次呢。"毕揽星在他身边坐下，他现在比陆言高出一头，体形在这个年龄开始显现特征了。

"我要是再反应快一点就好了。哎呀，明明能躲开的，我就没有想到他会在那里伏击我。"陆言耷拉着耳朵嘀咕。

毕揽星拍了拍他的脑袋。

"明早我四点就起来训练，不，三点半。"陆言又想起考试的事，抓住毕揽星的防弹服摇晃，"你也一起。"

毕揽星笑道："嗯。"

返程飞机在清晨起飞，在蚜虫岛落地，学员们再次回归日常训练，等待教官们整理完这次年终考核的录像后给他们复盘。

白楚年乘直升机离开了蚜虫岛一趟，之前答应爬虫交换情报，爬虫希望能与他见面详谈。

对照着电子请帖的地址，白楚年找到了韶金公馆，不过他没带兰波，担心万一中间言语不和，兰波把人家房子拆了。

来开门的是个穿蓝白制服的用人，将白楚年引进公馆内，请他在会客室稍坐，他去请主人过来。

白楚年在绵软的沙发里坐下，他换了件新的黑色背心，表示自己还算重视这次会面。

韶金公馆建筑风格恢宏气派，背后临海，装潢也十分时髦讲究，白楚年摸了摸面前的芬迪茶几面，不免在心里跟会长和锦叔的度假别墅做了个比较，公馆主人品味也就一般吧，要说格调，还是锦叔的眼光高些。

主人并没让他等太久，过了一小会儿便推门而入，白楚年放下咖啡杯，见来的是爬虫亚体和那个黑豹亚体。

白楚年自然地问："多米诺不在啊，原本还想谢谢他在看守所帮我打掩护来着。"

黑豹冷漠地注视着他，缓缓在沙发里坐下，叫用人端来新的咖啡。

"多米诺近期签售会的行程安排得很满。"爬虫叼着糖棍，仍旧穿着他那件荧光黄的撞色卫衣，卫衣前面印有一个黑色的蠕虫图案。

"哦，对。"白楚年说，"我最近看完了他所有的作品，有一本叫《水色坟墓》的写得蛮不错，读起来如身临其境，很有代入感。"

多米诺其实是笔名，《水色坟墓》是一本科幻类小说，字数不到十万，讲述了一个婴儿从一人高的长方体透明鱼缸里出生、长大、生育至最终死亡的过程，他的孩子继承了他的记忆，并在透明鱼缸里循环父辈的人生，这样循环了无数年后，最后一个婴儿长大，打碎了鱼缸，踩着碎玻璃离开了那个沉默的房间。

这本书人气火爆，受到了大量科幻读者的追捧，半年前还获了银河奖，卖点就在于感情真挚，细节异常逼真，那些狂热读者深信不疑，多米诺老师一定为了创作在鱼缸里生活过一个月，才能写出这样令人叹为观止的作品。

"巡回签售吗？去不了现场太遗憾了，希望能给我留一本带扉页签名的。"白楚年笑道。

黑豹亚体注视白楚年的眼神带上了敌意。

爬虫咬着糖棍，应和道："我会转告他。"他意识到白楚年已经发现了异样，当然了，什么秘密都瞒不过神使的眼睛。

白楚年悠闲地靠在沙发里，双手交叉搭在腹上："林灯教授也不在，看来我来得还挺不巧。"

爬虫心里咯噔了一下，不过面色如常。

白楚年又道："我刚从加勒比海回来，那边平静得不像话，就很容易让我误会，你是不是向红喉鸟偷偷泄露了我的行踪？"

爬虫暗暗咬牙，这家伙是怎么做到在别人家的地盘也能这么咄咄逼人于无形的。

"对，是我告诉他们的，不过也仅此而已。"爬虫只能坦白，"因为我们不敢靠近兰波的地盘，所以才想利用恐怖组织替我探查情报，结果他们畏首畏尾，眼看着你把章鱼克拉肯杀死，连屁都不敢放一个。"

白楚年嘲讽地哼笑："那不是个普通的恐怖组织，里面不乏有头脑的高层。你想探查情报，直接找我啊，我这边价格合理，童叟无欺，你想要什么情报直说。"

爬虫心里叹了口气，心说：我们最想要的就是关于你的情报。

"你给我的情报挺有用的，我也不能白来，给你说点在加勒比海我的见闻。"

爬虫身体前倾，认真等着白楚年说，听了半小时他和兰波的故事之后，终于得到了一点有用的线索。

白楚年把在海域内发现了装有大量自己克隆体的事情如实说了出来。这件事已经不能算作秘密了，南美分部的特工全都看见了当时的景象，消息是瞒不住的，白楚年最终也选择在分部向上汇报之前，把情况坦白给了会长，所以会长那时才会安慰他，说他是独一无二的。

分部的保密性不一定值得信任，与其让爬虫自己调查出来，还不如顺水推舟送个情报当人情。

这消息让爬虫有些意外："这……我会再调查，有新消息会通知你。"

"对嘛，我们是一路人。"白楚年淡笑着附和，"至少目标大方向差不多。"

"我们都是实验体。"白楚年弯起眼睛，"摧毁109研究所应该是我们每个人的愿望，至于摧毁后，你们想利用什么手段继续生存，我也不是很在乎。"

被他直白地戳穿，爬虫心情反倒轻松了些，和神使对话即使花再多心思设计话术也没用，人家办事根本不拐弯抹角。

在109研究所爆炸事件中出逃的实验体不计其数，研究所为了掩饰罪行，缩小影响，对外宣称只走失了一小部分，并且基本上完成了抓捕回收工作，事实并非如此，现在大量实验体游离在社会中，虽然表面相安无事，其实局面已经完全失控了。

普通人是无法分辨实验体和人类的，只能利用一些稀有仪器才能检测，但这种设备数量少，检测范围小，作用微乎其微。

爬虫为了表示诚意坦白："好吧，无象潜行者和萨麦尔都是我们的成员，无象潜行者的三棱锥小屋是我们赞助的，萨麦尔也是我们派出去营救林灯教授的，只不过萨麦尔的能力太特殊了，他所在的地方就会有人感染病毒，很容易暴露我们，他早知道自己会死，他是自愿去换林灯教授的。

"最初我在 ATWL 考试里大量散播研究所的资料，希望能引起大的骚动，但研究所里也有厉害的黑客，我在前面窜改，他在后面修复，导致至少有一半的重要资料我没能成功散布出去。

"林灯教授是我们的希望，我现在还不能说得太多，除非你答应加入我们，如果你和兰波都愿意加入我们，摧毁 109 研究所就容易多了。"

白楚年摊手："我是 IOA 成员，加入你们算背叛联盟，我们会长你也知道，那个级别可不是哪个实验体能抗衡的，我劝你们目标单纯一些，别打 IOA 的主意。"

"言逸会长……挺好的。"爬虫轻声嘀咕，"我黑进了国际会议监听，他真的在会议上要求禁止繁育活体特种作战武器，承认现有实验体的独立人格，教化为主，反对滥杀。即使达到罕见 A3 级的高阶亚体，也不敢冒着巨大风险提出这种要求，迟早会被各方势力碾压死，而言逸的级别足够高，做事又强势。"

会长这些天一直在威斯敏斯特没回来，白楚年也一直默默关注着会议的进展，会长愿意这么做已经表明了立场，不管结果如何，只看会长的态度，白楚年也愿意追随他。

"好吧，"爬虫摇了摇头，"请你答应我，别再与我们作对了，无象潜行者被你弄进了国际监狱，对我们是个不小的损失。"

白楚年没有立即答应："我不知道你们的成员还有多少，但也请你们自我约束一下，实验体能靠吃无机物活得很好，就别吃人，也别把对研究所的怨气撒在普通人身上，会长已经很累了，只要是给他添麻烦的，不管是什么我都会解决掉，会长前脚刚在会议上提出这些，你们后脚就制造一堆命案，这不是打我们会长的脸吗？"

爬虫想了想："我可以答应你。"

白楚年伸出手："不错，上道。"

爬虫和他握了一下手。

爬虫说："既然如此，我再告诉你一个情报，来为之前泄露你的行踪道歉。红喉鸟一直敌视 IOA，起初是因为他们靠倒卖高阶亚化细胞团获得暴利，IOA 成立后亚体的人身安全得到了最大的保护，杀人取亚化细胞团的情况几乎绝迹，导致红喉鸟很难再找到价格昂贵的高阶亚体来贩卖，现在言逸会长又在会议上提出针对实验体保护的要求，更损害了红喉鸟军火方面的利益，言会长早就成他们的眼中钉了。

"我拦截到红喉鸟的内部消息，他们打算在言会长飞机经停 M 港时发起一定规模的恐怖袭击，为的就是不断引起骚动，来降低言会长的威信。

"他们恨不得把言逸弄死，但又没人真能打得过他，暗杀肯定是行不通的，只能从边缘上曲线达成目标，说白了就是为了恶心你们，制造恐怖气氛，让言会长的话语权分量减轻。"

白楚年笑意淡了些："但我没有总部批准的任务书，是不能出境的。"

爬虫："这与我无关，言会长的行为让我感动，但我不至于牺牲我们的成员去为他解围，再者说言逸的实力你我都清楚，他本人肯定是不会有危险的。"

他们多聊了一阵，白楚年起身告辞，临走前插着兜俯身对单人沙发里端坐的黑豹亚体说："你坐在这儿就没动过，我建议你挂在墙上，这样你就是海豹了。"

黑豹瞪了他一眼。

白楚年走后，黑豹淡漠地开口："难缠的家伙。"

爬虫叼着糖棍，坐在沙发里晃荡两条腿："没办法，我要是神使，我也会很狂。"

"你觉得他会去 M 港吗？"

爬虫反问："为什么不去？我又没骗他，看得出来他对人类的感情和我们不一样，很大程度上源于那位会长，啊，得到人类宠爱和信赖的实验体真是，不知道该羡慕呢，还是该鄙视呢。

"现在我们是合作关系，短期来看，我们在利益和目的上都没有冲突，只要有共同的敌人，我们就算朋友。

"去交代一遍，让大家最近都不要攻击活人，吃点正经东西。他说得有道理，其实这个会长的确不错。"

黑豹轻哼了一声，起身离开会客室。

白楚年离开韶金公馆后，回到码头逗留了一会儿。

他当然不会轻易相信爬虫说的每个字，但有些情况不得不预防。

他按下耳中的微型通信器，联络韩行谦。

韩行谦正在伏案批改学员们的生化作业，头也不抬地说："我都听到了，向总部申请 M 港监测站检修任务吧，去看看总不会出差错，以防万一，红喉鸟每次策划的恐怖袭击都很棘手。"

"嗯，我也是这么想的。"

韩行谦："你要带兰波去吗？"

白楚年："带。你也得去，最好再带三名学员。"

韩行谦微微皱眉："是不是反应过度了？"

白楚年笃定道："不会。这次年终考核总分前三名都有谁？"

韩行谦翻了一下成绩单："毕揽星、陆言、萧驯。"

白楚年："打包带走。"

第八章

幻世珠宝展

IOA 联盟在世界各地均建有监测站，由联盟技术部的超级大佬段扬研发的隐形监测基站，以建筑形式存在，并且各不相同，监测站内部功能强大且繁多，可以截取范围内所有监控影像，调查异常生命体，释放无人机，等等。

每个地区的监测基站都会由当地的 IOA 联盟分部管理，M 港监测站在 IOA 联盟巴黎分部的管辖范围内，由巴黎分部会长 A3 级天堂鸟亚体直接管理，但每年总部都会派人检修。

白楚年向总部申请了 M 港监测站检修任务，就是为了获得巴黎分部的监测权限，进一步获取资料。

联盟技术部将监测基站使用权限移交给了白楚年。

按爬虫的说法，言会长参加国际会议结束后，返程飞机会经停 M 港，准备参加一场位于丹黎赛宫的慈善晚宴，而红喉鸟正打算在言逸在 M 港暂时停留参加晚宴时发起恐怖袭击。

爬虫并不算真正意义上的线人，因此总部不会轻易承认他情报的可信度，白楚年必须向总部提供确实有恐怖分子进入 M 港的证据，才能获得下一步行动的准许权限和巴黎分部的武器支持。

M港监测站外观上是一座小型仓库，混在港口众多的出租仓库中，内部也与仓库无二，只有在每小时更新一次的登录口输入权限密码后，才能激活监测站控制面板。

狭小幽暗的仓库中陈列着数道货架，货架夹层堆满掩人耳目的陈旧货物，兰波坐在货架最高层，鱼尾垂在地上轻轻摇摆，在货架顶层随便翻找些新鲜玩意。

他从杂物箱里找到了一个旧的芭比娃娃，觉得新奇摆弄了起来，对本次任务没有任何的热情和兴趣。

韩行谦穿着一件灰色旧搬运工装，坐在仓库外的台阶上，手里握着漏洞的线胶皮手套，长腿搭在台阶下，装作工人边休息边注意着来往的动静。

白楚年蹲在地上，在浮空的激光键盘上输入权限密码，控制面板激活后，仓库四面墙依次亮起，分割成上万个监控屏幕，每一个都在运转中。

对他们而言，这次任务也不过是众多普普通通的日常工作之一，但对身后这三人而言，意义就非比寻常了。

别说陆言和萧驯，就是他们中间经验、成绩最出色的毕揽星，也是第一次跟随教官出外勤，虽然在学校的各种考试里身经百战，但那毕竟只是考试，出来前白楚年只轻描淡写地跟他们说了一句"做好见血的准备"，三个少年难免紧张，连手都不知道该放在哪儿了。

陆言睁大眼睛，张望着墙壁上的屏幕，发现白楚年在查这一周内整个M港每个角落的监控，影像快进了一百倍，记录视频在上万个屏幕中疯狂流逝，陆言只盯了一会儿就晕了。

毕揽星专注地盯着屏幕，虽然他也完全看不清，但他会思考白楚年的注意力大多放在哪个位置，然后在心里分析他这样做的理由。

萧驯默默地低下头，只盯着自己的鞋尖看。

白楚年的瞳仁跟随着令人眼花缭乱的屏幕飞快移动，他目不转睛地盯着那些录像，随口批评："萧驯，看哪儿呢，溜号了是吧？"

萧驯愣了一下，抬起头，嗓音清冷："我避嫌。"

"用不着，帮我看着点，废什么话。"白楚年的眼睛依旧没有离开监控，头也不回，"兰波别啃那个娃娃了，就剩条腿了。"

萧驯抬起头，睫毛抖了抖，犹豫着望向屏幕。

在门口悠闲望风的韩行谦，抬起旧鸭舌帽的帽檐，懒懒地笑道："你以为来了特训基地是那么容易出去的吗？就算你真想不开，带着我们的情报回了灵猩世家，不出三天，你就会无声无息地消失在这个世界上，聪明的小孩都知道该忠诚于谁，我觉得你明白这个道理。"

萧驯没有回答，但慢慢摇起来的狗尾巴还是轻易暴露了他内心的放松。

快进过一百倍的视频依靠肉眼是无法看清的，除非依靠能力，显然毕揽星和陆言都不具备观察类的亚化能力。

"我来看后面和左边的吧，我能看清。"萧驯淡淡地说。

陆言惊讶地凑过去："真的假的？我什么都看不到哇。"

兰波支着头，雍容华贵地侧躺在货架上，嘴里叼着芭比娃娃的腿，拿出来在不远处的敞盖油漆桶里蘸了蘸，放到嘴里吃起来。

但凡跟科技沾边的东西，兰波一般是帮不上任何忙的，白楚年也不难为他，只要他不吃掉任何稀有设备，就算在行动中做出了杰出的贡献。

经过整个上午的排查，白楚年和萧驯锁定了一个可疑目标。

监控捕捉到这位不到三十岁的贵公子将某种药品放进了同伴的礼服手提包中，那个娇艳的亚体显然毫不知情，挽着他的手臂亲昵地跟他出入酒店。

白楚年截取了关于这个亚体所有可疑的片段，汇总成约十分钟的视频文件，转换后传输给联盟技术部。

很快，联盟技术部发来解析结果：

那位贵公子名叫汝成，是汝若方成集团老总的儿子，汝若方成集团最重要的交易方向在于生化制剂。技术部经过与医学会讨论，从储存方式和物质状态上分析，一致认为他放进同伴手提包中的物品是一种被业内人称为"葵花"的爆炸催化剂。

白楚年说："帮我调查一下，汝成未来一周的行程安排。"

技术部回复："今晚出席在丹黎赛官的慈善晚宴，请帖上有他的名字。"

丹黎赛官晚宴，正是言会长即将参加的那个慈善晚宴。

白楚年："申请搜查任务，人数六。"

大约十分钟后，技术部回复："高层准许秘密搜查，请务必阻止爆炸发生，找到并抓捕汝成的同伙。"

白楚年："给我丹黎赛官晚宴的资料。"

资料迅速发送到了白楚年手腕上的接收屏上。

由幻世风扉珠宝公司举办的幻世珠宝展将在 M 港丹黎赛官呈现，拍卖展品所得将赠予慈善机构。

"幻世风扉？"陆言小声说，"这是我爸爸的一个珠宝公司，新年那天他们送了我一个宝石胡萝卜，我挂在书包上了。"

陆氏飞鹰集团名下最负盛名的珠宝公司幻世风扉，懂珠宝的行家自然了解这个奢侈品牌，他们从不做低档首饰，只提供宝石定制，普通人基本接触不到这个品牌，这是低调贵族们品位的象征。

白楚年看了一眼时间，距离宾客入场还有不到两个小时。

此次参展宾客身家均过亿，丹黎赛官警戒森严，对宾客们的安全严加防护，很难在众多安保人员的视线中将汝成带走，而且一旦打草惊蛇，说不定会让他的接应同伙狗急跳墙，弄出更无法收场的混乱局面来。

白楚年抿唇思考了一会儿，转过身分配接下来的任务。

三名学员需要做的事很少，白楚年带他们来并非期待着他们表现得多么优秀，而是希望他们尽可能地参与实战。

详细分配了任务内容后，白楚年再次向技术部发起联络："申请武器装备支持。"

技术部的效率极快："得到巴黎分部授权，监测基站武器库权限已开启。"

仓库靠墙一排货架无声翻转，各种型号枪械弹药安置其上。白楚年让他们去取装备。

陆言和毕揽星拿了消声冲锋枪和弹药，萧驯迅速组装出一套消声高精狙放进枪盒中，背到背上。

韩行谦装了一些化学制剂，贴身藏进工装服内："走。"

仓库外停着一辆货车，白楚年已经提前计算好了这趟货车的运输时间，现在刚好是它卸货完毕，掉头取货的时间。

司机在外边抽了根烟，转悠了一会儿，检查完车厢锁扣，上车准备回程。

货车刚刚启动，后视镜上突然起了一层雾，司机纳闷地俯身到车座底下找抹布。

兰波无声地爬在车顶上，他浑身鳞片张开，向外散发寒意，将货车后视镜温度降低，然后悄无声息地离开。

趁着货车司机擦后视镜的工夫，陆言依靠狡兔之窟轻易进入车厢，从里面伸出手打开厢门，把毕揽星拉了上去。

货车启动，毕揽星释放藤蔓，分别缠绕在萧驯和韩行谦的腰间，将他们拖进车厢，然后安静地锁上了门。

白楚年和兰波则与他们分头行动，仓库地面缓缓向两边平移开启，一辆迈巴赫从地库中升起，白楚年打开车门，从里面找出提前准备的旅行箱，拿出零件给兰波打扮起来。

他们的任务是负责正面进入晚宴，找到那位名叫汝成的贵公子和他的同伴，并不动声色地将这两个人引到指定位置。

技术部为兰波提供了一张伪造的晚宴请柬，身份是下肢瘫痪的贵族，沙希未王子。

漆黑低调的迈巴赫停在了丹黎赛宫外，白楚年身穿燕尾执事服，戴白手套，彬彬有礼地从车上下来，躬身为王子拉开车门，并单膝跪下，接过车里的轮椅，将下身遮盖薄毯的沙希未王子抱出来，安放在轮椅上。

兰波坐在轮椅上，金发间挂了几串珠宝首饰，眉心坠着一枚蓝宝石，双腕戴着浮夸的黄金手镯，双手平静地搭在扶手上，王的气场不怒自威。

安保人员一见这排场就知道来宾是大人物，匆匆过来查验身份，今日的来宾全是大人物，他们不敢有半点放松。

安保人员俯身恭敬地向兰波敬了个礼，对照着请柬名单问："请问您是沙希未王子吗？"

兰波冷漠地瞥了他一眼："goon。（滚远点。）"

白楚年站在他身侧，他本就身材高挑，燕尾执事服与他十分相配，俨然一位温文尔雅的王室管家，他微微俯身回礼，为安保人员贴心地翻译："王子说，是的。"

安保人员仍旧不敢大意："能出示您的请柬吗？"

兰波不耐烦地看了看指甲："noliya bigi, wusa boliea mil。（愚蠢的人类，耽误我的时间。）"

白楚年递上请柬，微笑翻译："王子说，您严谨的工作态度令他欣赏。"

安保人员细心核验了请柬内的芯片，确认无误，将请柬还给白楚年，打开闸门请贵宾入场。

兰波轻蔑地说："faak tlable, boliea gilagi vi。（真麻烦，挂在我头上的垃圾能摘下来了吗？）"

白楚年礼貌笑道："王子说祝你们好运。"

然后白楚年推着轮椅，迈着低调雍容的步伐，进入会场。

再过一会儿会长应该就到了，白楚年了解会长，他从不迟到，他得先确定会长的安全。

这时，陆言和毕揽星发来就位信号。陆言的 J1 亚化能力"狡兔之窟"堪比任意门，最擅长潜入室内，他负责混进侍应生中间，在会场内灵活走动。

毕揽星则用毒木藤蔓无声无息地攀爬进了庭院。

萧驯飞快找到了最合适的制高点，在丹黎赛宫远处的一座信号铁塔顶端，将高精狙架住，耐心等待时机。

"丹黎赛宫的防弹措施做得很好。"萧驯在通信器中低声说，"我没有把握狙杀室内的目标。"

白楚年回答："知道，等我命令。"

韩行谦也道："我就位了。"

白楚年发出了开始行动的口令。

陆言已经换上了侍应生的服装，整齐贴身的黑色马甲和白衬衫，领口系上黑色蝴蝶领结，珠宝展还没开始，他需要提前赶到位置，于是端着两杯鸡尾酒快步经过贵宾休息室的落地窗前，赶往主会场。

贵宾休息室内，陆上锦坐在沙发里低头喝咖啡。以他的身份地位，这种展会也不是非来不可，不过既然言逸说会来，他也就提起了些兴致。

他给言逸打了个电话问用不用去接他，中途看见落地窗外好像有个什么小家伙一溜烟跑了过去。

陆上锦轻轻揉了下眼睛。

言逸在电话里问："怎么了？"

"没什么，应该是太想我宝贝儿子了，都出现幻觉了。"

陆言首先排查了所有贵宾休息室，确定那位名叫汝成的贵公子并不在这里，随后潜入了保险室。

他需要为白楚年他们盗取一张通行磁卡。

在主会场内部还有不少分隔开的场馆和房间，丹黎赛宫的管理者为到场的几位重要贵宾准备了通行磁卡，持有磁卡便能在许多未开放场馆任意参观，汝若方成集团老总就有这么一张磁卡，既然这次来的是他儿子汝成，想必他父亲会把磁卡拿给他。

真正的沙希未王子实际上由于身体原因并未到场，但通行磁卡已经寄出，晚宴结束会自动消磁失效。

而以防万一，保险室会准备备用磁卡，以免贵宾将其丢失。

备用磁卡锁在保险柜里，安保人员正坐在桌前看电视，保险箱就在他身边不远处。

陆言屏住呼吸，竖起耳朵，听保险室里的动静，从口袋里拿出偷来的一个手机，放在门口，敲了敲门。

手机是他从一位贵宾兜里顺来的，他的 J1 亚化能力"狡兔之窟"可以在任意相邻空间建立黑洞通道，只要他在目标的口袋上建立一个黑洞，手机自己就会掉出来，他只需要接住就可以了。

安保人员听到敲门声，推门走出来，看见地上掉了一个手机，知道肯定是哪位贵宾不小心遗失的，就站在保险室门口给挂失台打电话，让他们遣人过来取。

趁着这一段短暂的时间，陆言已经从狡兔之窟中钻到楼下，然后从楼下房间的天花板上再次建立狡兔之窟，打通保险箱，拿到了通行磁卡，悄无声息地离开。

他手里攥着磁卡，安静地靠在墙壁上呼吸，胸口剧烈起伏，手心出了一层冷汗。这还是他第一次做这种事，心里又激动又紧张。

宾客们纷纷向丹黎赛官主会场方向会集，白楚年推着兰波在柔软的地毯上缓缓行走。

路过走廊的一面正冠镜时，白楚年放慢脚步，斜眼欣赏了一下镜中人鱼的美貌。

兰波下半身盖着一条驼色缎面薄毯，浑身上下挂满华丽繁复的珠宝装饰，沉重的珠宝压得兰波脖子痛，他不耐烦地仰起头问："什么时候能，脱掉这些？为什么我总是，扮演残疾人，就因为我没有腿吗？"

白楚年俯下身，眯眼淡笑："啊，殿下说什么？"燕尾执事服胸前口袋的银色细链在半空中轻轻摇晃。

兰波抓住他的领口，将他拉到自己面前低声重复："我说，我的尾巴，被愚蠢的毛毯吸干水分了。"

"抱歉，殿下，是我的疏忽。"白楚年缓缓将他推到方形雕刻立柱后面，绕到轮椅前，恭敬地单膝蹲下，躬身掀开毯子一角，把提前准备好的矿泉水拧开，浇到兰波的鱼尾上。

兰波支着头，瞳孔聚成一条细线，垂眸俯视他，鱼尾尖不配合地将水瓶推倒："我不想保护言逸。保护他我能得到什么？"

"你想得到什么？"白楚年耐心地从上衣口袋里拿出丝巾，将洒出瓶口的水擦净，他嘴上语气温柔顺从，其实已轻易地将那条乱动的鱼尾攥在了手心里，尾尖露出虎口三四厘米。

"我这次回来，是为了谈判。让言逸把你送给我。"兰波将手肘搭在轮椅的两个扶手上，俯身偏头对他说，"我要带你回加勒比海。"

白楚年低着头给他整理尾巴上被毛毯刮起的逆鳞，戴着白手套的细长手指一片一片地将鳞片叠回原位："我还有很多事没做完。"

兰波不屑地挑眉："你怎么知道，言逸不是利用你。你担心离开联盟危险？你也看到了，在加勒比海，我让你足够安全。你没有那么需要，联盟的保护。"

白楚年手上略微停顿。

兰波注视着他，等待一个回答。

忽然，尾巴尖被温热湿润的东西包裹住，白楚年将细尾尖系成了蝴蝶结。

"嗯，好看。我用耳机线练习过许多次。"白楚年将蝴蝶结尾巴托在手心里，用白手帕擦干净，抬起眼皮真诚无辜地问，"你刚刚说什么？"

"没了。"兰波掩着嘴转过头去，翘起尾巴尖，看看可爱的蝴蝶结，有种有火发不出的憋气感。

由于今天到场嘉宾的特殊性，进入主会场之前，还会再经过一道严格的安检，白楚年推着兰波走进安检门，通过兰波发间佩戴的反光发饰观察后面的情况。

穿着侍应生西装马甲的陆言手中托着酒盘经过安检门附近，在白楚年将一只手包放到传送带上时，迅速将那张通行磁卡放在了手包下，然后快步离开了。

安检人员对照着请柬再次向白楚年确认身份："先生，请问您是否收到丹黎赛宫寄出的通行卡呢？如有遗失，可以由我们的工作人员帮助补办。"

补办当然是需要重新证明身份的，白楚年礼貌躬身："在手包里。"

检查人员找到了压在手包底下的磁卡，双手奉还给兰波。

兰波接过来，夹在指尖让白楚年收起来，随口道："nowa noliya bigi。（这个人类还算懂点礼数。）"

白楚年将磁卡放到上衣口袋，推着兰波进入主会场。

这里的空间比想象的要更广阔，更加华丽，耀眼的灯光使整个场馆金碧辉煌，欧式长桌上摆放着宴前甜点和红酒，一座十来层高的精致蛋糕摆在长桌边，出自翻糖大师之手的雪白天鹅与玫瑰点缀其上。

那些一看就身处上流阶层的人托着高脚杯谈笑，在悬挂顶级珠宝的水晶展示台间缓缓穿梭。

偶尔会有几位煊赫的商人贵族与他们闲谈一两句，兰波自然是用人鱼语一通胡说八道，白楚年则不得不应付这些寒暄，好在跟着锦叔学了不少生意上的东西，不管是经济、金融还是国际局势都能说上几句，皇室执事这个身份竟也扮得十分娴熟。

不过当他们聊到有位地位颇高的老板去世时，白楚年根本不知道，也不认识这个听起来还挺厉害的老板，不知道该说点什么，只好打着哈哈跟着一通附和，把话题混过去。

一个穿细条纹蓝色礼服的人揽着他的同伴从身边经过，往钻石展馆方向走去，白楚年认出他是汝成，推着兰波不经意地与汝成擦肩而过，汝成有些警惕地护住了同伴手中的手提包。

白楚年："东西还在手提包里，他们往钻石展馆去了。"

毕揽星的声音从通信器中响起："我就位了，楚哥，你的位置。"

白楚年低声回应："我在半个天鹅翻糖蛋糕附近。"

什么？半个蛋糕。

白楚年看了一眼兰波，兰波正忧郁地望着落地窗外，左边腮帮鼓起，嘴里嚅动着，明显在嚼什么东西。

韩行谦此时坐在监控室内，橱柜里绑着两个昏过去的安保人员。

他操控监控摄像头在整个场馆中寻找，终于在钻石展馆找到了汝成的踪迹，钻石展馆中陈列着八套价值千万的钻石首饰，不过显然汝成的心思完全不在首饰上，而是拿着他同伴的手提包匆匆穿过了走廊。

枫叶茶室是属于需要通行磁卡的场地，晚宴即将开始，这里几乎没有人。

韩行谦："他带着'葵花'爆炸催化剂去了枫叶茶室。"

"收到。"白楚年缓缓推着兰波也往钻石展馆走去，轻声命令，"揽星，把枫叶茶室通往会场内和会场外的道路做上标记，看他走哪条路。"

毕揽星双手十指长出黑色藤蔓，将他本身也缠绕其中，他与丹黎赛宫青墙外的绿植融为一体，即使探照灯打过来也发现不了他的踪迹，他的藤蔓无孔不入，细小的枝叶钻进走廊中，即使一点微风经过，也会被这些会呼吸的藤蔓捕捉到信号，然后传递给毕揽星。

白楚年和兰波抵达了钻石展馆，这时汝成已经从枫叶茶室出来了，手里仍然拿着那个手提包。

白楚年："开始行动。"

毕揽星的黑色藤蔓钻进了枫叶茶室的感应门锁中，从监控中可以看到，一位清洁工打扮的人提着水桶和抹布走到枫叶茶室门前，刷了一下卡，但由于门锁被藤蔓抵住，门并没有打开。

门被卡住时，陆言已经从隔壁钻进了枫叶茶室，在茶室中疯狂搜寻，额头直冒冷汗，终于从茶叶桶里找到了汝成藏起来的"葵花"催化剂，这是一种橙色粉末，装在外边覆盖着遮光涂层的玻璃瓶子里。

陆言戴着手套跪在地上，将两个小瓶子从茶叶桶里拿出来摆在地上，然后从口袋里拿出一排黄红色系的色粉块，用小型无声打磨机磨下差不多量的粉末，调和成相似的颜色，灌进准备好的玻璃瓶里。

韩行谦盯着监控低声催促："肉兔，动作快点。"

门外的人已经有些不耐烦，用力敲了敲门，大声问："里面有人吗？门是不是反锁了？"

"这个颜色真的很难调……"陆言的手一直在抖，不断用配出来的粉末与那两瓶葵花催化剂对照颜色，确定可以以假乱真之后，将调包的玻璃瓶放进茶叶桶，趴在地上用纸巾擦掉粉末的痕迹。

门外的清洁工再一次尝试刷卡进来时，毕揽星不得不松开了抵住门锁的藤蔓，汝成推门而入，房间内寂静无人。

汝成压了压帽檐，提着水桶装作清洁擦拭的样子，拿出茶叶桶，将里面的玻璃瓶拿出来，拧开瓶盖看了一眼，然后迅速倒进了水桶中分装的黏性炸弹里。

监控摄像头看不到枫叶茶室内部的情况，韩行谦只能依靠时间去估算这个人的行动。

白楚年一直盯着离开的汝成，汝成神色匆匆，并且没有在会场停留的意思，好像要离开这儿。

"萧驯，别让汝成走出去。"

"是。"

萧驯一动不动地趴在丹黎赛官外的高塔上，一辆幻影缓缓出现在了他的瞄准镜中。

"会长到了。"萧驯将保护目标暂时转移到了言逸身上，"没有异常。"

一缕不易察觉的气味散落在了空气中，萧驯的嗅觉也很灵敏，但仔细去嗅时气味又消失了。

灵猩亚化细胞团的狩猎本能让他提高了警惕，他提醒所有人："我们附近好像有东西，不能确定，小心为好。"

白楚年说："有可能是汝成的同伙，我没感觉到气息，或许你离得更近，你多小心。"

"兰波，你盯着会场里的动静，我去见会长。"

"en。（嗯。）"兰波懒洋洋地答应，翘起蝴蝶结尾巴尖欣赏。

兰波从轮椅中下来，抖下身上的珠宝装饰，用电磁吸附着天花板往主会场爬去。

白楚年从窗外翻了出去。

言逸才在休息室中脱下外套，白楚年便从窗外闯了进来，言逸回头看到他，慢慢地把外套挂在衣架上，低头倒了两杯热茶。

白楚年站正，轻声报告："老大，我收到消息，红喉鸟今晚会对丹黎赛宫发起恐怖袭击。我带小组提前守在这里，预防万一。"

言逸递来一杯热茶给他，自己捧着茶杯坐到沙发里，疲惫地捏了捏眉心："我知道，下飞机的时候就收到了消息。"

"啊，是我自作主张了吗？"

"没有。"

"……"白楚年舔了舔嘴唇，"我做错什么了吗？"

"没有。"言逸的嗓音有些哑，可能是熬夜所致，他眼睑下微微黑了一圈，显得有点憔悴。

"国际会议上我做了一些提案，原本通过是没有悬念的，但一向中立的国际监狱和国际警署突然跳出来反对。"

"噢。"白楚年听罢，心里倒没有什么波澜，因为他从没对此抱过希望，赋予实验体独立人格什么的，想想就知道不可能。

"慢慢来吧。"言逸轻轻地叹了口气。

一阵温柔的白兰地气味缓缓地在房间中蔓延，言逸浑身的疲惫稍微缓解了些。

白楚年绷直后背，背着手站在远处，以一个较远的距离为他释放安抚因子。

"我刚来时您教过我，没有什么是一蹴而就的，我知道您尽力了，接下来交给我们吧。"

言逸紧绷的神经松懈下来，点点头："红喉鸟这次带了特殊的炸弹催化剂，会将普通炸弹的爆炸威力提高十倍，但他们最终的目的并不仅仅是想动摇我的威信，而是想趁乱运输一批违禁货物。"

"葵花爆炸催化剂我们已经成功夺取，货物指的是……？"

"我也不清楚具体是什么货物，但能肯定与109研究所的新型药剂有关，货物会从M港发出，你们把这批货物截下来。"

"我知道了。"

此时陆言口袋里揣着两瓶葵花爆炸催化剂，急着送到韩行谦手里，端着酒盘默默地经过主会场。

陆上锦站在一座专门给言逸定制的珠宝展示柜前，托着高脚杯，欣赏设计细节。一位小个子侍应生经过，陆上锦轻轻举了一下玻璃杯，示意侍应生把空杯拿走。

陆言抬起头，刚好与陆上锦视线相接。

…………

陆上锦唇角微抽。

陆言还没来得及开口解释，耳中的通信器忽然传来韩行谦的警告："他们到了，四十人左右，蒙面，红色防弹服，手持霰弹枪和微冲，目标是袭击主会场。"

白楚年回应："将伤亡降到最小。开战！"

"开战！"通信器中回应。

主会场各个角落的监控扬声器中传来韩行谦淡然平静的嗓音，要求在场宾客立即找掩体趴下，不允许乱跑逃生，用中文说完一遍后又换了几种通用语言重复警告。

陆上锦从言逸那里提前知道了会有袭击，立刻调来了防暴小队，但防暴小队赶到还需要时间，而且此时还不能声张。

但他完全没想到，会在这里遇到陆言。

玻璃忽然传来几声闷响，丹黎赛官的防弹落地窗上忽然吸附上了几个黏性炸弹，炸弹音乐响过，突然发出震耳的爆鸣，玻璃被强烈的爆炸爆破粉碎，小块的玻璃碎屑四散飞溅。

被爆炸波推动的玻璃碎屑像子弹般乱飞，有些慌乱的宾客在会场中尖叫乱跑，当场被爆裂的玻璃击中，立即死亡。

没有使用真的葵花催化剂的炸弹威力已经不小，这种规模的引爆如果威力再扩大十倍，恐怕整个丹黎赛官都会被夷为平地。

陆上锦唯一的念头就是把陆言抱进怀里，将小兔子完完全全护在他的身体下，用后背挡住所有崩裂的玻璃块，然后伸手去摸藏在展示柜下的手枪。

但陆言并没有像从前那样瑟缩在他怀里吓得发抖，而是从他臂弯里钻了出来，一把抢过他手中的枪，将迎面扔来的一枚黏性炸弹一枪打碎，同时也有一块碎玻璃飞来，在陆言白软的脸蛋上划出了一道血痕。

炸弹轰鸣，耳朵里嗡嗡作响，陆上锦眼看着陆言从自己怀里钻了出去，迎着爆炸的火光冲了出去，将一个被玻璃击中小腿的弱亚体吃力地拖到翻倒的长桌后。

炸碎的玻璃打中了陆言的后背，虽然西装马甲里面穿了防弹背心，但他还是被冲击力震得踉跄了两步，可他没有离开那里，只是回头跟陆上锦说：

"爸爸，还是让你的珠宝展变成这样了，我以为还能做得更好来着。"

一条漆黑藤蔓从落地窗外甩进来，陆言纵身一跃，接下毕揽星扔来的两把 Uzi 冲锋枪，双手各持一把，从火光燃烧的落地窗外跳了出去。

言逸的电话及时打来，询问陆上锦情况："你那边怎么样？"

陆上锦站起来，掸了掸西装衣摆上的灰尘，望着陆言背影消失的窗口哑声说："他简直和你一模一样。"

"嗯。"

"我去看看。"陆上锦捡起地上的手枪，熟练地轻推上膛，温和多年的眼神中又添了几分冷厉颜色。

"小白也在，不用担心。先来与我会合。"

丹黎赛宫最高层天台，白楚年蹲在白石栏杆上缘，将底下混乱的情况一览无余。

"兰波，汝成到哪儿了。"

兰波冷漠回复："他在乱跑，我会把他赶到庭院。需要，杀掉吗？"

"不杀。"白楚年注视着停在庭院外的汝成的豪车，"我要看看他准备去哪儿。"

"韩哥，你找机会撤出来。陆言、揽星，从侧面出去，到远处信号塔附近会合。"

"萧驯注意远程警戒。"

"二期任务已接收，目标 M 港违禁货物运输，等防暴小组到位我们就撤离，去截和那趟货物。"

"好。"

韩行谦从监控中看到那些戴面具穿红色防弹服的红喉鸟成员冲进丹黎赛宫，于是起身趁乱离开，再不走很可能会被包夹在里面。

萧驯伏在高塔上足足度过了四个多小时，但仍然能保持高度警惕并且一动不动，在夜色中极难被发现，他就像与高塔长在了一起似的。

没有得到白楚年的命令，即使确信自己可以狙杀目标，萧驯也没有动手，只面无表情地盯着高倍瞄准镜。

但大约八百米外的另外一座信号塔上，有个白影从瞄准镜中一闪而过，萧驯略微皱眉，轻轻移动枪口，将准星对准了信号塔上的不明物体。

是个人。准确地说是个用面具蒙住脸，身上穿着红色防弹服的人，看这打扮就知道是红喉鸟恐怖组织的成员。

但他的样子其实很怪，可以看出那人身材高挑修长，但并不强壮，可能是个弱亚体。最令人迷惑的就是他背后背着一个怪异的东西，像个木乃伊，似乎是个人形的物品，被白色丝线缠绕得密不透风，像个人形的茧，这个家伙就背着那个雪白的茧一动不动地站在信号塔上，手里端着一把步枪。

"发现危险目标。"萧驯低声报出位置和数据，"生命数据总体分析：100%；体力剩余：100%；亚化细胞团能量剩余：100%；情绪占比：忧郁50%，悲伤40%，无聊10%。"

忽然，萧驯话音顿了一下。

从他身上，萧驯又一次见到了那个神秘的数值——

进食量99.97%。

第九章

白狮幼崽

丹黎赛官内电线被炸毁，许多房间都断了电，黑漆漆的会场内桌椅翻倒，受伤的珠宝模特们瑟缩在展台下，头顶的天花板上爬着一条一人高的冷蓝色大蜥蜴，蓝光忽隐忽现。

兰波爬过的地方拖着一条浅浅的光带，鱼尾摇摆保持平衡，他经过的每个地方都会引起一阵恐惧或感叹的尖叫。

兰波将汝成驱赶出丹黎赛官的安全出口之后，嘴里叼着成串的宝石首饰，头发和手腕上也挂满了琳琅满目的珠宝镯环，飞快地爬到陆上锦身边的保镖面前，将身上的珠宝抖落下来，回头看向陆上锦，低声说："hood, goon。（保存好，离开这里。）"

这些都是放置在各个场馆的展品，每一件都价值七八位数，虽然这些钱对飞鹰集团来说不算什么，但如果在混乱中丢失，对举办展会的幻世风扉公司而言是一场无比惨痛的灾难。

原本兰波不稀罕做这些杂事，但白楚年百般交代过请他帮忙，举手之劳罢了，再说他也不想看见小白猫被拒绝时受伤的眼神。

陆上锦隐约读出这条鱼眼中的嫌弃，总觉得又在批评他。

兰波丝毫不惧地注视着他的眼睛："以我的辈分，批评你，绰绰有余。"

陆上锦首先惊讶他居然会说人话。

兰波嗅到了空气中言逸的气味在靠近，空洞的蓝眼眼瞳收拢成一条细线，面对陆上锦沉声道："跟我过来。"

言逸匆匆经过丹黎赛宫阶梯走廊，身后跟着他的卫队，一道蓝光忽然从面前闪过，手边的立柱上便迅疾地爬上一条蓝色人鱼。

兰波双爪紧扣白石栏杆，鱼尾缠绕在立柱上，像一条幽蓝的龙。

"会长，请你的卫队退下，我有话问你。"

卫队长拔出佩枪，言逸微微抬手，示意他们先去帮助防暴小队疏散保护宾客。

言逸背靠雕着神像的墙壁，转身面对兰波，他穿着出席正式会议的联盟制服，肩章流苏垂在肩头，一条金色细链连接胸前的自由鸟勋章，手中托着军帽，脊背笔直。

"您也来了。"言逸不卑不亢地问候。

"en。（嗯。）"兰波看了看指甲，"我来保护我的小家伙，必须时刻跟着他，才放心。"

言逸眉头微皱："什么意思？"

"他是特殊的，不适合和人类混在一起，迟早会暴露，到那个时候，你怎么做。"兰波声音低沉地质问，"你会为他抵抗你的人类臣民吗？"

"但我会，在我的国家，反对者都会被我镇压。"兰波丝毫不让步，"我会带他离开。在我的地方，他很安全。你不要阻拦。"

"理所应当地活着，远比躲藏起来有尊严，你说的安全在我看来是种逃避。我尊重他和他们的存在，高高在上的王是不会理解被人当作一件物品是什么心情的。"

"你就不是高高在上吗？"兰波的尖牙寒光闪现。

"我曾低贱过，所以我知道。"言逸摇头，"你带他走吧，我不阻拦。"

兰波怔了一下，垂下眼皮发了一下呆。耳中的通信器里传来白楚年催促的声音，防暴小组已经控制住了局面，要兰波快点撤出来与他们会合。

"hen。（好的。）"兰波不甘地甩甩尾巴，顺着立柱蜿蜒离去。

兰波离开后，陆上锦走过来，将毛绒披肩搭在言逸肩头。

言逸紧锁眉头，注视着兰波离开的方向。

"水生动物脾气真是大。"陆上锦说，"红喉鸟没能拿到葵花爆炸催化剂，引爆时没造成太大的伤亡，外边差不多没事了，回去休息下。"

他没有多问会议结果，看言逸疲惫的模样就知道不算顺利。陆上锦带着精神有些恍惚的言逸沿着回贵宾休息室的路慢慢走去。

"他说得对。"言逸扶着涨痛的额头，"国际监狱不仅反对提案，还要求收押所有无监管实验体代替人类从事高危劳动，立即处死所有成熟期和恶化期实验体。我不知道该怎么向小白解释，他还小的时候我对他说每个生物存在都有各自的意义，但国际监狱的提案一旦通过就会立刻发布通缉令，明摆着就在对他说，他们不该存在，再留在我这儿还有什么意义。"

"我看见小白耳朵上戴着一件首饰，鱼骨和一块像心脏一样会闪动的矿石，至少兰波很重视他，他离开之后不会太孤独。"

陆上锦用安抚因子将他包裹安慰："你已经尽力，慢慢来，也不是完全没有挽回的余地，你休息一阵子吧，剩下的交给我。"

"恐怕没有什么余地了，我让小白去截取那批货物。"言逸叹了口气，"等他看到那些东西，只会对人类失望，我希望他走得决绝些，别再为了些应该割舍掉的东西回来以身犯险。"

"你想多了。"陆上锦说，"当初看中他，带他回来，就是因为看得出来他不是这样的孩子。"

从武装直升机上空降的防暴小组将丹黎赛宫团团围住，红喉鸟成员被困在其中，本来预计能够造成的巨大爆炸没有如期发生，这场袭击无疑是失败的。

几人在信号塔下会合，韩行谦最先赶到位置，陆言和毕揽星紧随其后。

陆言一直捂着胸口，不大舒服地蹲在地上，单手扶着信号塔底下的钢梁，胃里一紧便呕出一摊秽物。

毕揽星蹲在他身边，手臂搭着陆言脊背给他拍拍，释放安抚因子为他缓解身体的不适，轻轻伸手帮他抹去脸颊上干涸的血痕。

韩行谦走过来俯身查看陆言的情况，确定他只是被血腥场面刺激到了，刚刚陆言在受袭击的主会场，里面被爆炸的玻璃扎伤的人不计其数，雪白的大理石地面被脏污血迹覆盖，有的人则当场被碎玻璃炸穿了身体，这些都被陆言看在眼里，触目惊心。

白楚年靠在信号塔下等兰波，从口袋里拿出一片口香糖，递给陆言："哈密瓜味的。"

陆言颤颤接过，嘴硬狡辩："我只是晕车了，我一点都不怕。"

白楚年笑笑："那就好。"

兰波姗姗来迟，从悬空的高压线上爬过来，落地时电磁做缓冲，轰的一声嗡鸣，兰波稳稳落地。

"你去哪儿了，这么久。"白楚年扶着他肩膀左右看看有没有受伤，发现兰波心情郁闷，打成蝴蝶结的尾巴尖无聊地摇晃。

"你怎么了？"

"没怎么。"兰波将颊边的金发掖到耳后。

"感觉你不高兴。"白楚年手里提着沉重的弹药枪械背包，从里面分出一个小纸盒，打包纸盒里装了一块从晚宴长桌上切下来的翻糖蛋糕。

"来，你也提一件东西，"白楚年把装蛋糕的纸盒递到兰波手里，"这样显得贤惠点。"

兰波呆呆地拿着蛋糕盒子，扁了扁嘴，扑到白楚年身上。

"啊，受委屈了？"白楚年拍拍他，温声哄着。

萧驯提着狙击枪匣翻越攀爬跳下信号塔，他看见兰波回来，暗暗使用

J1亚化能力探查兰波的数据。

生命数据总体分析：90%

体力剩余：94%

亚化细胞团能量剩余：93%

情绪占比：犹豫50%，嫉妒46%，愧疚4%

进食量：99.34%

进食量又增加了，萧驯疑惑地对比兰波和之前在信号塔上观察到的那个红喉鸟成员，好像也没有什么相似之处，为什么都会有这项陌生的数值。

他将检测目标放在了陆言身上。

生命数据总体分析：76%

体力剩余：68%

亚化细胞团能量剩余：75%

情绪占比：恐惧80%，坚持20%

没有进食量，他又把检测目标放在韩医生和毕揽星身上，也没有这项数值。

萧驯犹豫着，将检测目标放在了白楚年身上。他从没有检测过白楚年，因为白楚年身上有种笑里藏刀的凌厉，他总觉得一旦探查白楚年，很快就会被察觉。

趁着白楚年的注意力都放在兰波的身上，萧驯大着胆子检测了白楚年的所有数据。

他也没有进食量这一项，萧驯刚放下心，却见最后一行出现在脑海中的数据更加陌生——

等级：9

什么意思？

萧驯知道自己无法探查别人的分化级别，况且分化级别最高只到S4级，这个等级代表的一定不是分化级别。

萧驯喉结轻轻动了动，当他回过神来，忽然发现白楚年的视线落在了自己身上，当他抬起眼皮时，刚好与那双温柔敏锐的目光相接。

丹黎赛宫被防暴小组包围，里面的宾客也被一一保护起来，没有人能轻易走出来，但一直处在萧驯监视下的汝成趁乱爬进了车底，在防暴小组全部进入丹黎赛宫后爬出来坐进车里逃之夭夭。

萧驯举起狙击枪，合上一只眼透过瞄准镜，迅速计算过风速车速距离后，将准星调整到能够一发必杀的位置，轻声问："要他留下吗？"

白楚年蹲在信号塔低处的横梁上观望："我看他这个方向是打算逃跑了，不像是还准备和人接头的样子。"

萧驯并未掉以轻心，在击毙命令下达之前，一直紧盯着目标，但瞄准镜中出现了另一个影子。

"是他，我刚刚说的那个可疑的危险目标。"萧驯站立据枪，说话时也保持纹丝不动。

白楚年沿着萧驯枪口对准的方向望去，一个身穿红喉鸟组织防弹衣、戴着鸟嘴面具的亚体在墙壁上轻盈奔跑。

看起来这种背离重力方向的移动方式和兰波有相似之处，但兰波是依靠放电产生的磁力吸附身体，前进时需要双手辅助，用鱼尾保持平衡，但这个亚体显然不需要，他像在平地上行走一般，在垂直墙面随意跑动。

"没有亚化因子溢出，看来不是亚化能力。"白楚年托起下巴观察，"那就应该是伴生能力了，可能是蜥龙类或者虫类的伴生能力'游墙'。"

"蜥蜴和虫类……"白楚年在脑海中回忆，他之前从红喉鸟雇佣兵身上搜出来一份名单，里面似乎并没有提到过哪位成员拥有蜥龙类亚化细胞团，那么很可能就是虫类亚化细胞团了。

白楚年短暂地回忆了几秒，局面就发生了翻天覆地的变化，风中飘荡起丝状白雾，那些轻如棉絮的白丝随风飘落到汝成的保姆车上，丝絮越积越多，看似轻柔的白丝逐渐将那辆保姆车包裹起来，车努力加速，速度却越来越慢，最后被迫停了下来，一枚雪白丝茧缓慢成型。

汝成大叫着，惊惶推开车门下车逃生，但他跳出车门时脸上突然被糊了一层白丝，他痛苦地嘶吼挣扎，却像一头栽进蛛网的飞蛾般，慢慢地被麻痹，被雪白丝网裹缠成一个人形木乃伊，最终彻底僵硬再也动不了了。

在墙上行走的那个亚体，冷漠地注视着被自己轻易杀死的汝成，手中依然抱着他那把陈旧的布满划痕的步枪。

步枪的枪托前裹缠着一团雪白丝网，不知道里面包裹着什么东西，偶尔会轻微蠕动一下。

仔细观察，他背后背着的人形木乃伊也是由丝茧裹缠而成的，但很明显，他背上这一具白丝木乃伊裹缠得十分精致，十根手指修长分明，身材颀长健美，甚至能从脸孔的轮廓看得出其相貌生得不凡。

"亚化因子溢过来了，曼陀罗花的气味。刚刚他用了 J1 亚化能力。"萧驯警惕地将狙击准星面向那个亚体，低声自语，"等级应该不低，是精英成员吗？"

韩行谦思索道："特种作战实验体，拍照发回技术部检索他的资料。"

白楚年给那个亚体拍照发回了技术部，同时也给爬虫发了一份，对于实验体，爬虫知道的细节多些。

他把照片发给爬虫时，还发送了一行文字消息："说好的不出来给我们捣乱呢？"

联盟技术部首先答复了消息："初步检索认为目标为编号 211 的特种作战实验体'金缕虫'，亚化细胞团原型达尔文蜘蛛。"

按照研究所的实验体编码规则推测，2 代表虫型亚化细胞团，1 代表十分之一拟态，一般十分之一拟态会体现在眼睛上，五分之一拟态体现为尾巴，五分之二拟态体现在尾巴、耳朵或者翅翼上，二分之一拟态体现在下半身。

最后一位标明主要能力类型，1 代表限制行动类能力。

爬虫随后也回复了白楚年："金缕虫不是我们的成员，他还在培育期，无法交流，而且无差别残杀同类，在我们这边风评也很差。那是个极度危险的家伙，即使是你，也绝对不能轻敌。"

萧驯听罢，不由得汗毛倒竖。

他颤颤看向缠绕在信号塔横梁上吃蛋糕的兰波。如果进食量是实验体特有的数值，那么兰波难道也……

就在萧驯迟疑着往韩行谦身边退时，白楚年的目光又一次看似无意地投了过来。

被那双仿佛能看透一切的眼睛注视着，萧驯不由自主地夹住尾巴，两条腿紧紧并在一起。

白楚年微微翘了翘唇角，什么都没说，观察到金缕虫只在远处徘徊，并没有下一步动作，于是让技术部接通了会长的通信。

言逸："请讲。"

白楚年："有个危险实验体在丹黎赛宫附近徘徊，是否暂时更换任务目标？"

言逸："我收到了技术部发来的资料，之前我已经向 PBB 军事基地发起支援请求，反恐维和部队正在支援的路上，你们的目标不变。"

白楚年请会长保护好自己的安全，然后向二期任务目的地进发。

二期任务目标截取货物，红喉鸟借袭击丹黎赛宫为噱头，吸引大量警力和注意，实际上则是为了他们今晚即将在 M 港内运送的一批货物打掩护，很可能是与 109 研究所达成的交易合作，为研究所运输实验原料。

来时白楚年早已将 M 港地图熟记于心，如果要运送货物，势必会选择从港口码头穿过临滨山脉的山谷铁路，因为隧道长，岔路多，地势偏僻，完美地避开了城区安检。

防暴小组开始清扫丹黎赛宫内的红喉鸟恐怖分子，他们趁乱撤离，白楚年时不时地回望一眼，金缕虫似乎没有追赶他们的意思，但也没有袭击丹黎赛宫救援同伴的倾向。

话说回来，一个存在交流障碍的培育期实验体，肯穿上红喉鸟那身衣服就已经算给他们莫大的面子了，意识尚未成熟的培育期实验体基本不会配合任何人。

白楚年开车，戴上防眩光墨镜，一脚油门带着小组其他人往临滨铁路去，路上自语道："红喉鸟的 boss（老板）手段还挺高明的，能让一个培育期实验体加入他的组织。"

培育期实验体仅以自我为中心，感到饥饿就吞食身边的一切食物，感到愤怒就立刻暴走，和兰波最初的状态一样，基本上不能交流，他听不懂人话，也表达不出自己的思想，随着进食量增加，接近成熟期，表达能力和理解能力才会有所进步。

"是。"没想到一直沉默的萧驯会接下这个话头，"我小时候曾经见过他们的首脑，是一位戴着鸟嘴面具的高大亚体，脖颈文了一圈红色条纹，但他没有散发过亚化因子，我不知道他的亚化细胞团是什么，应该是种鸟类吧。"

白楚年回头看了他一眼："你见过？"

萧驯点头："灵猩世家与红喉鸟一直保持联络，虽然面上看来灵猩世家还是干净的，但内里与红喉鸟同流合污多年了。"

"这倒是个有意思的情报。"白楚年打了个响指，"我单方面给你记一功。"

"你还知道什么？"白楚年从后视镜中望着他的眼睛，眼神意义不明。

萧驯犹豫着不知道该不该说。

他现在完全有理由确定，具有进食量指标就是实验体的象征，但他们之间只有兰波具有这个指标，很可能兰波故意混在他们中间当卧底，而且兰波和白楚年之间显而易见的朋友关系让萧驯不敢轻易开口。

且不说白楚年会不会相信，如果白楚年原本就知道，只是故意为兰波瞒着这个秘密，会不会把他灭口，或者说，会不会连白楚年也有问题，毕竟他也有一项别人都没有的指标。

萧驯犹豫再三，决定之后找个机会把这件事单独告诉韩行谦。

韩行谦早就注意到这小狗心里藏了事，看他一脸冷淡却夹着尾巴的样子有点好笑。

离开 M 港城市区，周围林立的高楼越来越稀疏，窗外的景色逐渐变成平房小院和开垦出来的大片农田，公路在这里消失，变为坑坑洼洼的土路，好在他们开的是一辆陆上锦准备的越野吉普，虽然颠簸，但并不影响速度。

超速飞驰近四十分钟，临滨山脉浮现在眼前，陈旧的运输铁路铺在荒草中，通向幽深的隧道。

白楚年将兰波、陆言、毕揽星和萧驯放在隧道出口，然后驱车赶到入口，将车藏进杂草掩盖的小断崖内侧，他和韩行谦两人蹲守在铁路附近，远处已经看得见老式火车头升起的烟雾，铁轨随之震颤，路面上的小石子和沙粒被震动弹起。

白楚年轻轻地用手肘碰了碰韩行谦。

韩行谦看了他一眼，白楚年嘴里叼着一支没点燃的烟头，拿着打火机在地上无聊地蹭，随口问："我估计小狗子看出什么来了，他那个能力和读心术也差不了多少。"

"啊，"韩行谦并不意外，平淡地望着渐近的火车，"你打算坦白吗？"

白楚年看着地面摇头。

"你这叫指挥官职业病，只考虑最坏的结果，兼有被害妄想症。"韩行谦不以为然，"算了，回头我教育他别乱说话。"

火车由远及近驶入隧道，白楚年看准时机，从荒草丛中纵身一跃，双手无声地攀在车厢边缘，轻盈地将身体甩上狭窄厢沿，在火车狭窄仅有一鞋宽的厢沿上保持平衡本是一件困难的事，但对白楚年而言轻而易举。

韩行谦轻踏石壁，不知用了什么能力在空中悬停滞留了一瞬，旋落在两节货厢之间，但他扇起的微风惊动了在这之间看守的四位红喉鸟成员，那四人纷纷举起枪朝韩行谦所在的位置走来，察看车厢外的动静。

韩行谦扶着厢门外的扶手，额间螺旋生长出雪白尖角，独角尖端放射出肉眼无法看见的银色环装波形，被波及的那四人纷纷瘫软倒地，陷入沉睡中。

天马亚化细胞团伴生能力"沉眠"，治愈型能力，对低于自己分化级别的目标立即生效，目标分化级别越高，生效时间越缓慢，被独角放射波影响的目标会立刻陷入沉睡，具有镇痛和抚慰作用，影响范围在以自己为中心的三米直径圆形区域内，被影响而入眠的目标只能依靠独角放射的唤醒才能苏醒，否则将永远沉睡下去。

白楚年落在他身边，蹲在地上把其中两人的衣服扒下来，扔给韩行谦一套，两人迅速换上红喉鸟的衣服和头套，拿走他们的证件和联络耳麦，将这些家伙从火车上扔了下去。

两人站起身，各自端着一把自动步枪，缓缓在车厢中巡视。

车厢内容纳了一百人以上，换班的留在客厢里休息，其余人各自看守分派给自己的货厢，会长所说的需要他们截和的货物就在货厢里。

趁着火车驶入隧道，车厢内光线昏暗，白楚年在韩行谦的掩护下从货厢之间悄声穿行了一趟，足有十五箱长高两米宽一米的钛合金保险箱，每个货厢放置两个，并且每个货厢里都会安排六人看守。

他们抢来的耳麦里突然发出杂音，看来是这次行动的领头人发布了新消息："得到情报，丹黎赛宫袭击行动失败，IOA特工正在寻找我们，进入一级警戒状态，准备灭杀IOA特工。目标照片已发布。"

白楚年从腰间把他们的对讲机拿出来，电子屏上浮现了他们几个的照片，看来全是在丹黎赛宫行动中模糊抓拍的，除了身材、发型勉强能够辨认，并不能清楚地看清面貌。

"什么设备，给我脸照糊了都，难得穿一身得体的衣裳。"白楚年喃喃地抱怨。

韩行谦："通缉照还挑剔什么。"

白楚年轻声哼笑:"我被十几个恐怖组织通缉,就数他家拍得最难看,御酒组拍得最帅,所以后来我给他们都留了全尸。"

韩行谦看了一眼时间:"还有三分钟就出隧道了。"

白楚年检查了一下步枪弹匣:"我们去控制室。"

两人一路行至控制室外,韩行谦施展伴生能力让守卫门口的两人陷入沉睡,白楚年单手拎枪,以手势示意韩行谦突入行动。

负责此次护送货物行动的红喉鸟头子正在控制室中焦急地与上级联络,里面还有十几个负责警备的红喉鸟成员,端着微冲端正站立在控制室各处。

红喉鸟头子在控制板前背手徘徊,他胸前挂着一个名牌,烙印他的名字"郎士德"。

他不断地擦拭手心的冷汗,向其他人低声警告:"又是那个IOA特工组搜查科的白狮,前段时间在加勒比海击杀实验体克拉肯,我们因此损失过千万,现在又领人截我们的货,这次绝对不能让他活着回去。"

"他这次还带了五个组员集体行动,除了那条人鱼,其他都是生面孔,不能草率应对,一旦局面失控,我们就启动应急方案,即使放弃货物,也不能让这些IOA特工占了便宜。"

他还在对下属训话,控制室的门突然缓缓打开了。

明明被反锁的铁门此时把手上多了一个拳头大的洞,看起来是被人从外部强行打开的。

一个小的圆筒滚进来,发出当啷一声轻响。

郎士德大喊:"有人突袭!"

那圆筒突然爆裂,闪烁的强光和刺耳的嗡鸣使控制室内乱做一团,看守的恐怖分子只能用小臂遮挡眼前的强光,手中的微冲对着门口方向乱扫。

白楚年和韩行谦在乱扫的子弹空隙中从门口向内一滚,白楚年双手端起步枪清理没有被闪光震爆弹波及的人,韩行谦摘去面罩,让莹润雪白的独角暴露在空气外，放射波将周边的所有人催眠。

郎士德看见韩行谦的脸，于是对着对讲机大喊："IOA 特工已经上车了，在控制室，注意保护货物，其他人增援控制室，将 IOA 特工击毙！"

白楚年抬起枪口，朝郎士德后脑开了一枪，但子弹并未击中他，而是被一堵看不见的空气墙截住了。

被子弹击中的位置爬满裂纹，但很快裂纹修复，一堵无形的墙壁将郎士德严严实实地保护在控制板前，韩行谦的沉眠能力也无法影响到他。

"六方金刚石亚体，矿石类亚化细胞团。"韩行谦说，"把自己隔绝在理论上放大的微小晶格里，我的波动影响不到他。"

郎士德无法被攻击，但他能向外扫射，韩行谦只能暂时后退，那些收到命令的红喉鸟成员已经向控制室拥来，他们被前后包围了。

白楚年低声对通信器中说："萧驯。"

清冷嗓音回应："我已就位，环境数据检测完毕。"

韩行谦守在门口，为白楚年争取时间。

白楚年挽起袖口，朝郎士德躲藏的金刚石墙一拳轰下："会比我硬吗？"

一股浓郁的白兰地亚化因子从白楚年亚化细胞团中散出，灌注了 J1 亚化能力"骨骼钢化"的一拳重击在斜近窗口的位置，金刚石墙被这全力一击冲出了网状裂纹，但并没有击穿。

郎士德冷笑一声，掉转枪口朝白楚年扫射："这是叠加过的石墙，你一拳能击穿几层？"

白楚年向后翻越躲避他的子弹，他神情悠闲，给了郎士德一个兄弟永别般的笑容。

话音刚落，一枚狙击弹以一个斜角穿透火车窗口，从白楚年击出裂纹的创口打了进去，那枚狙击弹被停留在裂纹中的白兰地亚化因子附加钢化，高速冲破三道矿石坚壁，将郎士德的头颅从前向后贯穿。

通信器中电流音淌过，萧驯冷漠地说："目标命中。"

在深长隧道中行驶数分钟，终于见到出口的光明，火车驶出隧道口，车厢内光线渐强。

白楚年在控制室中操作了一番，使列车减速，掐算着时间让火车整列车厢全部驶出隧道时能够完全停下。

列车在减速，车上的一百多位红喉鸟成员也聚拢而来，将白楚年和韩行谦死死堵在控制室。

虽然两人等级不低，但面对上百位恐怖分子的扫射也讨不到便宜，但控制室周围难以逃生，以寡敌众时，即使是白楚年也需要队员配合回应。

铁轨下的植物异常疯长，荒芜的铁路中央仅有一个位置花草遍地，铁轨下的土壤松动，黑色藤蔓在地底涌动。

在列车即将全部驶出隧道时，最前方的铁轨突然发出一声刺耳的爆鸣，粗壮的黑色藤蔓从地底冲天而起，无数漆黑藤条蛇一般爬在降速列车上，整个火车头被粗如古树的毒蔓缠绕，被迫抛锚在损坏的铁轨上，毒藤伸入窗口，藤蔓触碰之处冒起腐蚀毒烟，逼得车上的恐怖分子只能跳出来反抗。

而山谷外的藤蔓已经疯长成一张巨网，刹那间，原本只是缓慢蠕动的毒藤突然伸出细长而坚硬的棘刺，棘刺互相交叉，凶猛地穿透阻拦它们生长的所有生物，箭毒木 M2 亚化能力"天荆地棘"，在藤蔓尖刺的笼罩下，连飞虫也难以逃脱。

毕揽星坐在山谷上方的一棵云松上，双手十指生长毒蔓藤，整个山谷中的藤蔓皆从他双手生长而出。

直插云霄的毒蔓上挤出一朵花苞，血红重瓣花骤然绽开，陆言从花心中奔跑俯冲而下，双手各拿一把 Uzi 冲锋枪，踩着藤蔓，迎着对准他的枪口冲过去。

从他身后拖起一串残影，残影却并未消失，而是同样双手持 Uzi 冲锋枪，跟随陆言朝同一个方向突击。

垂耳兔亚化细胞团 M2 亚化能力"四维分裂"，召唤型能力，将第四维时间轴上的自己呈现在三维世界中，宏观看来就是无限分身，每个分身都不是用来迷惑耳目的幻影，而是具有相同攻击力的实体，但每个实体受伤会影响到时间轴后方的所有实体以及陆言本身。

以陆言现在的亚化细胞团能量，最多支持 M2 亚化能力持续六秒，但这六秒已经起到了决定性的作用。

这六秒内，红喉鸟成员面对的是数十个近战强悍的兔子全力冲锋，一时间伤亡无数。

萧驯在隐蔽的制高点观察周围动静，发现不远处那个背着蛛丝木乃伊的实验体跟了上来。

白楚年和韩行谦已经清除了货厢里大部分看守，这时却收到萧驯的紧急消息，说实验体金缕虫已经摸到他们近点。

"只是个培育期实验体罢了。"白楚年联络兰波，"帮我们拦住金缕虫，我先看看箱子里有什么东西。"

他刚要动手，爬虫发来了消息打断了他："多米诺刚到 M 港，你等他一会儿，他也会过去，不要轻易和金缕虫交手，他没有那么简单，你等着多米诺。"

兰波不屑于与人类交手，金缕虫来得正好，总有不识抬举的实验体喜欢挑战权威。

虽然身上背着一具沉重的蛛丝木乃伊，金缕虫还是走路飞快，当他快要接近白楚年所在的车厢时，面前蓝光乍现，一声电磁嗡鸣，兰波轰然落地，高高扬起尾尖，蓝红变幻的尾巴在空中挑衅地摇动。

金缕虫停了下来，由于戴着面罩，看不清他的表情，只能看到他歪头注视兰波，不熟练地说："请他，不，打开。"

兰波觉得从语言方面自己遇到了旗鼓相当的对手。

金缕虫慢慢抬起枪口，对准兰波，慢慢道："不，打开。"

他的声音听起来还很年轻，大约是个二十岁的青年，嗓音绵润，听着有些腼腆。

兰波皱眉联络白楚年："他不让开箱子。"

"不，打，开。"金缕虫显然情绪躁动起来，朝兰波点射一枪。

电磁嗡鸣，兰波躲闪迅速，但那枚子弹还是在他手臂上擦伤了一道血痕，不过这点小伤对实验体来说实在不够看。

兰波随意抹了一把手臂伤痕，但那条伤口并未愈合，仍旧淌着血。

兰波愣住，端详金缕虫手中的枪，那是一把普通的 AK-74，但枪托前裹缠着一团蛛丝，丝茧中明显包裹着什么东西，那东西还在突突跳动。

"他的枪，有问题，兰波走了。"兰波说着，滚成鱼球撤走了。

白楚年抿唇思忖，按住韩行谦开箱子的手："先别开，这里面好像是活物。叫总部派直升机来运吧！"

一阵信号波动从山谷峭壁中反射到韩行谦的独角上，韩行谦脸色突然一僵，抓住白楚年的手腕将他甩下车，自己也即刻跳了出去，在他们跳出车厢的那一刻，背后的保险箱发生了一连串爆炸。

地动山摇的大爆炸，让整个山谷都在摇晃，红喉鸟在保险箱里装了自爆装置，他们知道自己逃不过这一劫，选择自己引爆所有货物来毁尸灭迹。

毕揽星的藤蔓迅疾生长，将最后一个箱子牢牢缠绕在藤蔓中，但爆炸太强烈，将藤蔓炸毁了一多半，藤蔓所保护的箱子被炸穿，只留下了半个焦黑的残骸。

金缕虫抱着枪，呆呆地注视着山谷中的浓烟，转过身，慢慢离开了。

焦臭的浓烟在山谷中挥之不去，白楚年怔怔看着满地幼小的尸体。

这一趟列车运送的都是白狮幼崽，密封的保险箱内充满氧气和雾化营养素，一旦打开，这些克隆培养的白狮幼崽就会缺氧死亡。

"randi, randi……"兰波焦急地趴在地上把小狮子们拢到怀里，"nali klexiu？（怎么这样？）"

韩行谦试着修复保险箱的充氧设备，但设备被炸碎了，短时间内根本无法使用。

　　有些没被炸死的小狮崽在地上笨拙地蠕动，白楚年跟跄地走过去，蹲在地上小心地抱起一只，柔软的小狮崽爪子和嘴都是粉嘟嘟的，在他掌心里抽搐。

　　白楚年眼睑泛红，本能地给它释放安抚因子，那奶猫似的小东西嗅到舒服的气味，抱着白楚年的手指嘬起来，最后慢慢断了气。

第十章

痛楚经年

———◇———

刺骨的寒冷穿透了单薄的外套，白楚年拢紧衣服，双腿还是抑制不住地战栗，一种来自生理上的恶心让他浑身肌肉都变得无比僵硬。

剧烈爆炸引发的耳中嗡鸣越发严重，周围的一切声音都离他远去，起初兰波紧紧地抱着他，白刺玫安抚因子的馨香拥抱着他，但当白楚年想抱住兰波时，他发现自己怎么都动不了。

他无法控制自己的声带，只觉得有种压抑的力量充盈在肿胀的亚化细胞团中想要破骨而出，但亚化细胞团上搭了一只温热的手，韩行谦紧紧压制着他的破坏欲望和冲动，向他体内注入大量安抚因子，千鸟草的清新气味让他得到了一丝保持清醒的力气。

他彻底听不到外界的任何声音了，只见韩医生额间重新生长出雪白独角，强烈的困意袭来，白楚年渐渐昏睡过去。

失去意识之前，一只灿金色点缀的火红蝴蝶落在了他的颧骨上。

他再次醒来时，首先嗅到了一股消毒水的气味，熟悉的气味令他本能地感到恐惧。

白楚年睁不开眼睛，只能试着攥一攥手，爪垫和指甲收不回去，手原本的形状也没了，剩下两只覆盖零星白色胎毛的粉色爪子。

他想说话，但嗓子里只能发出微弱的叫声。

白楚年被抓进一个单独的钢化玻璃箱里，他抬起头，这个实验室中紧挨三面墙壁整齐地码放着上百个钢化玻璃培育箱，每一个里面都趴着一只幼小的猫科幼崽，种类颜色各不相同，一部分是猫，另一部分是狮、虎和豹的幼崽，出生时间分别在三小时到三天不等。

这一批胚胎实验的主要观察对象是猫科动物，出现在这里的所有幼崽都是培育基地经过严格筛选受精卵进行体外孕育得来的实验胚胎，它们健康完整，各项指标优秀，都是很棒的小家伙。

一根连接输液管的细针向白楚年柔弱的静脉中扎入，一些精密仪器的电极连接在他身上，不过他还感觉不到疼，因为他太小了，趴在箱底动都不会动，像一坨红色的白毛小肉团。

这个过程十分漫长，每隔一段时间就会有一位穿着无菌防护服的研究员过来给他喂奶，白楚年本能地抗拒那人的摆弄，那人却和身边的同事笑着说："他还活着呢，没剩几个了。"

时间流逝得很慢，白楚年煎熬地发着呆。

他的身体在药物的作用下快速生长，研究员们对他的关注也越来越多，开始为他不停地更换更大的培育箱。

白楚年没有精力关注身边还剩几位同伴，因为大脑和神经发育成熟之后，他对疼痛的敏感度也越来越高，每一管药液灌注进身体时，都会带来难以忍受的痛苦，而每分钟他都在这种痛苦中煎熬。

他身上的毛发越来越密集、柔软，直到不再需要每天都注射药剂，这时候开始有人带他走出实验室，尝试与外界接触。

一只枯槁如虬枝般的大手用指腹抚摸他的脊背，熟练地将他抱进怀里，苍老的声音耐心安抚他。

白楚年挣扎着撑起身子，看见戴手套托着他的是个穿着白色制服的老头，上衣兜里插着一本陈旧的《兰波诗集》，胸前挂着一个名牌，写着这人的名字"白廷森"——之前一直照料他的老研究员。

老头时常给他读诗，有一次趁着培育基地里人不多，还自作主张地把他放进一头母狮的笼里，看着母狮给他舔毛。

白楚年痛得太久，在母狮怀里伸展四肢，嘤嘤叫着往母狮又厚又暖的腹毛里钻，生有倒刺的舌头舔过他的脊背，他麻木的身体才渐渐有了知觉。

这是一头处于哺乳期的母狮，还有四个幼崽要哺育，浑身雪白的白楚年混在几只金色幼崽里很不合群，母狮大约也看出来这幼崽的毛色不像自家宝宝，于是衔住白楚年的后颈，把这只白色毛球叼出去扔到一边。

但被衔住后颈让他感到很安全，他不知道自己被扔出去了，匆匆爬回来，亲昵地舔舔母狮的嘴。

"好乖，多玩一会儿。"白廷森慈祥地看着白楚年在兽笼里发出舒服的呼噜声，看了看时间不早了，查岗领导要回来了，赶紧把小家伙抱了出来，消完毒放回了培育箱里。

但就是这次经历让白楚年的大脑沟回发生了进化，他开始拥有意识，拥有想要东西的欲望，并且会用暴力破坏来引起研究员的注意。他想回到母狮的兽笼里，但研究员们看不懂他的诉求，只能加大药液的剂量，让白楚年痛苦挣扎，以此消耗他多余的体力。

他的身体仍在改变，极短的一段时间内，他的脸和躯干首先发生了类人进化，然后是尾巴消失，四肢伸长。

随着他不断进化，他的破坏力也初现端倪，普通的钢化培育箱已经扛不住他的拳头了，研究人员只能换成双层防弹玻璃培育箱，并且用合金锁链锁住他的四肢、用项圈扣上他的脖颈，他大部分时间都只能在玻璃箱有限的空间里趴着，身上连接着留置针和电极片。

合金锁链内圈安放了电击点，如果白楚年挣扎，就会放出电流，挣扎越厉害，电流越强，但他还是每天都在培育箱里发疯乱咬，身上越疼他越激动，直到耗尽体力昏厥过去。

研究员们用了不少方法都没有起作用，只有白廷森发现，当他读诗的时候，小怪物会难得地安静一小会儿，抱着腿坐在箱底呆呆地看着他。

于是白廷森每天都为他读那本旧诗集，白楚年很挑剔，只听这一本，别的都不听，隔着厚重的防弹玻璃，白廷森指着旧诗集封皮上的字，努力地发出声音。

"lan……"

白廷森坐下来，耐心教他："兰波。"

"lan，b。"

"把舌头这样，贴在上颌，兰。"

"lan……兰。"

"很好，闭上嘴唇，然后亲吻。波。"

"lan bo，兰波。"

这是他学会的第一个词语，是他唯一宁静熨帖的寄托。

幼体拥有自我意识，并展现学习欲望时，昭示着实验体进入培育期，可以开始正式的改造实验和战斗训练了。

白廷森给他也起了一个名字，叫白楚年，积伤累月，痛楚经年。

随着意识的成熟，白楚年渐渐掌握了身体的控制权，他静静地坐在培育箱里，低头看着自己的双手。

双手和双脚都还未完全拟人态进化，从玻璃倒影中看上去有几分慑人，的确像个变异的怪物。

白楚年把手爪揣到胸腹下，趴在地上发呆，身上的合金锁链冰冷沉重，脖颈上的电击项圈重得他抬不起头来。

他隐约记得自己曾经经历过这些，现在不过是记忆在脑海中重现，但他怎么也清醒不过来，困在一团乱麻的意识里，无论怎样撕咬挣扎都逃不出去，被恐惧淹没。

培育箱的锁盖被打开，一位身穿防护服的研究员弓身把他身上的锁铐打开，然后抱他出来，放进一个手推车里，扣上项圈，往生态箱的方向走去。

那是他第一次与实验体交手，对方是个培育期菟丝子，植物类亚化细胞团，能力倾向于缠绕和掠夺。

这张幼稚的面孔突然唤醒了白楚年内心最灰暗、肮脏的记忆，菟丝子也刚从幼体进化到培育期，外形和三四岁的小孩子相差无几，虽然这时候白楚年的体形也是如此，但猛兽类与无毒植物类的对战根本毫无悬念。

记忆里，初次进生态箱的白楚年不知道该干什么，见到同伴的欣喜冲淡了恐惧，他爬过去和同伴蜷缩在一起寻求安慰。

但生态箱内连接了雾化管，一股激发躁狂性的药物在箱内蔓延，被药物刺激的两个实验体被动地撕咬缠斗，生态箱里满地血污。

直到现在白楚年也不记得菟丝子去了哪儿，只记得当时菟丝子消失了，自己的肚子很饱。

突然回忆起的景象让白楚年难受地捂住嘴，在研究员把他抱进生态箱时，他奋力地用手爪撑着箱口不进去。

菟丝子坐在生态箱里，歪着头，傻傻地睁着大眼睛，看白楚年挣扎抗拒。

"我不进去，你放开我。"白楚年用力挣了一下，刀刃似的利爪在研究员厚厚的防护服上扯开了一道狭长的豁口。

他的反抗触发了警报，片刻后，一组穿防护服的研究员和安保人员一起冲进来，用钢叉固定住白楚年的四肢和脖颈，给他注射镇静剂。

白楚年双手撑地，手腕即刻钢化，拧断钢叉脱离了控制，扑到距离自己最近的一个研究员身上疯狂撕咬，防护服被他的利齿扯开，里面包裹的脆弱的人类身体不堪一击。

当他触碰到那位研究员的肩膀，研究员瞬间被碾压成一颗血红玻璃球，接下来，靠近他的所有人全部被扭曲的空间挤压成黑红相间的玻璃球，噼里啪啦地落地。

白楚年知道自己彻底失控，但无法停下来。

真实的白楚年一直处在昏迷中，兰波叼着他的衣领，用鱼尾将他固定在自己怀里，飞快地在林间爬动。

他们身后是穷追不舍的红喉鸟援兵，M港聚集了大量红喉鸟成员，红喉鸟得到火车货物遭遇截和的消息，立刻派更多人手增援，企图剿杀这几位IOA特工。

但他们来得不巧，也明显低估了对手，他们一拥而上的伏兵顷刻化作一片血红的玻璃球，密集的玻璃球如冰雹般坠地，有的炸碎了，有的滚落到石缝里。

白楚年在昏厥中释放的M2亚化能力"泯灭"，强度已完全超出了这个能力应有的范围，不需亲手触碰，甚至无须知道名字，只要靠近他就是死。

距离他最近的便是兰波，兰波叼着昏迷的白楚年往远离人群的地方转移，泯灭的力量也因此无差别施加在了兰波身上，但他仅仅是皮肤表面凝结了一层玻璃质，玻璃质使他某些部位的鳞片受伤脱落，并没有直接使他变成玻璃球。

兰波紧紧地咬着白楚年的衣领，身上的疼痛剧烈，却不能叫出来，他不想摔痛 randi。

陆言、毕揽星和萧驯与他们拉开了一段距离，韩行谦挡在他们和白楚年之间，独角螺旋伸长了几厘米，在他的阻隔下，白楚年的泯灭才没能波及他们，但玻璃质也同样从韩行谦背后渗出并凝结。

韩行谦冷静地撕下背后那层玻璃质，以免继续被腐蚀，接触玻璃质的皮肤被扯掉了一层，在自己的治愈能力下缓缓恢复。

萧驯匆忙扶住韩行谦，将他的手臂搭到自己脖颈上，带他钻进一个小岩洞里避风休息。

"韩哥，小心点。"他脱下外套盖在韩行谦脊背上，放出一股安抚因子帮韩行谦减轻疼痛。

萧驯端正跪坐在他身边，从背包里拿出包扎用药品，有条不紊地帮他处理伤口。

韩行谦披着外套出神。

事已至此，只能先联系总部汇报情况，接通后，是言逸亲自回应的。

"进展还顺利吗？小白怎么样？"

"货物截下来了。"

言逸："那就好，立刻送回总部医学会，应该还有办法挽救，我已经命令钟教授提前把设备准备出来了。"

"被引爆了，全部货物都被炸毁了。"

言逸那边没了声音，半晌，他淡然的声线带上一丝惊诧和颤抖："炸毁了？"

韩行谦无奈地扶着头闭上眼："小白被刺激暴走，无差别杀人，兰波把他拖到深林里去了。"

"你保护好其他人，我亲自过去。"

"是，会长。"

萧驯用饮用水打湿纱布，帮韩行谦擦净伤口，再抹上一些止血剂，他犹豫了很久，鼓起勇气问韩行谦："兰波、白教官是不是和我们不一样，即使分化级别高，他们的能力也都过强了，不像自然进化出的亚化能力。"

韩行谦一直在为如何控制白楚年的情况思考对策，倒把萧驯忘在了脑后，他刚要回答，岩洞外传来脚步声。

本以为是陆言和毕揽星，没想到是个陌生面孔，一个顶着乱蓬蓬鬈发的亚体探头探脑地走进来，头顶两只蝴蝶触角晃来晃去，眯眼笑着问："打扰一下，白楚年呢？我跟丢了。"

萧驯警觉地站起来，抄起狙击枪瞄准他，第一时间开启了 J1 亚化能力"万能仪表盘"，检测这人的来意。

多米诺微笑着连连摆手："哎呀，小朋友，叫你家长出来说话。"

韩行谦应了一声："我是。"

多米诺伸出手："实验体 2412，金闪闪，亚化细胞团原型太阳闪蝶。您可以称呼我多米诺。"

韩行谦没想到他会坦然表明身份，平静地凝视他，问："有什么事吗？"

"听说金缕虫就在附近，我是特意赶来 M 港帮忙的，刚好赶上神使暴走，我本来要帮他疗愈，结果电光幽灵把他叼走了，跑得还那么快，我就跟丢了。"

"别拖延了，神使已经被刺激出了恶化倾向，过不了多久你们就会收获一只超级猛兽。"多米诺夸张地踮起脚比画，"超大的，一口就能咬翻直升机，靠近他的人全都会噼里啪啦变成弹珠。"

白楚年是 9 级成熟体，成熟程度要比其他实验体高，在能力更强的同时，也会更容易进入恶化期，受到强烈刺激就有可能在进化方向上出现偏差。

韩行谦抚着伤口站起来："你想怎样？"

"我的 M2 亚化能力'蝴蝶幻境'，转运类能力，能在意识中改变事态进展，可以挽救一个人，也可以摧毁一个人，全凭我的意愿。"多米诺眯眼嬉笑，"其实他进入恶化期对我们也有好处，但现在还不是牺牲神使的时候，所以只有我能救他了。"

萧驯表情僵硬，在这个蝴蝶亚体的数据中，最后一项赫然写着"等级：6"，这项指标与进食量都是实验体的标识。

他也曾稍微了解过关于实验体的基本知识，进食量就代表着培育期实验体向成熟期发展的进程，而等级就代表已经进入成熟期实验体的实力，这样思考就完全说得通了。

多米诺突然看向萧驯，用触角轻轻抬起他的下巴："你怕什么？我们是你们创造出来的啊，我很坦荡，从不为自己的存在感到耻辱，我还要写下来让你们看。"

萧驯紧张地拨掉挨在自己皮肤上的触角，但当他的手触碰到多米诺，多米诺的身体便被他打散成了一团金色迷雾。

金色迷雾在另一个位置重新凝结成多米诺的身体，他用指尖托着一只火红翅翼的蝴蝶，蝴蝶翼上以金色数据形式流淌着从萧驯脑海中攫取的记忆。

"哦，感谢你的指路，我先走了。"

多米诺背后展开一双金红蝶翼，从岩洞中消失，留下了一摊闪烁的金粉。

白楚年被兰波拖进了山谷密林深处。兰波身体上结了一层玻璃质，每动一下都会撕扯掉几片幽蓝鳞片，露出嫩的红的血肉。

白楚年躺在地上，兰波蜷在他身上不停地摩挲他的头发。

白楚年还在沉睡中，和大脑里紊乱的记忆纠缠，他拼命反抗那些冲过来企图铐住他的研究员，用泯灭把他们扭曲碾压成玻璃球，但杀不完的人无穷无尽地冲过来，用钢叉刺进他的身体，把他压在血泊里。

一只火红蝴蝶从敞开的实验室大门飞进来，落在白楚年的头顶。

紧随其后的是一股涌进实验室的水流，水流淹没了所有人，冷水灌进白楚年的鼻腔，窒息的无力感将白楚年向地底拉扯。

耳边混乱的噪声消失了，只听见一阵奇异的悠长鸣音，让他整个人都宁静下来。

在水中，有双手臂接住了他，溺水后本能使他紧紧缠住抱他的那人，混合白刺玫淡香的氧气让他得以重新呼吸。

"randi。"

幽蓝人鱼从水底向上缓缓游动，怀里抱着这只尚未脱离稚嫩的小家伙，安抚因子灌注进他浑身的每一块骨骼。

幼小的少年紧紧抱着唯一给予他安全的这具躯体，在他怀里嘤咛蜷缩。

兰波抚摸着白楚年柔软的头发，将他的头挨近胸前，抱着他浮上水面。

白楚年紧紧地抓着他的手臂，尖锐的指甲在他皮肤上刮出血痕，结结巴巴地问他："要杀我吗？"

"不会。"

"难受。"白楚年紧紧搂着他脖颈哀求，"救我。"

兰波轻轻拍他后背："乖乖。"

白楚年得到了莫大的安抚，安心枕在兰波的颈窝里，年幼的骨骼开始伸长，尖爪进化为骨节分明的十指，双腿逐渐修长笔直，白发浸黑，甚至面孔骨相都在向超脱人类的方向完善。

兰波在他耳边安慰，用温柔磁性的嗓音发出疼爱的低语："Siren blasyi kimo, fanshi, tlanfi, haosy, claya siren milen.（塞壬恩赐你容貌、天赋、健康，以及聆听神谕的能力。）"

白楚年不知道自己昏迷了多长时间，醒来只看见幽暗的荒野密林，自己躺在溪边，上身半裸着，衣服堆叠在身边。

他摸了摸身体，指尖停留在小腹下方兰波刻上去的名字处，代表强烈占有欲的疤痕薄薄地铺在坚硬紧实的小腹肌肉上。

他记得自己出了很多汗，但现在身上很干净，像洗过澡，不过他只记得梦里有人温柔地擦拭着他的脸颊、耳垂和头发，温柔恬静的亚化因子一直在他身边，从未离开。

白楚年坐起来，环顾四周，人鱼在不远处的溪水中，平躺在溪底的卵石上。

附近是一片荒芜的土地，唯独兰波躺的地方是一片绿洲，绿植茂盛，繁花似锦，冷蓝的或是火红的蝴蝶在他发间飞舞。

兰波躺在仅没过手腕的溪流中，让浅溪浸润自己的身体，冲刷着身上的血痕，他似乎受了很严重的外伤，一些露出骨肉的地方还没愈合，脱落的鳞片也还没有重新生长覆盖住伤口。

白楚年双膝发软，吃力地站起来，从地上捡起衣服，一瘸一拐地朝兰波走过去，蹲在他身边，检查他身上的伤。

　　兰波身上有的地方覆盖着一层玻璃质，从伤口来看原本覆盖的面积应该更大，只不过大多数玻璃质都被他撕了下来，身上还剩下一些没能撕掉的碎块。取下玻璃质是很疼的，因为玻璃质是在泯灭的作用下从皮肤中渗出凝结的，与皮肉相连，可能中途需要缓好一会儿才能继续撕，但如果不撕掉就会不停地腐蚀身体。

　　白楚年看了看自己的双手，抱歉地蹲在他身边，双手轻轻舀水，浇在兰波身上浅水浸泡不到的伤口上，替他摘下身上残留的玻璃质。

　　"对不起，我失控了，居然会伤到你。"白楚年愧悔地抚摸兰波千疮百孔的皮肤，毫不吝啬地释放最高浓度的安抚因子，手掌抚摸过的地方，皮肉重新生长的速度立刻快了起来。

　　兰波闭着眼睛，眉心慢慢展平，伤痛缓解，他稍微舒服了些。

　　"你知道吗？我梦到你了。"白楚年低下头，双手遮掩着脸上痛苦到极点的扭曲表情，"在梦里你一直抱着我，梦里我还很小，也很依赖你。

　　"我离开培育基地之后就拼命学习人类的一切文化和习惯，从我接到会长的第一个任务起，我就没有失手过。我怕犯错，怕我拥有的再离开我，现在怕的是连你也不要我了。"

　　"怎么会？"

　　兰波躺在溪水中，抬起一只手放在眉骨间遮挡光线，浅笑着睁开眼，嗓音低沉温柔："所有人都不要你，我也不会不要你，别把王的承诺看得太轻，小白，我总是认真的。"

　　白楚年怔怔地放下舀水的手，犹疑地看着兰波："你……说话怎么这么顺畅。"

　　兰波双手撑着水底的卵石，从仅没过脚背的溪水中缓缓坐起来，鱼尾扫动水流，日暮余晖照在水面上，鱼尾焕发着金蓝色的光泽。

"进食量满了。"兰波在溪水里洗了洗手，轻轻甩干。

他的动作完全脱离了培育期的青涩呆滞，举手投足不仅成熟稳重，而且带着一种长存于世后自然流露出的神格贵气。

甚至与曾经使用 Accelerant 促进剂催熟的模样和气质都有所不同，这是真正的成熟期。

"你把我的绷带扯得乱七八糟，还一直想从我胸前吸出点什么东西来，忘记了？"兰波整理了一下上身缠绕的绷带，绷带缝隙中隐约露出零星的痕迹，"吸得我很痛，可惜我也产不出什么能给你吃的东西来。"

白楚年僵硬地抿了抿唇，脸颊轰一下变得滚烫。

之前一直与培育期的呆鱼相处习惯了，现在光着膀子蹲在人家面前，莫名就生出种自惭形秽的距离感来，白楚年赶紧套上了衣服，仿佛离得近了都会玷污到他周遭的馨香气息。

兰波察觉到他的犹豫，抬手搭在白楚年发间揉了揉。

白楚年却像得到了依靠般，双腿脱力跪在了地上，眼眶通红，在兰波耳边声音发哑地问："我该怎么办？我一直都是指挥，向来都是别人问我该怎么做，那现在呢，我属于哪儿，我该去哪儿？"

遇神的信徒总会一股脑儿地把迷茫倾诉给信仰的神，他也不例外。

"那些在我面前死去的幼崽，在我眼里就是一个个还没长成的小孩，他们是不是因我而死？我从来都不想伤害谁，到最后恐慌还是因我而起，我是不是不配活着？"

"这是我第一次任务失败，我从来没失败过。我该痛恨谁，我自己吗？"

"你也不属于他们，你属于自己。你什么错都没有。"兰波抹了抹白楚年的眼睛，"低贱的人类亵渎生灵才是错，我会惩罚他们。"

兰波轻拍他的后背，其实他很想对白楚年说，他可以带白楚年回加勒比海，但前提是要放弃在这里的一切，因为现在一走了之，就代表实验体畏罪潜逃，再也不可能回来了。

兰波知道白楚年割舍不了他的学员、朋友、下属、同事，还有他最信任的那位会长，即使有一天他们真的离开了这片土地，最大的可能只会是被驱逐。

那就陪他等到被驱逐，和他比起来，王的体面其实也没那么重要。

"我要怎么安慰你呢？"兰波说。

直到此时，白楚年才有余力注意到，多米诺托着腮，坐在不远处的一棵树的树冠上，晃荡着触角，微笑着看着他们，灵感迸发，在记事本上奋笔疾书。

白楚年悄声问："为什么不提醒我附近有人？"

兰波说："那个蝴蝶亚体一直跟着你，我就想让他看看。你来给我解释一下他身上为什么有你的气味。"

"之前说过话，你应该也见过他的。多米诺，在三棱锥小屋遇见的作家。"

"哦……"兰波漫不经心，"幸好是这样。"

白楚年捂住他的嘴。

多米诺扇动背后的虚拟翅翼落在他们面前，扶着膝盖蹲下来，在兰波面前眯眼邀功："还好我到得及时，不然就惨了。神使是9级成熟体，摆在他面前的只有两条路，如果能平稳缓慢进化成自由体，那无敌没的说，但这个阶段只要受点刺激他就很可能直接进入恶化期，意识不受控，破坏吞食所有东西，我的蝴蝶幻境救了他呢。"

兰波点点头，摊开手掌。

多米诺的红色蝴蝶兴奋地落到兰波指尖上，静待幽蓝微光输入翅翼纹路，原本金红相间且并不具备发光能力的太阳闪蝶，在余晖消失的夜色中展现出了奇幻的蓝光。

多米诺欣喜地捧着脸蛋，触角胡乱晃荡："哎呀，这怎么好意思呢，谢谢王。"

"嗯？"白楚年总觉得哪里不对劲，这只蝴蝶着实狗腿了点。

不过也能理解，不是谁都有机缘得到海族首领赐福的。

"对了……你是怎么生长到成熟期的？"白楚年的疑虑还没消除，"你吃了什么吗？……还是说，我昏过去的时候做了什么？"

兰波捏了捏他的脸颊："没有啊。本来就快到了，你睡觉的时候也很乖。"

兰波的一只手悄悄背到身后，将收拢来的最后一颗血红玻璃球掐碎了。

第十一章

人形蛛茧

———○———

通信器在耳中频繁嗡鸣，这段时间韩行谦呼叫了白楚年多次，直到现在他才听见。

兰波则一早就把通信器摘了扔到一边，他戴通信器单纯是为了听白楚年的声音，别人说什么他一点都不关心。

韩行谦："小白，你怎么样了？"

他的声音喑哑，不知道这段时间经历了什么。

兰波轻轻抬起眼皮："小白。"

白楚年迅速按掉通信器开关，免得被韩行谦听到。

白楚年将法国青年样貌的帅鱼拉到身边低声教育："韩哥人挺好的，你少惹事。"

兰波说："在外边说一不二的教官，私下这么可爱。"

白楚年咳了两声，让自己的声音听上去和往常一样，回复："我好多了。"

韩行谦："你失联的这段时间，我收到了会长的三期任务，要求我们辅助剿灭 M 港内所有红喉鸟成员。"

白楚年并不觉得十分意外，不过还是多问了一句："这是会长的意思？"

一直以来，IOA 虽然有彻底除掉红喉鸟的想法，但会长一直觉得时机还不成熟，迟迟没有动手，现在突然下令铲除红喉鸟，大概就是因为这次丹黎赛宫恐怖袭击，双方彻底撕破脸了。

韩行谦："对，我只负责传达给你这个消息，你是带队组长，等会儿向会长确认接受三期任务。"

"我去确认一下。"白楚年心里的不安稍微平静，他本以为一次任务失败足够让他失去会长的信任。

旁观者清，韩行谦知道会长此时选择这么做，不仅是为了向世人宣布IOA联盟的反恐立场，也是为了在态度上给小白一个坚定靠山——虽然IOA与红喉鸟一向不共戴天，但此时郑重下令公开对抗，就代表向所有人声明，白楚年是IOA派来执行公务的，一切行为都由IOA授权。

会长对小白的维护超过了韩行谦预想的程度，会长不仅倚重白楚年，也十分信任他。

韩行谦作为一名医生，最了解他亲自跟进治疗的实验体，他认为白楚年有足够的能力控制自己的心性，也认为白楚年有赋予其他实验体人性的感染力，从有着杀戮野性的兰波被他驯化就能看出来。

但这种信任来自韩行谦对自己医术的自信，加上对实验体不断的观察，那么对会长来说，相信白楚年的依据又是什么呢？

这世界上真的存在没有血缘的亲情和没有理由的信任吗？

白楚年："我知道了，十分钟后在之前说定的位置会合。"

不过他对自己昏迷之前的事情还有所疑虑，于是问道："我昏迷的这段时间做了什么吗？"

"……"兰波平静的表情发生了细微的变化，他挑眉看着白楚年，指尖轻轻在掌心收紧。

泯灭这种亚化能力，可以将低于自己分化级别的任何生命体扭曲压缩成玻璃球，玻璃球破碎被销毁，那么被泯灭的生命体也会被所有人遗忘，遗忘的同时失去探寻他们的兴趣。

尽管白楚年在昏睡中不自知地制造出那么多玻璃球，但都被兰波吞食了，兰波让多米诺帮他把落在山谷中的玻璃球收集过来，没有遗漏任何一个，所以兰波认为，在韩行谦的记忆中，应该不会留下白楚年大面积杀人的印象。

　　果然，韩行谦回答："你昏厥以后，兰波就把你带走了，我们没能跟上，后来一个蝴蝶亚体来问过我们你的下落，然后去找你们了，你见到他了吗？"

　　兰波攥紧的手指放松开来。

　　白楚年看了一眼多米诺刚刚还在的地方，发现他已经走了。

　　"见到了，现在不在这儿了。"

　　白楚年低头看了眼手腕上的微型显示屏，把位置发了过去。

　　韩行谦翻看着自己的记事本，低垂眼眸注视纸张上记载的文字，淡然回答："好。"

　　白楚年起身要走，兰波抱着鱼尾仰头看着他。

　　"怎么了？"白楚年俯身撑在膝盖上。

　　"太累了，走不动。"

　　白楚年只好抱着他往山谷外走去。

　　六人在吉普车前会合，虽然他们已经不记得大面积泯灭的事情，但对于火车货物爆炸，白狮幼崽全部死亡这件事心有余悸。

　　直到现在陆言怀里还抱着一只，只因为韩行谦说这只可能还有救，陆言小心地抱了小白狮一路，毕揽星怎么劝他都不松手。

　　白楚年放下兰波，蹲下身摸了摸陆言怀里抱的小白狮，小白狮实在太小了，眼睛还没睁开，呼吸微弱得几乎感觉不到。

　　"他不行了，救不了了，等会儿断气了，给他找个风水宝地埋掉。"白楚年说着，手掌轻搭在小狮子头上。

　　陆言坐在地上哇的一声哭出来，歇斯底里地大张着嘴，脸都憋红了，看上去真的是很痛苦。

白楚年说不清堵在心头的这股情绪是什么，难以言说的微弱认同感在心中蔓延。

他抿唇安慰："你哭什么，以后这事还更多呢，怕就别干这行，回学校上课去。"

"你走！"陆言抽噎得厉害，把白楚年的手拨开。

"我是行动指挥，这次是我的失误，我没找到引爆装置，回总部后我会主动写检查申请处罚，对不起诸位。"白楚年从兜里摸出手帕给毕揽星，"给他擦擦鼻涕。"

萧驯对兰波和白楚年的戒备并没有消除，他知道白楚年感官敏锐，所以尽量避开白楚年，只去检测兰波，发现兰波的进食量指标已经消失了，取而代之的是与白楚年相似的指标——

等级：8

从状态来看，兰波的气质与之前截然不同，萧驯双手抱着狙击枪走到韩行谦身边，用余光盯紧了这两人。

不知道两个实验体混在特工组里什么目的，萧驯也很迷茫，就是这两人把他从亚化细胞团猎人手里救出来，让他得以脱离灵猩世家，白楚年向IOA申请收留他，还为他找优秀的狙击老师。要知道IOA是绝对不接收出身灵猩世家的特训生的，因为背景不纯。

虽然白楚年时常爱说些捉弄人的话，却从来没有对他造成过实质性的伤害。

那个蝴蝶亚体说话虽然偏激，但换位思考，他说的也没什么错，人类创造他们，利用他们，恐惧他们，还痛恨他们。

他们原路返回，毕揽星开车，顺着痕迹追踪红喉鸟成员。

路上，爬虫突然给白楚年发了一个加密文件，加密文件需要四位密码，虽然白楚年对电脑不甚熟悉，但他对别人的心理常常了如指掌，于是他不假思索地输入"9100"，文件成功打开。

白楚年把文件亮给韩行谦看，上面显示着：

特种作战武器编号 211 金缕虫

状态：M2 级培育期亚体

外形：由人类亚体改造而来的实验体，双眼呈现蜘蛛眼金属光泽，拟态程度 1/10。

亚化细胞团原型：达尔文蜘蛛

亚化能力：

J1 亚化能力"法老的茧"，单杀型能力，利用微风传递蛛丝，将周围 25 米半径内的目标缠绕成人形蛛茧，茧内密不透风，目标会由于神经麻痹无法呼吸，最终窒息而死。

M2 亚化能力"双想丝"，操纵型能力，控制人形蛛茧行动。

伴生能力 1："游墙"，不受材料限制、不受角度影响，在各种材料上站立行走。

伴生能力 2："神经麻痹"，接触到他的蛛丝就会被麻痹神经，身体僵硬，行动迟缓。

伴生能力 3："分心控制"，一心多用。

白楚年："我去，他怎么这么多伴生能力。"

爬虫回复了两段红色的文字：

虽然金缕虫还在培育期，但他的实力已经达到了 7 级成熟体的水平，原因就在于他那把型号为 AK-74 的步枪，上面用蛛丝连接着一个 M2 级的亚体亚化细胞团，他与那个亚化细胞团的契合度高达 100%，完美达到了灵魂合一的程度，继承了来自那个亚化细胞团的所有能力。

这是一个非常危险的实验体，对我们对人类都没好处，你最好趁他还没进入成熟期杀死他。

白楚年并没避讳爬虫发来的情报，韩行谦看罢，问他："他是什么人？"

"你还记得 ATWL 考试题目被窜改的那件事吗？"白楚年摊手，"我全程参与了那场考试，是一个爬虫做的。他现在建立了一个组织，名字叫 SOW 防火墙（Special Operations Weapon 特种作战武器的缩写），这个组织里面汇集了大量从研究所中出逃的实验体，我到现在都不知道他们真实的成员数量，但一定不少，而且那里面有个黑豹亚体是我的旧识，编号 91011，代号魔使，他实力是相当强的。

"之前我们从恩希医院救出的那位林灯医生，很可能就是他们的领导者。

"回去我会向总部写详细汇报。"白楚年说。

他们从另一个方向绕过山谷，整个 M 港的地图白楚年已经烂熟于心。他策划了一条路线，如果红喉鸟成员撤离，一定有条必经之路。

他们刚要走捷径穿越密林，白楚年的通信器收到了特许接入请求。

每次行动配备的通信器都会设置热感加密，无法被外部识别和干扰，只有总部允许的新通信才能请求接入。

白楚年接受了请求，对方浑厚的烟嗓伴着直升机螺旋桨的噪声钻进耳朵里：

"老白，听说任务失败了？特工就是靠不住。"

"何队长？"白楚年揉了揉耳朵，确定是何所谓的声音，他突然接入通信，就意味着 IOA 向 PBB 军事基地请求了援助。

何所谓穿着 PBB 风暴特种部队防暴武装服，戴着墨镜，单手抓着直升机内沿，叼着雪茄吐了口气："抬头，爷们来救你们了。"

两架涂装 PBB 标志的装甲直升机在空中悬停，两道绳梯扔下，两组风暴特种部队特战队员迅速降下，贺家兄弟也在其中。

何所谓端着微冲，走到白楚年身边，有力的拳头撑了撑他的肩膀："兄弟，你也有今天。特工，就好好搜集你的情报卧你的底，对方是装备精良、训练有素的恐怖组织，凭你，行吗？靠边吧。"

"啊，还有新面孔。"何所谓布满枪茧的宽阔手掌搓弄一把陆言的兔耳朵，拽了拽萧驯的狗尾巴，"这么多弱亚体呢你队里，他们能干啥呀？"

何所谓心情舒坦得很，终于报了当初 ATWL 考试时被白楚年来回折腾涮着玩的仇。

白楚年格外不爽，抓住他的枪口："你离我的学员远点。"

何所谓扫了扫肩头的上尉肩章，叼着雪茄笑了声："你知道这场恐怖袭击都惊动谁了吗？ PBB 风暴特种部队和狂鲨部队的两位少校，国际监狱典狱长，还有你们 IOA 联盟会长，几位大佬现在都在 M 港，听说这儿集中了不少实验体，大家都想要，恐怕是要开始抢了。"

白楚年神色平静，喉结轻轻动了动，与兰波无声地交换了一个眼神。

至今还滞留在 M 港的红喉鸟成员尚有五十余名，带队头目名叫荒磁，是个 M2 级矿石亚化细胞团亚体，在山谷中逃窜。

如果不是 IOA 特工劫持火车货物拖延了大量时间，让负责押送的红喉鸟成员伤亡惨重，他们完全有足够的时间撤离到提前准备的临时基地里，就不会拖延到现在被 PBB 两大特种部队堵截。

荒磁关掉对讲机，重重地砸了密林中的枯树一拳，恼怒道："都怪郎士德那老东西，白瞎他那金刚石亚化细胞团，连几个小屁孩也搞不定，居然能团灭在他们手上。货物没了，109 研究所那边还催命似的问个没完，这下回去怎么跟 boss 交代。"

有个鬣狗亚体在头子耳边殷勤地出谋划策："为今之计只能先撤走，保证把伤亡降到最小，boss 亲口说过，白楚年不好对付，他老人家会理解的。"

"只能这么办了。"荒磁指着坐在树下休息的亚体吼了一声，"你！拖住他们，掩护我们撤走！"

他吼的亚体是金缕虫。

金缕虫坐在树下，将背后的木乃伊抱到身前，人形木乃伊关节柔软灵活，金缕虫将他的手臂和双腿弯曲，放在自己盘起的两腿间，双手环在他腰间，脸颊贴着人形蛛茧的颈窝闭目睡觉，步枪搭在腿上，紧紧贴着自己。

荒磁也是第一次跟这东西一起做事，以往远远见他就觉得汗毛倒竖和恶心，这家伙是 boss 从 109 研究所买回来的实验体之一，像个哑巴一样，与怀里那只恐怖的人形蛛茧形影不离。

金缕虫戴着红喉鸟成员标志性的鸟嘴面具，看不出来他在睡觉还是醒着，荒磁抬了抬下巴，让鬣狗去把这恶心的玩意叫醒，保护他们撤走。

鬣狗亚体端着枪，快步走到金缕虫面前，用枪口捅了捅他的脑袋："起来，干活了。"

金缕虫从瞌睡中醒来，迟钝地抬起头，透过鸟嘴面具能够看见他的双眼泛着金属光泽，没有瞳仁，眼神僵硬冷漠，看不出来他活着还是死了。

鬣狗恃强凌弱惯了，红喉鸟也不是个讲道理的组织，见他并不反抗，便放松了警惕，更加用力地用枪口戳金缕虫的脑袋，抬高声调："听见没！"

金缕虫缓慢地点了点头，收拾收拾怀里的木乃伊，把关节扭转到适合背在背上的弧度，然后从莹润洁白的指尖拉出蛛丝，结网似的把木乃伊缠到背上。

他们正在逃亡，哪里有时间等着一个实验体慢吞吞地收拾东西，鬣狗不耐烦地用枪口顶在木乃伊的头颅上："这里面裹的是真人假人啊？"

他的枪口还没触碰到木乃伊的表面，金缕虫的手已先一步抬起了自己那把步枪，AK-74 一发子弹点在鬣狗胸前，那个亚体转瞬间爆成一团血雾，散落在密林枯树间，树枝之间便挂上了数层薄如棉纱的雪白蛛网。

弹指间，鬣狗尸骨无存，看见这一幕的亚体们腿软了半截，僵硬地从金缕虫附近退远了十来米。

金缕虫却像无事发生一般，把人形蛛茧安放到自己背上，端着 AK-74 站了起来。

荒磁看得心慌，连忙带着其他弟兄撤，这时候也顾不上再跟金缕虫纠缠了，看来真惹不起这家伙。

就把他扔这儿算了，追兵很可能从这条路碾压过来，这鬼蜘蛛应该还能替他们抵挡一阵子。

荒磁带着其他人拔腿就跑，M 港整体地形崎岖，有不少狭窄山路，荒磁命令所有人分头逃走，在 M 港外的接应渡轮附近集合。

但当他们逃到一半时，他们发现每一条小路都提前安排了埋伏，IOA 特工和 PBB 特种部队合作围剿。

IOA 特工组负责辅助部队围剿，陆言、毕揽星在其列，兰波负责跟随保护他们两个，PBB 风暴特种部队这边由贺家兄弟带队，狂鲨部队则由一位 M2 级鲸鲨带队。

PBB 狂鲨部队是海军陆战队，基本全由水生类亚体组成，穿暗蓝迷彩作战服和中筒靴，戴护目镜和皮质手套，配备锯齿匕首和 M27 自动步枪。

带队的鲸鲨看上去只有二十出头，身材稍显单薄，脸上虽然抹着彩泥，却也能看得出长相俊秀，他时不时朝兰波瞥一眼。

兰波仔细听着通信器中白楚年说的话，IOA 特工组分成了两路，韩行谦、萧驯和白楚年辅助风暴特种部队走另外的路线抓捕金缕虫。

白楚年："你们那边一切顺利的话，尽快从我发给你的路线标识过来包夹金缕虫，能伤亡小一点。"

兰波看了看指甲："我先干掉这些逃跑的小蝼蚁。"

白楚年："嗯，小心点。"

兰波在崎岖山壁上爬行，鱼尾蓝光隐现，雪白鱼骨在半透明鱼尾中整齐排列，身为海中容貌最出众的人鱼族一员，本身就对水生类亚体有着不可抗拒的吸引力，更何况这条人鱼身材并不是玲珑娇软那一款，而是腰背精瘦，腹肌从包裹上身的绷带中露出一半，绷带外穿着紧身防弹背心护住胸口。

两股队伍行进中，鲸鲨不由自主地靠近兰波，忍不住搭讪。

"那个，你是 IOA 哪个部门的？"

听见声音兰波才注意到他，转过身把防弹背心后背的 IOA 自由鸟标志给他看。

"特工组啊，好厉害。"鲸鲨端着枪放慢脚步，与他保持一样的速度，摸了摸鼻子，"你……挺帅的，怎么称呼？"

"不占你便宜的话，你可以叫我爸爸。"兰波轻身一跃，靠电磁吸附到了十来米外的位置。

与鲸鲨同行的海葵抱着枪用肩膀撞了他一下，扬唇调笑："魏队，IOA里的亚体没一个好惹的，小心别被人家把胳膊卸了。"

鲸鲨望着兰波渐远的背影轻出了口气，给了海葵肩膀一拳："跟上，等会儿别让人家受伤了。"

"别闹，魏队，IOA 的人可猛了，都是肌肉猛人。"

"扯淡呢，特工干情报工作的，跟我们这帮爷们儿一块儿冲锋，万一有伤亡，到时候少校问起来就成我们的错了。"

"行行，走。"

M 港三面环海，空气湿度远远大于内陆，兰波在这样的环境下行动体力消耗会更小，他游走在陆言和毕揽星附近，随时替他们关注着视线死角的动静。

不是因为这两个少年背景有多么雄厚，只因为分头行动前，白楚年好言好语交代，要他看护好这两个年轻的小家伙。

陆言还沉浸在难过里，红着眼睛一言不发地向前走，毕揽星需要负责检查岔路痕迹，与 PBB 特种部队的队长们沟通战术，没办法一直安慰陆言。

陆言沉默地向前走，用匕首砍断挡在面前的枯藤。

兰波顺着山壁爬过去，陆言在地上走，兰波像壁虎那样在手边的山壁上爬行。

"bani，"兰波伸长脖颈挨近陆言，"很难过？"

他不问还好，这么一问，陆言眼眶又红起来，哑声解释："我就是觉得，如果我还在学校上学，就不会看到这些了。爸爸没告诉过我，外面会是这样的。"

"没看到也会发生。"

兰波接着问："你对小白印象怎么样？"

陆言用力揉了一把眼睛："他指挥得没问题，是我们和你们的水平差太多了，才会让战斗脱节。"

被他抱出来的小狮崽最终还是缺氧死去了，陆言捡树叶把他的尸体包起来放进背包里，回特训基地后可以给他做一条小船，铺满鲜花，顺水漂走。

"很好。"兰波蹭了两下兔子奶白的软脸当作安慰，"只差在配合上，信任和默契缺一不可。"

陆言似懂非懂。

兰波："跟着我。"

简短几句谈话间，狂鲨部队跟了上来，鲸鲨有意无意地走在兰波近处，让队员们将IOA特工组的两个亚体护在中心。

山谷中共有四条通往不同海岸的崎岖小路，为保险起见，只能将所有人分成四路分别堵截，才能万无一失。

贺家兄弟双子亚化细胞团不能分开行动，于是由他们带领风暴特种部队三人走a道，另一队进入b道，毕揽星跟着这支六人队，狂鲨部队的副队长海葵带领四人走c道，队长鲸鲨带一个三人小队走d道，同时保护兰波和陆言。

虽然进入了成熟期，兰波的语言功能发育完善，但很多人类语言习惯他还是不能精准地领悟到精髓，所以他说话用词非常直白。

"我自己可以的。"兰波对鲸鲨说，"你去 c 道吧，你们太弱了，一起走安全一点，如果你们伤亡过多，小白会认为我不用心保护你们。"

"IOA 和 PBB 向来是互助合作关系，不用不好意思。"鲸鲨以为他在开玩笑，打了个哈哈，心里还觉得口出狂言的狂妄人鱼很可爱。

但红喉鸟是装备精良的恐怖组织，看看 IOA 的装备……他们配备的武器都偏微型，适合潜入任务，优势在于体积小、轻便灵活、方便掩藏，材质也是最新型的防探测金属，但杀伤力和杀伤半径相比特种部队的装备差得不是一星半点，特工的定位本身就不在于正面战斗。

兰波懒得再多说。

没过多久他们所在的 d 道就发现有敌踪，二十五人左右，全部持自动步枪，穿红色防弹衣。

人数要比预想的多得多，鲸鲨沉默下来，拿起对讲机向其他三组说明情况，然后专心部署剿杀方案。

如果没能守住这个道口，很可能让红喉鸟成员冲破防线后散开逃窜导致围剿失败，在支援赶来之前，必须先将他们堵在这条路上，拖延时间。鲸鲨抬手示意队员就位，在山谷密集的荒草中拉开枪线，听到命令后同时扔手雷震爆弹，然后开枪伏击。

这二十五个亚体早知道会被截杀，早已做好了鱼死网破的准备，鲸鲨和三位队员开枪时，这二十五个亚体一同使用亚化能力抵抗。

狂鲨部队的精英队员实力绝对不俗，但毕竟以少敌多处在劣势，对方又是被逼到绝路的亡命之徒，狂鲨部队很难在这场战斗中讨到好处。

双方僵持不下，突然一声震耳的炮响让鲸鲨愣住，透明的重型炮弹落在红喉鸟成员中间爆炸开来，五六人顿时被巨大的冲击力轰飞。

鲸鲨惊诧地回头喊："是谁的重型武器?!"

兰波坐在崎岖的崖壁上，肩头扛着一管透明水化钢 RPG 火箭筒（一种发射火箭弹的便携式反坦克武器），微抬下颌，蓝色瞳仁汇聚成一条细线，俯瞰低处："我的。"

M 港近海，山谷地下水丰富，而陆言的 J1 亚化能力"狡兔之窟"可以轻易贯穿石壁，水流从黑洞中流淌到兰波掌心，形成一枚水化钢炮弹，被兰波装进透明火箭筒中熟练上膛。

在火箭炮打乱对方阵脚的同时，陆言双手持 Uzi 冲锋枪迅疾冲了出去，使用 M2 亚化能力"四维分裂"，十几个具有相同攻击力的分身实体一同冲锋。

Uzi 冲锋枪射速快后坐力小，但同时弹匣容量也小，以一敌多时很容易打空弹匣来不及换弹，但陆言的二阶亚化能力完美地弥补了这个缺陷，以至于短途近战时，他能将所有射速快、弹匣容量小的冲锋枪打出最恐怖的伤害力，仿佛这一类武器就是为他而生的。

几个狂鲨部队的队员的目光全被这两位 IOA 特工吸引了，对讲机里海葵副队长还在问："支援点方位？"

鲸鲨："……不用了，打完了。"

海葵："不是说有二十五个吗？"

鲸鲨放下对讲机，颤颤自语："这是弱亚体？真的吗？我不信。"

白楚年听见兰波在通信器中说一切顺利，点头回答："留下两个人清点人数，我们这边情况很棘手，你得过来一趟。"

兰波："来啦。"他最喜欢 randi 请他帮忙了。

荒野密林中弥漫着一股淡淡的曼陀罗亚化因子气味，白楚年基本锁定了金缕虫的位置，但并没有着急过去。

但会长亲自提醒他，让他和兰波不要靠近 M 港勒莎铁塔附近。

PBB 部队和国际监狱都是带着异形生命体雷达来的，本意是寻找散布在 M 港内的危险实验体，但这种异形雷达会发出警报并播报实验体的具体情况，白楚年还没做好向大多数人公开实验体身份的准备，最好别过去。

不过，金缕虫的位置距离勒莎铁塔只有一千五百米左右，距离太近很容易在追逐过程中让白楚年暴露在异形生命体雷达下。

而且对于金缕虫，白楚年也怀揣着另一个想法。

按兰波所说，金缕虫在装有白狮幼崽的货厢爆炸前特意追来提醒过他们"不要打开"，这个举动证明了两件事：一是他的进食量已经很高，很接近成熟期，他已经具备一部分思考和逻辑能力；二是他并不像爬虫所说的那样会无差别残杀，他的行为是带有明显意图和指向性的，只是他们现在还不清楚金缕虫的动机是什么。

从初次见到在丹黎赛宫外徘徊的金缕虫一直到现在，金缕虫并没有对IOA造成任何影响和损失，如果能活着抓捕他，带回IOA，就能拿到更多关于实验体的资料，更多一分摧毁109研究所的可能性。

白楚年在脑海里思考了几个可行的方法，决定旁敲侧击地让何所谓带着风暴特种部队队员从靠近勒莎铁塔的方向将金缕虫赶到他们这边，然后白楚年再联合韩行谦动手，尽量活捉金缕虫。

与韩行谦朝夕相处三年之久，多少培养出了些默契，白楚年给了他一个眼神，韩行谦点头表示赞同。

白楚年叫醒走神的萧驯，语速很快地交代他："金缕虫那把枪是个弱点，你找到制高点之后，最好瞄着他手上的枪打，打不掉没关系，能牵制、切断他的退路给我们制造机会就行。"

众所周知，普通的武器对实验体能造成的伤害微乎其微，即使被子弹击中，实验体也能快速愈合。

萧驯心虚得不敢抬头看白楚年，只轻轻点了下头。

"你在听我说话吗？严肃点，我说事呢。"白楚年蹲下来，仰头看他，"他那把枪很有问题，等会儿我要试探一下威力，记好了，别跟金缕虫对枪，一发子弹都别对，即使你再自信，知道吗？"

白楚年的眼睛黑亮清澈，双眼皮褶皱摞在柔润上挑的眼角，他仰起头时月光落在脸颊上，阴影被细高的鼻梁分隔开。

其实，他并不可怕。

萧驯检测了白楚年的情绪，担心 50%，焦虑 30%，自信 20%。没有任何包含阴谋算计的情绪在其中。

他木然地在心里想，说到底白楚年只是一位同岁的年轻前辈罢了。

白楚年喷了一声，无奈撸了把脸："又溜号了，我他妈刚说什么来着，你给我重复一遍。"

萧驯磕巴着重复："不要对枪。"

"对，为什么？"

萧驯坦言："对不起，教官，我没记住。"

"我说！因为跟实验体对枪的时候，你一枪爆了他的头，他不会死，他给你一枪，你就没了。"

何所谓抱着微冲靠在树下看热闹，瞅着白楚年直乐，拣了根烟扔给他。

白楚年低头跟他对了个火，深吸一口烟让自己冷静，搓了搓脸，"教学生之前，我真觉得自己脾气挺好的。"

何所谓隐约认出萧驯，随口问："嘶……他不是考试最后给蛇女目来了针 Accelerant 促进剂的那位神仙吗？"

"对呀。"白楚年捶着手心，"我就看中他那股狠劲了，才想方设法给弄来的，结果现在，说溜号就溜号，甭管什么场合，唉，就给你走神，想别的，合着就打我们最狠，别问，问就是思考人生。"

嘴上说着闲谈的话，白楚年心里其实在打腹稿，何所谓看上去粗枝大叶，其实十分精明，他肩上的军衔可不是闷头干两场架就能得来的，得想办法把他糊弄到按自己的计划行动。

然而他刚要说话，何所谓先开口："我领人把金缕虫撵过来，你不用过去。"

这倒正中下怀，但白楚年免不了怀疑他们是否还有其他的目的，抓实验体抢功是有可能的，但何所谓不可能对实验体一点都不了解，他应该知道即使是特种部队也难以在对抗实验体时毫发无伤，而且何所谓这次带的并不全是骨干队员，还有几位刚入队的新人，凭他们这些人想剿灭金缕虫不太可能。

何所谓掐灭烟头，在余烬上吐了口唾沫，扔到脚下，手势示意风暴特种部队队员跟随自己往勒莎铁塔后方去包抄金缕虫。

白楚年只能低声提醒："别缠斗。"

等待何所谓消息的这段时间，萧驯观察地势，寻找合适的架枪位置，然后灵活地爬了上去，韩行谦找到了之前红喉鸟成员停留的位置，树枝上挂着几缕随风飘拂的蛛丝。

他检查了一遍周围的痕迹，戴上橡胶手套，用镊子取了一些样品，放进塑封袋里，收进口袋。

白楚年坐在树枝上等消息，低头问韩行谦："看出什么来了？"

"这个位置的空气里有血液存在。"韩行谦摘下眼镜，摸出微型目镜卡在右眼眼眶中，观察留在树干上的蛛丝，"血液被雾化后再固化，然后体现为这种蛛丝。"

"而且你看，"韩行谦将轻飘飘的蛛丝弯折，勒在匕首刃上，用力前后拉扯，"割不断。"

"爬虫给的资料里没说他有这种能力。"白楚年又回想了一遍那份文件，突然坐直身体，"是那把枪附带的能力吗？"

韩行谦也不能完全确定："我推测他枪上连接的也是一个蜘蛛亚化细胞团。"

白楚年立即呼叫何所谓："何队，远点牵制，别被他的枪打中了。"

何所谓带着队员一路地毯式搜索过去，靠近勒莎铁塔时，已经能看见港口聚集的军用直升机。

以往运货繁忙的港口此时全部停工，数架涂装有 PBB 标志的直升机落地，风暴特种部队和狂鲨部队的两位少校正与 IOA 言逸会长交谈，会长身后是他的卫队。

金缕虫就悬挂在山头一棵粗壮的杨树上，蛛丝兜着他的身体，他沉默地眺望着在港口聚集的大人物们，目光久久落在会长身上，不知在想些什么。

勒莎铁塔下放置着一台精密仪器，人们都管这个叫异形生命体探测雷达，探测范围是周围三公里半径内的球形空间，一旦实验体踏入这个范围，位置就会暴露在显示屏地图上，随后机器会放出无人机追踪。

这个位置已经属于异形雷达的探测范围，数架无人机被释放，朝金缕虫所在的位置飞来，每一架无人机中都放置了一枚专门针对实验体的强效镇静剂，被击中的实验体会失去反抗能力。

无人机围堵过来，金缕虫被迫从树上跳下来，他几次回头想靠近港口，都被无人机上散射的强效镇静剂挡了回来，金缕虫抬起 AK-74，轻抬枪口，一发子弹点射，被命中的无人机顿时化作蛛丝在空中飘散。

金缕虫背着木乃伊，跳跃翻滚躲避无人机的追杀，但始终不肯离开港口。

这一枪的威力何所谓看在眼里，他抬手示意队员围堵，绝对不能靠得太近，他们采取扫射驱赶的方式，将金缕虫一点一点往白楚年他们设伏的位置赶。

金缕虫在枪林弹雨中奔跑逃窜，时而会有一两发流弹击中他，但普通子弹对实验体造成的伤害十分有限，子弹嵌进了他的身体，他不过跟跄两步，血花迸溅，随即愈合。

金缕虫将背上的木乃伊换到怀里抱着，免得被身后的流弹伤害到，他单手举起步枪，向后盲目扫射追杀者。

何所谓的 J1 亚化能力"月全食"护在身前，一发又一发强劲的子弹击打在金色月盘间，月盘迅速缩减消耗，从圆月被消耗为半月，最后消耗到弦月，盾牌碎裂失去了防护作用。

何所谓在心里数着月全食承受的子弹数，没想到仅仅六发子弹就被彻底摧毁了。如果只是普通枪械的子弹，就算每一发都集中在同一个点上，也需要七十多发才能击穿他的月全食。

在月盘破碎的那一刻，金缕虫的一发子弹命中了何所谓身边的一位队员，那发子弹并没有打中要害，不料那位队员顷刻便爆成了一团血雾，化作雪白蛛网飘零在荒林之中。

"停止进攻！躲避对方反击，快！"何所谓立刻做出判断，命令队员们避开，但有位队员的反应慢了一步，被金缕虫的子弹擦破了手背的一层皮，紧接着整条胳膊就爆裂开来，血花化作雪白蛛网四散飘落。

何所谓一把抓住那位失去左臂痛苦惨叫的队员，在为他释放安抚因子镇痛的同时，把情报传递给白楚年："他那把枪太邪门了，不管打中哪儿，只要子弹嵌进身体就全身爆。他距离你们很近了。"

"收到。"

白楚年按住通信器："萧驯，帮我架点[1]。韩哥，给我重置他那把枪到报废。"

他话音刚落，金缕虫的身影跨越荒草、灌木，冲进了他们的交叉枪线中。

培育期实验体逻辑能力不够，发现自己刚逃出重围又陷入埋伏时蒙住了，第一反应是向斜前方逃。

萧驯把握时机，一发狙击弹切断了金缕虫的逃离路线。

自从萧驯进入特训基地后，白楚年就只让他使用狙击枪，放弃步枪和冲锋枪，那时他的一句话让萧驯记忆犹新："练近战是必须的，但在我队伍里

1.架点：使用枪械提前瞄准一个敌人可能出现的位置并随时准备开枪。

你可以背双狙，我们不会让任何人摸到你近点。"

狙击枪装弹需要时间，但萧驯还有第二把枪，多日的练习彻底将他的狙击潜力激发出来，萧驯抬手换副枪，无须瞄准便将一发狙击弹打出，精准凶猛地命中金缕虫手中的AK-74。

强大的冲击力将步枪从金缕虫手中击飞出去。

"太漂亮了。"白楚年跳下枝头，朝金缕虫贴过去。

韩行谦皱眉："耐力重置对那把枪不起作用。可能只要亚化细胞团还连接在枪上，这把枪就永远报废不了。"

白楚年注意到金缕虫身上的细微处，他的手指上缠绕着细细的蛛丝，蛛丝连接在被打飞的步枪上。

白楚年从腰间抽出匕首，抬手斩断金缕虫与步枪之间的蛛丝。

但就如同韩行谦说的那样，匕首无法砍断看似纤细的蛛丝，刀刃反而被柔软飘拂的丝线勒豁了刃。

不过瞬间匕首就恢复了原状，只要韩行谦在，白楚年身上所有的武器防具都会保持在最佳状态。

白楚年改变攻击位置，改为劈砍金缕虫的身体，他将钢化能力附加在了匕首刃上，一般实验体被砍到都会严重受伤。

但只有金缕虫胸前包裹的防弹衣被劈开了，他身体上紧紧缠绕着一层蛛丝，和毕揽星的毒藤甲异曲同工，匕首撞在蛛丝护甲上发出一声清脆的卷刃声。

韩行谦又将匕首恢复原状。

白楚年放弃匕首，抽出手枪，在金缕虫还没反应过来的时候，给了他心口一发子弹。

附加钢化的子弹从金缕虫左胸打了进去，显然他的蛛丝无法承受这种程度的冲击，血花从弹孔中喷发，转瞬间化为漫天白丝。

但即使附加过钢化的子弹对他也不能造成致命伤害，很快，弹孔迅速愈合。

白楚年不断试探金缕虫的弱点所在，一个培育期实验体居然如此难缠，这还是白楚年头一次遇上强劲的对手。

何所谓领着队员将金缕虫的退路包围，但有PBB队员在附近，白楚年就不能暴露得太多。

缠斗的空当，白楚年问兰波："快到了吗？"

兰波："三分钟。"

白楚年："他那把武器你怎么看？"

兰波看了一眼自己的手臂，之前自己在火车附近拦截金缕虫时不慎被他的子弹击中过，在手臂上擦出了一条伤口，当时并没有立即愈合，不过这么长时间过去了，伤口最终还是没能留下痕迹。

兰波："实验体被击中的话，愈合速度会很慢，但也能愈合，对我们威胁不大。"

白楚年嗯了一声，心中有了点数。

每个实验体大脑中都被植入过战斗数据，金缕虫显然擅长中距离和远距离战斗，近战则频频在白楚年手上吃亏，而他又迟迟无法拿回自己的枪，只能近距离与白楚年消耗纠缠。

金缕虫只有一个，而白楚年这一方有不少人合攻，再耗下去只会将体力耗尽。

一股浓郁的曼陀罗亚化因子充盈在空气中，雪白蛛丝向四周喷发，悬挂在每一株枯树上，金缕虫松开背上的木乃伊，手脚分明的木乃伊脱离了金缕虫的支撑也没有倒下，而是在无数细丝的操纵下站了起来。

这具木乃伊要比金缕虫高出半个头，体形也更偏向亚体宽肩窄腰的身材比例，站在金缕虫身后，像一尊保护神。

金缕虫的M2亚化能力"双想丝"，可以操纵人形蛛茧行动，一个对手突然变成两个，白楚年烦闷不已。

所有蛛丝都连接在金缕虫的双手中，金缕虫在朝白楚年出拳时，那具被他的蛛丝操纵的木乃伊却从另一个方向包抄过来，与金缕虫形成夹击之势。

白楚年终于领教到了金缕虫的伴生能力"分心控制"。

他从两方夹击中退了出来，金缕虫和木乃伊顿时分开来，木乃伊朝着高处冲过去，而金缕虫向反方向飞奔，去捡他那把步枪。

白楚年的第一反应是阻止金缕虫捡枪，但余光瞥见木乃伊冲过去的方向正是萧驯的隐蔽点。

萧驯狙击成功后并非没有换点隐蔽，但金缕虫在不知不觉中已经将蛛丝布满荒林，所有人都在细密蛛丝的监控之下，萧驯只要动一下就会被金缕虫感知到位置。

何所谓反应很快，先一步领人阻截："我挡金缕虫。"

白楚年吼了他一声："不用，别靠近他！"

萧驯冷静地保持不动，只要他不动，金缕虫就很难判断他的位置，他将枪口瞄准了木乃伊的头颅。

最终白楚年还是回了头，脚尖轻点石壁，无声迅疾地攀爬到萧驯所在的制高点，金缕虫似乎早就料到他的反应，操纵蛛丝的指尖轻轻轻动了动，木乃伊便立刻转头朝白楚年扑了过来。

一声狙击枪响，萧驯扣动扳机，将露出森白利齿险些咬在白楚年动脉和亚化细胞团上的木乃伊击飞。

虽然为白楚年解了围，但他这一枪也暴露了自己的位置，金缕虫依靠蛛丝传递的触觉，瞬间锁定了萧驯的要害，抓住步枪朝萧驯扫过去。

"走你。"白楚年一脚把萧驯从制高点踢了下来。

萧驯重重摔在灌木丛中，而白楚年被金缕虫的一发子弹打中了左眼。

血花飞溅，剧烈的疼痛让白楚年短暂地失去知觉，他捂住泪泪流血的左眼，单手扶地落在峭壁上，血流淌满半面脸颊。

萧驯躺在地上，小腿传来碎裂般的剧痛，但他呆呆地想，他果然没让任何人摸到自己近点。

其余人都愣住了，韩行谦把小腿骨折、痛到咬牙支撑的萧驯拖到一边，紧张关注着白楚年的生命状态，何所谓抬眼注视白楚年，并没露出多少惊诧的表情，他身边有个队员看出端倪张嘴想喊，被何所谓低声喝止。

金缕虫抱起步枪踩着蛛丝乘胜追击，他的枪虽然不能将实验体一举击碎，但可以延缓实验体的愈合速度，在这把枪下，实验体会和人类面对普通武器时一样脆弱。就算是实验体，血也总有流干的时候。

他朝白楚年抬起枪口，手指微动，即将扣动扳机时，身体被猛地扑倒，一发子弹打歪，朝天空飞去。

陆言撞在金缕虫身上，枪口对着金缕虫的脖颈打出一连串子弹，金缕虫抬枪反击，毕揽星的藤蔓缠绕在陆言腰间，将他扯出了金缕虫的射击范围。

金缕虫摔了下去，指尖操纵蛛丝，控制着木乃伊踩墙翻身落地，将木乃伊接在怀里缓冲。

短短几秒内局面反转，兰波叼着一具红喉鸟成员的尸体，从石壁上爬了过来，落在白楚年身边。

白楚年捂着左眼蹲在地上，兰波爬到他身边："怎么样？"

"没什么大事。"白楚年咝咝地抽凉气，从兰波上身的绷带上割了一段，包裹在左眼上止血，"我不想在这儿跟他打，人太多了。而且普通的枪对他没用，他的枪对我们有用，凭啥呀？"

"过来。"兰波将鱼尾缠绕到他身上，冷不防一口咬在白楚年脖颈上，将亚化因子注入他的皮肤中。

妖艳的蓝色鱼纹在黑暗中闪烁，瞬间爬满了白楚年的臂膀和肩胛。

"claya siren milen。"

兰波抬起手，尖锐的指甲伸出甲鞘，横放在地上的那具尸体动脉被几条极细的蓝光切割开。

血流被兰波引到掌心，血液逐渐拉长成型。

尸体被榨干一切水分，成为一具干枯尸骸，一把表面坚硬，内里血浆流动的长柄镰刀立在白楚年面前，蓝色电流在其中蜿蜒游走。

兰波沉声道："用我的。"

兰波的伴生能力"水化钢"原则上只有自己能使用，水化钢形成的武器在别人手中只会化为一摊水。

白楚年怔怔地握住它的柄，坚硬冰冷的质感和实体并无差别。

第十二章

异形雷达

白楚年慢慢地握住那把镰刀的柄，一人半高的长柄支撑在地上，当他握紧时，一声电流嗡鸣，刀身内蓝色闪电流窜，掩盖了原本的血色，同时，他肩头的鱼纹电光游走与之呼应，耳上的鱼骨和矿石幽光律动。

他明明从没见过这把武器，但攥在手里时又无比称手，比他在训练场磨炼过无数次的任何一把枪都熟悉。

兰波扬起尾尖，轻轻推了一下白楚年的后背："goon。（走吧。）"

但兰波本身并没有行动，他缠绕在凸出峭壁的石柱上，双手扶着石面，黑色尖甲深深刺入岩石中固定身体，鱼尾轻轻摇动，胸有成竹地端详着此时的战局。

金缕虫落地后，将所有进攻路线用坚韧蛛丝封死，想朝来时的路原路返回。

白楚年纵身一跃，刀刃在触碰蛛丝时，如水波般微微荡漾，转瞬便将密集黏稠的蛛丝斩断，金缕虫显然低估了这把武器的威力，背着木乃伊向后跳开，白楚年一刀横扫，一道圆弧形的幽蓝寒光从金缕虫胸前掠过，一阵夹杂冰冷寒意的麻木感贴着胸口刮过。

两人分开落地，金缕虫捂着胸口，一道深可见骨的血痕横在胸前，防弹衣和包裹在身体上的蛛丝全被锋利的镰刀割开，血液喷涌，化成雾状蛛丝，覆盖在荒林之中。

金缕虫指尖轻颤，操纵木乃伊扶住自己，他挣扎站起来。对实验体而言，只要不是大面积感染，再大的伤口也能迅速愈合，但这一次，他身上的伤口全然没有愈合的趋势。

身为镰刀的操纵者，白楚年也惊诧不已，忍不住摩挲蓝电镰刀的长柄，感慨这东西实在厉害，轻声对通信器中说："太牛了，你有这好东西，怎么不早拿出来给大家分享一下。"

"别人是用不了的。"兰波侧躺在石柱上，支着头垂眸俯视这场战斗，在他眼里胜负已分。

韩行谦观察着这一幕，他在这些年的研究中，从没遇到过现在的情况，但他的前辈钟教授进行过这样的设想并写了一篇文章，名为《关于亚化细胞团之间联合、融合、共生，以及驱使关系的研究》。

拿金缕虫来说，金缕虫的亚化细胞团与他所持枪械上连接的蜘蛛亚化细胞团属于联合关系，二者契合度高达 100%，金缕虫有意保护这个亚化细胞团，这个亚化细胞团自愿将他的能力贡献给金缕虫，属于两个独立个体的联合。

而兰波和白楚年现在表现出的情况明显不同于金缕虫，看得出来，白楚年现在身上附加了兰波的属性，这是一种罕见的能力赠予行为。

韩行谦仰头看了呼吸频率降低的兰波一眼，不出意外的话，兰波是把一件自己所有的特殊武器赠予了白楚年，这个武器能且仅能给白楚年使用。

钟教授大胆地将这种驱使关系类比为神祇与使者的关系，使者作为媒介承载神赐的能力。

两个独立亚化细胞团只要能达成这四种关系，所能发挥的能力就要远大于普通合作的两个人，1 加 1 大于 2 就是这四种关系的证明。

萧驯躺在地上，高空坠落让他全身脏器都感到闷痛，韩行谦给他打了一针镇痛剂，PBB雷霆援护小组也在港口待命，他们队伍里应该有帮助骨折恢复的医生。韩行谦的J1亚化能力"耐力重置"只能修复未损坏的东西，内脏受伤可以立刻恢复，但骨折相当于骨骼损坏，重置不了，只能简单包扎固定。

内脏的闷痛得到缓解，萧驯眼前的黑暗才慢慢退去，他紧咬着牙，伸手去抓远处的狙击枪，抱在怀里，吃力地换弹上膛。

韩行谦站在他身边，双手插在外套兜里，除了默默释放千鸟草气味的安抚因子为他缓解不适，没有干预萧驯的行动。

狙击手的身体金贵，培养费用高昂，是整个队伍里最受优待的对象，韩行谦以为萧驯会就此躺下等待救援，这小狗浑身沾满泥土枯叶努力爬起来的样子让他十分欣赏。

韩行谦搂起萧驯的腰，将他提起来，飞快隐没在枯林中，他扫视四周地形，低声道："你选点。"

萧驯脸色苍白，指着一处高耸的陡峭石台："那儿。"

韩行谦矫健地带他爬了上去，将他安置在石台上，萧驯趴下，将狙击镜瞄准了白楚年和金缕虫。

"会长说绝对不能让金缕虫靠近港口。"韩行谦坐下来，翻开记事本用铅笔在上面写了几行笔记，"勒莎铁塔底下放了异形探测雷达，能测出实验体的位置。"

萧驯专注地透过瞄准镜注视着与金缕虫缠斗的白楚年："我不会让他们靠近的。"

韩行谦品味着"他们"这个微妙的用词，拍了拍萧驯的肩膀，"我去卸掉异形雷达，希望能赶上。"

萧驯一动不动地趴在地上，闭着一只眼睛靠在狙击枪边注视目标，轻轻嗯了一声，对通信器中说："我就位了，三点钟方向132.35米峭壁，请指示。"

韩行谦缓缓吐出一口气，跳下岩石，开车向勒莎铁塔方向驶去。

金缕虫体力不支渐落下风，白楚年却越砍越顺手，漆黑瞳仁电光流窜，眼睛中的蓝色越发明显，他近乎疯狂，时不时发出一声失控的笑声。

他每横扫一刀，金缕虫身上便喷涌出蛛丝，短短十几秒便衣衫褴褛，浑身血肉开绽的刀口，被镰刀砍伤的伤口全都无法愈合。

他们两个的战场不断移动，时而波及周围的人，所有人只能不断向后退。

金缕虫十指蛛丝连接着木乃伊的每个关节，只需要微微地弯曲手指就能灵活操控木乃伊的动作，他轻动指尖，在白楚年朝他冲过来时，木乃伊从斜后方狠狠撞上白楚年的身体。

狭长的镰刀被撞开了一个角度，刀刃掉转方向，朝何所谓飞了过去。

刀刃距离何所谓的鼻梁还有两厘米时，白楚年抓住了长镰的柄，这时何所谓已经本能地打开了 J1 亚化能力"月全食"，但在镰刀触碰月全食的一刹那，月盘分崩离析。

何所谓愣住，不可思议地退了半步。

他们都以为白楚年完全失去了控制，正在场上乱杀，不过兰波并不这么认为，依旧神情冷淡，没有一丝慌张。

金缕虫身受重伤，木乃伊将他接在怀里，双手以一个保护的姿态搂抱着他，安抚摩挲着他的头，连接在枪上的亚化细胞团散发出罂粟气味的安抚因子，在这股安抚因子的作用下，金缕虫身上的伤口愈合速度才稍微快了些许。

实际上，这一切动作都由金缕虫控制，木乃伊就像一个傀儡，栩栩如生地充当他的保护者。

白楚年走近他，尽量用简单的句子与他交流："别反抗了，跟我走，我带你去见会长。"

金缕虫蒙蒙地抬头看着他，鸟嘴面具戴在他脸上显得有点可笑，透过面具，白楚年看见了一双热泪盈眶的眼睛。

"呃，"白楚年将镰刀换到右手上，试探着伸出手想安抚他，"会长肯定不会杀你，我也不想杀你。"

陆言趴在岩石上探出一半脑袋来，焦急地低头看着他们交谈，毕揽星用藤蔓缠着他，免得他从高处掉下去。

白楚年不准他们靠近金缕虫，因为金缕虫这把枪太过特殊，非实验体只要中一枪就会当场爆血而亡，他不可能让学员冒这个险。

金缕虫迟钝地抬头，看到陆言的兔耳朵，愣了一下，好像这个情景已经超出了他大脑的运算范围，让他非常迷惑。

白楚年趁他发呆的空当，钢化左手指尖，迅速朝他的脖颈抓去，他已经准备好了亚化细胞团控制器，只要能找到机会扎进金缕虫后颈，就能完全控制住他。

但金缕虫的本能反应超乎寻常的快，在白楚年即将触碰到他的脖颈时，金缕虫反手一枪，朝白楚年的喉咙点射。

如果打穿喉咙并且无法愈合，白楚年绝对会因窒息而死。

一发狙击弹准确无误地与金缕虫的步枪子弹相撞，白楚年扔开金缕虫，向后翻越落地，那枚阻止金缕虫射杀白楚年的狙击弹不偏不倚地嵌进了金缕虫的右眼。

血花在金缕虫戴着鸟嘴面具的脸上爆开，但萧驯的狙击弹只是普通子弹，金缕虫哀号了一声，眼睛便愈合如初了。

这一枪算是把金缕虫打中白楚年左眼的仇报了，兰波瞳孔汇聚成一条竖线，翘起唇角在通信器中唯恐天下不乱地夸赞萧驯："katen，I love u。（狗狗，真厉害。）"

剧痛使金缕虫受了惊，掉头就跑，他横冲直撞地朝港口逃去，并一路布下蛛网拦截后边的追兵。

白楚年跟了上去。

韩行谦联络他："我在损毁异形雷达，这东西做得太结实了，至少需要四百次耐力重置才能报废，而且这里放了两台，多拖延一会儿，至少还需要十分钟。"

白楚年皱起眉："他往港口逃了，会长在那儿，他的枪太危险了。"

韩行谦："异形雷达非常灵敏，只要你跨入这个区域，立刻就会被检测出来。"

"测吧。"白楚年纵身跳到一棵枯树上，再灵活无声地跃到石壁上，"还能拿我怎么样？"

韩行谦："陆言、揽星，把他拦住。"

陆言："我不敢。"

毕揽星："我也不敢。"

韩行谦："兰波，拦住他。"

兰波无所谓地笑起来："虽然他想去保护那只兔子让我有点不爽，但我也想看看，他们在我面前能拿他怎么样。"

直到 IOA 特工组撤出山谷，何所谓也没有再下命令跟随，反而回过头检查队员们的伤势，在 IOA 特工组的协助下，这场战斗中多数队员只受了擦伤等轻伤，只有一人手臂全部爆裂，另一人当场死亡。

被分配去堵截红喉鸟成员的队员们清剿完毕，正在飞速赶来会合。

贺文潇向何所谓请示："队长，金缕虫在我们前方一百米左右，武器弹药充足，小队无伤亡，请指示。"

何所谓神色凝重，边给失去手臂的队员包扎，边说："我队里有伤亡，你和文意回来帮忙处理，其他人离远点跟随目标。"

"是。"

没过多久，贺文潇贺文意两兄弟为了抄近路走捷径回来，走的是峭壁石缝，挤进来后满头满脸的土。

贺文潇见有人重伤，立刻脱下背包跑过来，跪在地上摸出一支肾上腺素给他扎了进去，洗了洗手消毒，给他处理断臂的截面。

不过贺文潇的状态也不算好，虽然身上并没有伤口，但脸色泛着一种病态的苍白，他们小队遭遇了红喉鸟中那位名叫荒磁的头目，M2级磁石亚化细胞团，不仅能影响他们的电子设备，还会吸引一切铁质配件。榴弹爆炸时引爆了红喉鸟成员提前埋在地里的碎铁屑，贺文潇及时掩护队员换位，但自己体内嵌了不少铁片。

因剧痛浑身哆嗦的队员紧紧抓住贺文潇的手臂，嘴唇毫无血色，颤颤地说："没事。副队长，我行。"

贺文潇攥了攥他另一只手："基地技术跟得上，人造骨骼也好用。"

"雷霆援护小组正往这边赶，很快就到了。"何所谓背靠一棵枯树坐下来，之后一声不吭，一直抽烟。

姓白的，你再往前冲，老子可就救不了你了。

由于受伤移动不便，萧驯并没有转移，隐藏在两百米外的峭壁岩石上，以趴姿瞄准，像座岿然不动的雕塑。

从贺文潇贺文意出现后，他就将准星缓缓移到了他们身上，并开启了J1亚化能力"万能仪表盘"。

检测完毕，萧驯将准星移回了白楚年身上。

白楚年实际上一直都没有脱离他的狙击射程，白楚年在把金缕虫往一个特定的方向驱赶，一个偏离异形雷达圆形探测范围的切线方向。

兰波的身影反而越发靠近会长所在的港口，两人并没在一起行动。

但萧驯没有再多耗费力气思考他们的意图，他专注地盯着准星里的目标，安静地等待耳麦里传来白楚年的指令。

总有那么一种人，即使他性格不稳重，喜欢恶作剧，感情、体力都充沛得过头，却仍让人觉得柔软，有种安定人心的力量。

金缕虫拼命地想冲进港口，但每一次突围都被白楚年甩来的一道寒光阻挡回来。

白楚年在心里计算着雷达扫描范围，一刀朝金缕虫横扫，将他逼离扫描区二十多米。

韩行谦藏身在港口附近，快速多次的耐力重置让他额头渗出细汗。

军方的装备性能优良、结实耐用是尽人皆知的特点，短时间内彻底破坏两台雷达不太现实。

韩行谦睫毛挂着薄汗，低声道："两台雷达都重置到一半了，现在探测范围缩减到一公里半径，扫描精度降低，检测不出具体的实验体编号，只能探测到数量和位置。但他们发现了故障在维修，一旦换上新部件雷达就会恢复作用，你得在三分钟内搞定。"

"好。"白楚年按住耳麦，"揽星，在我一点钟方向有一片沼泽，你和陆言绕过去。"

附近被荒芜枯树包围，金缕虫的蛛丝源源不断地铺满整片密林，他能在纤细的蛛丝上任意移动，这种地形对白楚年来说不占优势。

只有在港口一公里外的咸湖沼泽最适合伏击。

这几个回合下来，白楚年的体力并没减少，他消耗的完全是由手中的这把镰刀供应的能量。

金缕虫伤得很重，身上又背着一具沉重的木乃伊，体力渐渐支撑不住，全凭一口气撑着朝港口奔跑。

白楚年也不再攻击他，而是在枝杈间轻盈跳跃跟随，目光落在金缕虫身上，揣摩他的意图，时不时发出一句语言攻击。

"兄弟，别跑了，港口大人物们开会呢，你去了不是送死吗？"

"你想找谁？"

"言——逸——"金缕虫冷漠地回答了他。

"找我们会长干吗？"白楚年挑眉问，脚尖一点跃至远处枝头，"我带你去，你跟我走。"

金缕虫一字一句地努力道："我，不信你。"

"你伤到我了。"白楚年捂住心口，"我们是同类，信我，我说了算。"

"滚开。"金缕虫愤怒地抬起枪口回身扫射。

白楚年早就摸清了这把武器的射程、射速和散射，倾身避开子弹，将镰刀挂在背后枪带上，寸步不离地尾随金缕虫："你找我们会长有什么事？我替你转达总可以吧，你叫什么名字？"

"交给他，重要的东西。"金缕虫陷入了沉思，喃喃自语，"我不记得，我的名字。"

培育期实验体脑子本来就不够用，白楚年还一直在逼他思考，金缕虫的思维混乱起来，被白楚年一刀拦路，径直扎进了沼泽区。

沼泽区空气湿润，金缕虫的蛛丝很快带上一层水珠，带着水珠的丝线失去了轻盈的特质，控制起来难度大大增加。

金缕虫跳到了树上，从这个方向已经看得到港口的人影，他在身穿华丽制服的卫队中间找到了会长的身影，不顾一切地冲了过去。

当他接近断崖即将一跃而下时，一枚狙击弹从千米外无声飞来，重重击打在他的枪身上，冲击力把金缕虫整个撞了回去。

脚下的沼泽中突然向上生长数道漆黑藤蔓，藤蔓木质化成为剧毒的箭毒木，密集的毒树像高耸入云的栅栏般将金缕虫困在其中。

最关键的限制达到，白楚年说："你们撤走，离开他的射程。任务完成，带萧驯回去治疗。"

金缕虫紧咬牙关，手指操纵蛛丝动了起来，突然感到背后剧痛，似乎被镰刀狠狠撕开了一道伤口。

木乃伊一直被他背在身后，如果他感到背后受伤，那么木乃伊一定会最先受到伤害。

金缕虫顾不上那么多，绝望地把木乃伊从身上解下来抱着，动作有点笨拙，迟钝地翻看木乃伊是不是被镰刀砍断了。

但木乃伊毫发无损，他后背也没有受伤。

当他反应过来被骗的时候，白楚年的镰刀已经压在了他喉咙上。

"刚刚是我的伴生能力'疼痛欺骗'，我从来不毁别人最爱的东西。"白楚年握住他的步枪枪口，将步枪夺过来，拎着金缕虫将他扔到地上。

金缕虫愣住，小腹上突然挨了一记重击，白楚年手插在兜里，把镰刀夹在臂弯里，淡笑着踩在他肚子上，踹了他两脚，拿着通信器放在他嘴边，给何所谓听他的惨叫。

直到何所谓说"够了"，白楚年才停手。

金缕虫咳出一口血来，认命般躺在地上，艰难地把木乃伊抱到怀里，蜷起身体不动了。

"兄弟，你真的很会给我找事。"白楚年坐在横放在低处浮空的镰刀长柄上，粗暴地扯起他的头发，对着他那张鸟嘴面具举起胸前的 IOA 自由鸟徽章，"睁大眼睛看清楚这是什么。"

金缕虫撞在白楚年的胸膛上，他看不懂徽章，但能嗅到白楚年身上残留有言逸会长亚化因子的气味。

躲在远处的陆言看不下去白楚年残忍地虐待战俘，他刚经历过 SERE 训练，对战俘的同情心还没消退，拿着亚化细胞团控制器从山谷高处跳下来劝白楚年："楚哥，算了吧，算了吧，这个给他戴上，我们带他撤吧。"

金缕虫扭头看向陆言，呆呆地愣了半晌，像是把他当成了什么人。

陆言没敢靠近，躲到白楚年身后探出半张脸，兔耳朵遮住眼睛只露出一条缝，色厉内荏地威胁："干什么，要记住我的脸，然后报复吗？我看你是还没被打服呢！"

金缕虫默默地在地上爬了两步，抱了抱木乃伊，然后不舍地递到陆言手里。

谁都知道这蛛丝里包了个尸体，陆言两只手不自在地按在胸前不肯接，金缕虫就跪了下来。

"啊啊啊出现了！道德绑架！"陆言兔耳朵竖起来，指着金缕虫叫，"你要干什么啊？"

白楚年推了他一把："他给你就接着，这么多事呢。"

陆言被推得往前跟跄两步，刚好与木乃伊撞了个满怀，这东西比想象中柔软得多，蛛丝包裹得很顺滑，触感像光滑的蚕丝被，而且没有腐烂异味，只散发着淡淡的罂粟花香。

于是陆言只好忍着心里巨大的不适，把木乃伊接到怀里。

金缕虫颤巍巍地找到自己的枪，白楚年盯紧了他，随时提防他会突然开枪射杀陆言。

但金缕虫还是慢慢地跪了下来，将步枪平放在地上，小心翼翼地推给陆言。

陆言滑稽地一手抱木乃伊，一手拎起他的枪，木乃伊在他手里像没骨头一样不听使唤，而且陆言个子娇小，这具木乃伊对他来说简直就是庞然大物。

"我有，芯片。"金缕虫将手腕衣袖翻开，露出年轻亚体的手臂，桡动脉处有一个红喉鸟组织的飞鸟记号。

"身体里，很多芯片。"金缕虫慢吞吞地细数身上每一个位置，"有炸弹，也有追踪，留下，危险，红喉鸟，复仇。"

白楚年有和培育期实验体交流的经验，从这些断断续续的词语中能拼凑出他想表达的意思。

红喉鸟将金缕虫买回来之后，在他身上植入了定位芯片，他不能不按 boss 的命令行动，逃到什么地方都会被抓回来，他体内还有微型炸弹，boss 以此来折磨恐吓他。

"我，回去了。"金缕虫垂下头，抚着身上的伤艰难走开，"谢谢，会长。"

白楚年望着他的背影："我有个办法，让他们找不到你。"

金缕虫停下脚步。

韩行谦的声音从耳边响起："他们把异形雷达修好了，还有十秒重新启动，八秒，七秒……”

倒计时归零，异形雷达重启，金缕虫完全暴露在异形雷达的探测范围中。

"我们走。"白楚年带着陆言撤离了原位。

M港港口聚集了不少军用直升机，直升机对面停了一辆黑色林肯。

后座的人歪戴着军帽，眼睛下三白有点明显，看上去十分年轻，但或许因为早年受伤而脊背微驼，他身上的军服流苏纠缠到了一块儿，领口也不修边幅地敞开，他手搭在车窗边，颀长消瘦的手指随着心情轻叩车门，礼节在他这儿根本不存在。

驾驶座开车的乌鸦渡墨小声问："典狱长，现在给您开车门吗？"

典狱长耸耸肩笑了一声："慢着，看那儿。"

渡墨朝着典狱长指的方向仰头望去，勒莎铁塔顶端盘着一条通体幽蓝的人鱼。

"我以为IOA的护短会长在这儿就够麻烦的了，七十来年不见踪影的塞壬居然露了面，这是特意做给我看的呀。

"今天想从这儿带走什么人，可就不容易啦。"

异形雷达忽然探测到了异常，发出警报声。

典狱长转头看了过去。

第三卷

诅咒娃娃：咒使游戏

第十三章

此后自救

———○———

修复完毕的异形雷达的操作屏上显示出了两个实验体的位置。

距离最近的是 857 号特种作战实验体"电光幽灵"，按照雷达操作屏上显示的位置，电光幽灵就处在勒莎铁塔中心，距离地面二百米。

坐标十分精确，电光幽灵的位置与蜿蜒盘在勒莎铁塔顶端的人鱼坐标重合。

典狱长眉目间露出些意外神色："机器没坏吧，他怎么是电光幽灵呢？"

驾驶座的渡墨赶忙解释："109 研究所改造了他，上次爆炸事件发生后，研究所走失了不少实验体，他也是其中一个。"

"怎么不早说？"典狱长还记得抓捕计划里有电光幽灵的名字，支着头叹了口气，"算了，把他从抓捕计划里除名。"

"是。"

"若真把这尊大佛请回去，国际监狱就没清净日子过了。"

典狱长的注意力被异形雷达探测到的另一个实验体吸引，211 号特种作战武器金缕虫。

雷达操作屏上显示了金缕虫的逃跑路线，他移动得很慢，可能受了伤。

典狱长支着头慵懒地问道："有人把金缕虫买下了吗？"

"红喉鸟的 boss 买下来的，他还买了四五个其他的实验体，金缕虫只是其中之一。"

"没有正规机构的购买发票视为非法实验体，逮捕。"

"是。"

典狱长将命令下达之后，IOA 那位会长迎面走来，渡墨匆匆下车给典狱长拉开车门，这两位军衔同为少将，言会长主动过来，典狱长不下车绝对不合适。

典狱长从后座慢慢下来，脊背微弯，手中拿着一把普通的黑色雨伞，伞尖朝下轻轻放在地面上。

"别来无恙。"言会长表情冷漠地伸出手。

"别来无恙，别来无恙。"典狱长热情地拥抱了言逸，看似老友相聚的亲昵场面实则暗流涌动，典狱长在言逸耳边微笑着说，"看来今天也把手下的小鬼头护得很严实。"

言逸神色平淡，与典狱长相握的手掌轻微用力，骨骼铿铿作响："治安不好，只能看紧些。"

火药味浓重的寒暄过后，典狱长往勒莎铁塔缓步走去："我得去跟塞壬打个招呼。"

言逸不以为意："自取其辱。"

兰波被异形雷达检测出来，的确引起了一阵骚动，但他的外形本身就很特别，人鱼和实验体真比较起来一时还说不清哪一个威胁更大，很多人不了解人鱼这个种族，认为人鱼是外星生物的大有人在，于是兰波被检测出来后，视觉冲击力和出人意料的程度没有想象的那么高。

不过，特种部队和监狱警官们的枪口还是不约而同对准了高塔顶端的兰波。

典狱长在勒莎铁塔下站定，黑伞点着地面，他双手轻搭在伞柄上，示意所有人放下枪，仰起头望向最高处的人鱼，释放出一缕表达尊敬的亚化因子。

亚化因子向高处飘去，兰波嗅到气味，无神的蓝色瞳仁汇聚成细线，鱼尾一松，从高空急速坠落，接近地面时，电磁发出令人眩晕的一声轰鸣，电磁托着兰波的身体，悬浮在距离地面一米来高的地方。

典狱长摘下歪戴的军帽，绅士地向兰波低了一下头。

差强人意的礼节让兰波眉间的严厉神色舒缓了些，他支着头侧卧在铁塔最下方的横梁上，轻嗯了一声当作回应。

"您不必对我抱有这么大的敌意，我只是本着对全人类负责的原则，来确定某些实验体对人类没有威胁。"

兰波看了眼指甲："你们到现在还活着，就是我们没有威胁的证明。"

典狱长笑起来："我只带走一些对您来说无关紧要的实验体，我要找的不是您的人，是一个和他相差不多的黑豹实验体，您见过吗？"

兰波想了想，小白好像提起爬虫身边有这么个家伙，不过没详说细节。

PBB 特种部队押着奄奄一息的金缕虫回到 M 港，金缕虫双手戴着特制手铐，后颈插着一个亚化细胞团控制器，防止他暴起伤人。

国际监狱的警官们走过去与部队交接，金缕虫的购买发票在红喉鸟恐怖组织手里，红喉鸟恐怖组织不属于国际承认的合法组织，所以金缕虫等同于无监管实验体，必须由国际监狱亲自监管。

身上没了重负，金缕虫轻松了许多，不管即将进入监狱也好，还是回归红喉鸟组织也罢，都不能让他感到恐惧了。

金缕虫低下头，被国际监狱的警官塞进了装甲押送车。

言逸惋惜没能把金缕虫带回总部，国际监狱掌握的实验体越多，在会议上的发言越有分量，他久久注视着被塞进押送车的年轻背影，有种说不出的熟悉感。

雷达显示周围还有实验体，但在探测范围内一闪而过，随后没了踪影。

典狱长在雷达操作屏前等了好一会儿，PBB特种部队和国际监狱警员正在地毯式搜索M港，从开始到现在，搜捕行动大约进行了四个小时，确定M港内没有实验体潜藏才结束。

在他们进行搜查时，IOA特工组除兰波以外已经乘渡轮行驶到外海了。

五人躲在船舱里休息，萧驯得到了PBB雷霆援护小组的救治，折断的腿骨修复如初，卧床休息几天就没事了。

毕揽星帮着陆言把沉重的木乃伊搬到柜子边，用藤蔓固定住，谁也说不准这东西离了金缕虫是不是还会动，为保险起见还是绑起来好。

陆言安顿好木乃伊，然后坐在地上，撕了点稿纸开始叠纸鹤，跟背包里的小狮崽尸体放在一起，忙活了半天。

韩行谦坐在白楚年对面，帮他处理左眼的伤。

虽然实验体被金缕虫的枪打中不会死，但自愈速度会非常慢，尤其眼睛这种精细脆弱的部位，就算是白楚年，也至少需要一个来月才能恢复如初。

萧驯走路还不太利索，扶着地板蹭过来，低着头对白楚年轻声道："谢谢教官。"

"噢，不谢。"白楚年轻描淡写。

萧驯皱眉自责："是我作战途中走神，还……不信任队友。"

"现在信了？"

"嗯。"

"没事，我也有错。"白楚年对自己让学员坠落骨折这事也有点过意不去，"这事就得埋怨韩哥了，我以为我把你踢下去他会先接住你，我哪里知道韩哥只顾着盯着我呢？韩哥对我是真爱。"

"闭嘴。"韩行谦掀开他的绷带，眼球已经血肉模糊，露出黑洞洞的眼眶，腐肉和新生的息肉沾在绷带上，撕扯下来时牵动着神经。

白楚年咝咝地倒吸凉气。

"忍着。"韩行谦给他在眼眶部位打了两针麻醉，专注地给他消毒，切下息肉，子弹嵌在了眼眶里，只能用手术钳夹出来。

白楚年："哎，你都快捅到我后脑勺了。"

韩行谦："子弹嵌在深处，我有什么办法。"

"放里面吧，别管了，弹头而已，等自己愈合埋在里面就完事了。"

"不拿出来，以后你过安检会有麻烦，忍着，别娇气。"

"真的疼。"白楚年只好抱着金缕虫的那把枪研究，转移注意力。

他轻轻摸了摸缠绕在枪托上的丝茧，里面的亚化细胞团是有温度的，还在跳动，并且散发着罂粟亚化因子的气味。

"是金缕虫亲人的亚化细胞团吗？"白楚年透着光企图看穿丝茧里的东西，"看他那个性格也不像会是杀自己家人的，那就是被迫的？被迫的话，这把枪怎么会留在他手里呢？"

白楚年想着，砰的一声。

他将枪口抵在了自己小臂上，扣动扳机，子弹穿透了他的小臂，留下一个血洞，弹头嵌在了对面的墙上。

稀奇的一幕出现了，小臂上的弹孔快速复原愈合，没有留下任何痕迹。

"啊，果然如此，在别人手里就不起作用了。"白楚年摸着下巴顿悟，"那我合理猜测，亚化细胞团属于那个木乃伊，人凉了，亚化细胞团还在。"

几个人都被他突如其来的一枪惊得浑身一紧，纷纷朝白楚年看过来，韩行谦骂他疯子。

"我必须把这件事调查清楚。"白楚年若有所思，这事与109研究所干系重大，而且直接改造人类的行为可以说严重违背伦理，如果曝光出来必然会在社会中引起轩然大波。

这是个好机会。

陆言不知道刚刚发生了什么，悄悄蹭过来，扒着白楚年肩膀问："你还怎么调查啊，金缕虫都蹲局子去了。"

"他进去才好办。"白楚年握着金缕虫的枪轻敲掌心，"你没听他说吗？身体里放满了芯片，我们把他带回总部就是自找麻烦。"

"但是你想，进监狱的第一件事是什么。"

陆言痴呆："是什么？"

"笨蛋，搜身体检啊。"白楚年冷笑，"拆活体芯片和微型炸弹可是门精细的手艺活，让他们去干。而且国际重刑监狱建造在公海孤岛，戒备森严，关卡繁多，红喉鸟组织就算知道他在哪儿，也找不回来。"

韩行谦知道他又在构思危险行动计划了："你想怎么做？"

"到时候再告诉你们，这两天先让国际监狱的工具人把金缕虫安顿下来。"

甲板传来水响和重物落地的声音，白楚年灵敏地抬起眼皮，眼睛亮起来："回来了。"

没过几分钟，兰波从船舱外窗爬了进来，金发上滴着水珠。

毕揽星一直忧心兰波夹在一群大人物中间会出问题，毕竟大多数时候兰波都说不清楚话，见他回来才松了口气，递了块毛巾过去。

兰波接过毛巾，擦了擦头发上的水，直奔白楚年爬过去。

韩行谦给白楚年包扎完毕，白楚年头上裹了一圈绷带把左眼包住，只露出一只完好的右眼。

"弄完了？"兰波问。

"嗯。"韩行谦低头收拾药箱，"按他的体质计算，大概一个月才能复原，得天天换药。"

"好。"兰波叼起白楚年的衣领，带着他飞奔去了另一个船舱房间，小心地把他放在床上。

白楚年其实很喜欢被兰波叼起来到处搬运，这对猫科动物来说是很有安全感和信任感的姿势。

兰波端详他的脸，越看越觉得受伤严重，越看越生气，沉声教训："我早该把你带回去锁起来养着，不让你见到任何人。"

"啊，好凶。"处理了个把小时的伤口白楚年都没怎么样，这时候突然可怜地哼唧起来，"别骂我了。"

"……"兰波心里的火一下子就被浇灭了。

他们面对面坐在床上，白楚年说："我有时候也想一走了之，但我不甘心，我没做错什么，凭什么我走？"

"随你吧。"兰波看向别处，"我一直在。"

两人在昏暗的房间里安静地待了很久。

"这里还缺点什么。"兰波扶着他的小臂说。

"缺什么？"白楚年毫无防备地在他面前摊开掌心。

兰波伸出尖锐的指甲，在他小臂内侧皮肤上刻下一行人鱼语文字。

他刻得很流畅，和培育期或是 Accelerant 促进剂催化的成熟期刻下的文字都不同，刻痕里带着幽蓝的颜色，伤口快速愈合了，但颜色并没有消失。

"这是什么意思？"还是有点痛的，白楚年咬住嘴唇，露出半颗虎牙。

兰波指着每个人鱼单词给他翻译："兰波的小猫咪。"

"为什么不写 Siren？"

"海族历代首领都叫 Siren，只有我叫兰波，我很特别。"

"我喜欢。"白楚年攥了攥拳，小臂肌肉随着他的动作一起一伏，"就很适合我这样的超级猛男。"

"但兰波其实是根据那位法国诗人的名字取的。"白楚年按着兰波的指甲在那行字最前面画了一个蓝色的、拇指指甲大小的简笔画蝙蝠，吹了吹，"这下够特别了。"

"嗯。"兰波低着头，出神地欣赏。

海上夜里很冷，房间里也弥漫着一股潮湿感，兰波的体温依然很低，和他待久了，白楚年皮肤上起了一层小的鸡皮疙瘩。

兰波也是体验过温暖的，迁徙穿越大西洋暖流时他浑身都放松了，但就算是那种温度对小白来说也还是很低。

"你有什么想要的吗？"兰波问，"我去弄来给你。"

白楚年闭着眼睛半开玩笑地回答："如果杀人不犯法，我希望世界人口减少一半。"

"你当然可以，明天我们就这么做。"

白楚年："啊，不要，我只是在心里爽一下，不能那么做。"

兰波失望："好吧。"

白楚年："你不也没那么做过吗？"

"我不做是因为你不喜欢，不是因为我不喜欢。"兰波说，"不然就冲这个，我就可以杀他们一百次。"

"别呀，怎么天天喊打喊杀的。"白楚年说，"我必须先知道他们拿那些克隆的我有什么用。"

兰波皱眉："你又在想什么歪计划了？"

"哎呀，特工的事，怎么能叫歪计划呢？"白楚年优哉游哉地盘腿坐着，两只手握拳伸到兰波面前，"你挑一个，里面有好东西。"

"好东西。"兰波认认真真打量这两只手，企图从缝隙里找到线索，犹豫着选了左手。

白楚年张开手，掌心浮起一层粉红的狮子爪垫。

"randi。"兰波的眼睛直直地盯着爪垫。

隔壁房间，毕揽星扶着窗户望着甲板出神，手指藤蔓生长，缠绕成一个缓缓摇动的吊床，陆言窝成一小团睡在里面。

韩行谦给萧驯检查其他部位的骨骼是否受损之后，回头发现白楚年留下的镰刀横放在地面上。

看着表面是很硬的，但伸出一支铅笔轻触它的柄，看似坚硬的表面像水泛起波纹一样抖了一下。

他把铅笔收回来,手指上也没沾到什么。他试着用手握住长柄轻轻一提,发现手指无障碍地穿了过来。

随后那柄长镰刀便骤然化成一摊血水,在地上迅速蒸发了,没留下一点痕迹。

"一种不由任何金属材料制成的武器。"韩行谦在记事本上写道,"仅处于驱使关系的两个亚化细胞团可以共同使用,威力极强。"

任务完成,他们回到了蚜虫市,陆言、毕揽星和萧驯回到蚜虫岛特训基地继续训练,兰波没什么事做,也懒得出门,留在家里看电视,进入成熟期以后,能看懂的节目变多了,陆地生活变得富有乐趣起来。

金缕虫的木乃伊和枪被一起送到了联盟医学会,由专家组成具有针对性的研究小组,展开对木乃伊和枪械弹匣上亚化细胞团的分析。

金缕虫的蛛丝具有保鲜作用,在拿出成熟的检验方案之前,专家们不敢贸然剥开木乃伊的外层蛛茧。

韩行谦这几天也一直在熬夜调查资料,早上上班时煮了一杯咖啡提神。

有人没敲门就推门进来,韩行谦正靠在椅背上揉眉心,见白楚年进来便问:"你的检查报告交上去了?"

白楚年双手插兜:"交了,我写了好几沓稿纸,逐字逐句敲进电脑里的,三万多字。"

"好,等资料整理完,应该会先给我们医学会分发。"韩行谦收拾了一下堆满资料的桌面,抬起眼皮瞥他,"这个季节你穿半袖 T 恤,不冷吗?"

"不冷啊,我们年轻人都火力旺。"白楚年俯身靠近他,"韩哥,我给你科普一句人鱼语行吗?"

韩行谦以为他另辟蹊径曲线救国发现了什么新线索,打起精神洗耳恭听。

白楚年把小臂伸过去,给他看文在内侧的一行人鱼文字,指着每个单词翻译。

然后他被轰出了诊室。

韶金公馆花园里的枫树叶红了，多米诺倚靠在飘窗的靠枕里，抱着记事本写生。

记事本上有一页记录着白楚年在 M 港昏迷失控，使 M2 亚化能力泯灭威力扩大到可以消灭百人的地步这件事。

爬虫坐在他对面，叼着糖棍，笔记本电脑放在腿上打字，目光一直盯着屏幕："也就是说，神使现在的分化级别很可能已经突破了 M2 级？"

"嗯，我感受到了更高的力量波动，但是不能判断到底是什么。"

不管人还是实验体，分化级别都很难从外部被探测出来，只有当他使用亚化能力时，散发的亚化因子能够使他人判断等级。也就是说，如果一个人的分化级别达到了 M2 级，但他只在别人面前展示过 J1 亚化能力，那么别人只能根据亚化因子确定他达到了 J1 级别，不能确定他的真实级别。

爬虫埋怨："你离他那么近，就不能多采集点情报回来吗？"

多米诺撇撇嘴，召唤出几只具有幽蓝偏光花纹的红色蝴蝶在指尖飞舞，一边道："当时那个情况，如果我摸了白楚年一下，兰波会毫不犹豫把我吃了，你知道的吧，在他眼里我们都是蝼蚁。"

"知足吧，最后异形雷达启动的时候扫到我了，幸亏我跑得快，不然我也蹲局子去了。"他捧着脸欣赏更加漂亮的蝴蝶，还在为得到兰波赐福的蝴蝶开心，"话说你太轻视 IOA 特工组里其他四个人了，虽然并不是实验体，但是他们明显表现出了足够和实验体抗衡的潜力，继续轻视下去会吃大亏的，别怪我没提醒过你。"

"你搞出来了吗？金缕虫的那把枪是怎么回事？"

爬虫把笔记本电脑转过去给多米诺看："喏。"

爬虫的 M2 亚化能力"地球平行位面"，能够把目标实体转换成副本数据，再进行文字转换，获得对目标的详细分析。

简单类比就是将整个地球的数据抄写下来，制作成一个 3D 游戏，所有客观存在的无生命体爬虫都可以从物品栏里拉出来，查看它的详细资料。

"金缕虫的那把枪上安装的特殊装备叫'丝爆弹匣'。"爬虫指着笔记本电脑屏幕上的几行文字给他看。

武器名称：丝爆弹匣

生成材料：与自己具有联合关系、100% 契合者自愿贡献的亚化细胞团。

稀有度：4 颗星

特殊能力：安装有丝爆弹匣的武器，会变成无限子弹无限耐久的 bug 武器，命中人类会瞬间使人类躯体爆炸成蛛丝，命中实验体则会延长实验体的自愈时间。

"哇，酷。"多米诺好奇地阅读那些文字，"不过金缕虫那把武器我旁观的时候也差不多看明白了，我更想知道兰波给白楚年的那把镰刀是怎么回事。"

爬虫面露难色。他的 M2 亚化能力虽然强大，但对他自身的消耗也非常大，轻易不会使用，而且所查看物品的稀有程度不同，需要花费的精力也不同，需要谨慎行事。

"我试试。"爬虫也非常想知道电光幽灵给予神使的那把威力恐怖的武器是怎么回事。

他在笔记本电脑上敲下一行代码，屏幕上逐渐显现出兰波以水化钢凝固尸体血液制作出的那把长镰刀的外形，文字像在读进度条一样一行一行地显现。

武器名称：死海心镰

生成材料：所有在海洋中死去生灵的集合。

特殊能力：

资料读取卡在了这一行，然后就发生了严重的未知错误，爬虫想重新读取，在输入新代码时，一滴鼻血滴在了键盘上。他抹了抹，愣了一下，立刻合上了笔记本电脑，拔掉电源，停止了M2亚化能力的释放。

"阿嚏。"

兰波正泡在鱼缸里看电视，突然打了个喷嚏，喷出一串小水母，落在鱼缸里慢慢地游走了。

"感冒了？"白楚年拿起茶几上的空玻璃杯，从鱼缸里舀了一杯水递给他，"多喝凉水。"

鱼缸里的水非常洁净，只要兰波泡在里面，水质就会被循环净化到饮用水的品质，比超市的矿泉水还干净，完全不用担心缸壁发黏变脏，也不用换水。

"没。"兰波趴在鱼缸沿上，鱼尾翘出来拍拍水面，"进来泡泡吗？我好孤独。"

"不了，这季节再泡得给我冻出老寒腿。"白楚年伏在茶几上画图，茶几上铺了一张国际监狱的地形图和巡逻时间表。

"你不是在客厅装了暖光灯吗？"兰波双手搭在缸沿，垫在下巴上，"很暖和的。"

白楚年白衬衫外套着一件毛线坎肩，衣袖挽到手肘，夹着铅笔对图沉思。

兰波爬出来，把鱼缸朝白楚年身边推了推，然后再泡进去，趴在鱼缸沿上看他画图。

"你想进国际监狱调查吗？"兰波不以为然地托腮笑起来，"你进不去的，老家伙知道你是我的人，他们不敢动你。"

"别闹，正经事。"对这条固执又偏激的鱼，白楚年企图用道理说服他，"现在世界势力对我们的态度分为三种，第一种就是以 109 研究所为首的供货购买一条龙，制造实验体，然后卖出，有钱就能买到，然后利用。

"第二种是 IOA 联盟，主张禁止制造实验体，承认现有实验体人权。

"第三种是国际监狱，要求监禁或者铲除实验体。

"第一种和第三种都在走极端，实际上只有第二种对我们以后的生活最有利。"白楚年说，"你不觉得我们应该做点什么吗？"

兰波冷笑："不是因为兔子会长提出来的吗？"

"哎呀，"白楚年说，"又开始了。"

"好吧，你想做什么都行。"

"现在的问题就是，实验体数量很多，而且不完全是压迫与反抗的状态，有一部分是真的坏，话说回来，从小被囚禁到大，心理正常才不正常呢。"白楚年指了指自己，"像我这种真的很少。"

兰波认真地倾听他说话，偶尔问一句："你为什么没变成那样？"

"我也不知道。"白楚年叼着铅笔低头量图，然后拿电脑算一下比例，口齿不清地说，"因为你吧。"

"其实我也只是看上去正常，对我们来说，心理扭不扭曲不重要，只要能控制住行为就可以。"白楚年扫了扫纸上的橡皮屑，举起来看了看，轻松道，"收工，我洗个澡去，满胳膊铅黑。"

过了很久，浴室外手机响了两遍，白楚年穿上浴袍走出来接电话。

韩行谦："我们把木乃伊面部的蛛丝成功揭开了，面部保存完好，会长看到之后情绪有些激动，你也来看看吧，说不定会有线索。"

"嗯。"白楚年回道。

他们在医学会的会诊室集合，悬挂的幕布上投影了他们的解剖照片。

专家们在无菌室内将木乃伊面部蛛丝成功剥除，露出了一张与活人无二的英俊的脸，快速扫描后又将蛛丝缝合回去，以免出现意外的内部腐化。

扫描照片被投影到了幕布上，技术部调查了这个亚体的全部资料，发现他就是五年前失踪的医疗器械公司老总邵文璟，直到今年才爆出去世的消息。

邵先生未婚，一直与年幼的亲弟弟邵文池生活在国外，但六年前邵文池遭到绑架，很快邵先生本人也不知所终，邵先生被爆出死亡消息后，名下财产被无声无息地转移，邵氏像人间蒸发一般从这个世界消失了。

更离谱的是，当年很多人都觉得这事是陆上锦做的，因为年轻气盛时两人结了大梁子，碍于陆上锦的身份、地位、手段，没人敢说出来罢了。

白楚年走进会诊室时，言会长刚拍裂一张桌子。

他靠近韩行谦，悄声问："怎么了？"

韩行谦给他看了化验报告："经过比对，蛛丝的DNA与邵文池完全吻合，金缕虫就是邵文池。"

"我们还是第一次接触由人类成体直接改造而成的实验体。"

韩行谦翻开之前的档案："和408号小丑萨麦尔不一样，萨麦尔是由人类胚胎培养而来的，也就是说，通过某些技术将受精卵放在体外培养，然后用药物加以引导，最终成长为实验体。从某种角度来讲，我们不认为他是人类。金缕虫之前却一直是人类，十七岁时被强行改造了，这种改造会对他身体有什么影响我们还不确定，毕竟我们现在接触不到他。"

因为这件事，言会长勃然大怒，他为保护亚体耗费了近二十年心血建立了IOA联盟，居然有人在他眼皮底下抓活人做实验，109研究所完全是在向他挑衅。

"老大，别生气。"在僵硬的气氛下，白楚年不合时宜地插了一句嘴。

言逸抬起头，看见白楚年，怔了怔。

"嗯？"白楚年低头看了看自己。

言逸摆手让所有人出去，只留下了白楚年。

"你怎么没走？"言逸披着制服外套，从口袋里摸出打火机，点了一支细烟。

会长平常并不吸烟，他很少见到会长这个样子，不过虽然颓唐，但有韵味。

"走？怎么我刚休假三天就被开除了吗？"

言逸靠着窗台，轻轻摇头："我以为你看到那些，会对我们很失望，跟兰波离开这儿，会过得轻松自在一些。"

"是的，因为我还有这条退路，我才可以在这里为所欲为，就算搞砸了，我还能跑路。"白楚年从兜里摸出自己画的图的缩印版给会长看，在其中一间牢房位置标注有一个红点，"金缕虫就被关在这里，我要去见他，把事情弄清楚。"

"你想知道什么？"

"一切。"白楚年打了个响指，"关于整个109研究所。"

"可他不一定知道那么多。"

"对，但他是最大的线索。"白楚年将缩印图推给会长，"兰波曾经告诉我，他落了一件东西在109研究所，我从没问过他，因为我还没能力帮他取回来，所以不想提起他的伤心事，但总有一天我会的。"

"老大，你既想救实验体，又想救人类，这是行不通的，但也是伟大的。不过我不一样，我没有你那么高的境界，我只想救自己。"白楚年站直身子，掌心向上，贴在左胸前，"一切都会好起来的。"

言逸张了张嘴，终究只说了一句："抱歉。"

过了许久，言逸拿起他的图纸端详，摁灭烟蒂："说说你的计划吧。"

"红喉鸟组织的boss不止买了金缕虫一个实验体，他买了四五个，组成了一个在城市疯狂制造恐慌的小队，给领头那个的起名叫厄里斯，我现在还没弄清楚他是什么实验体，不过不重要。"

"金缕虫被国际监狱逮捕这件事，只有我们和 PBB 特种部队知道，国际监狱不会声张，免得给自己找麻烦。咱们口风一向很严，PBB 军事基地离我们又非常远，当时 M 港也没有任何红喉鸟成员残留了。

"所以现在红喉鸟组织还以为金缕虫被我们抓了呢。

"这个疯子小队很快就会摸到附近找金缕虫，我要去会会他们。"

言逸眉头微皱："是什么样的小队？你需要多少人？"

"目前还不需要，来看个监控吧，技术部发来的。"

这是一段蚜虫市郊区的监控，城市高架桥上，直升机抛下了一个巨大的搞怪盒子，一辆车刚好从旁边经过，涂成彩色的盒子突然解体，从里面跳出四个抱着枪、背着弹带的红衣实验体，大喊着"surprise!"，疯狂地向四周往来的车辆上泼洒红色油漆。

他们在公路上用红色油漆泼出大写的英文字母"DROP DEAD（去死吧！）"，然后站在巨大的盒子顶部向周围车辆扫射。

来自红喉鸟组织的四人实验体小队，领头名叫厄里斯的那个亚体外形十分精致——

他觉得闷热，扯掉了头上套的鸟嘴面具，露出一头飘逸的银色短发，灰绿色眼珠，拥有男模般的身材和脸蛋，一切都那么完美，除了脸上令人不寒而栗的笑容。

厄里斯兴奋地扛着一把雷明顿霰弹枪，这时一辆轿车从底下经过，他兴高采烈地怪叫着，从高处一跃而下，猛地落在那辆小轿车的车顶上。

轰的一声，车顶被他砸出了一个大坑，前挡风玻璃碎裂成网纹，车里的乘客吓得尖叫。

刹车时剧烈的飘移并没有把厄里斯甩下车顶，他用枪托砸开挡风玻璃，头探进车里，对他们笑："H-e-l-l-o——"

随后他将霰弹枪抵在坐在副驾驶位的人的脑袋上，惊讶地自语："我还从来没在这么近的距离用霰弹枪打过人。"

然后他又非常开心、期待地问驾驶员："你呢？"

"不，不要……"驾驶员吓蒙了，僵硬地摇头，把车里一切值钱的东西颤巍巍地用双手交给他。

厄里斯毫不犹豫地一枪崩了副驾。

他笑个不停，从车顶上换了个方向，一枪托打碎后座玻璃，从里面的儿童座椅上拽出一个哇哇大哭的小孩。

"baby！"厄里斯快乐得要命，像提小狗那样把小孩提起来，把他嘴里的奶嘴拔出来，塞进自己嘴里嘬。

他们四个在城市高架桥上制造了蚜虫市有史以来最大的堵车，然后从高架桥栅栏上纵身一跃，跑得无影无踪。

这个实验体小队闯入了蚜虫市，破坏一切他们能见到的东西。

被砸烂的文身店里，店主腹部中弹死在文身椅上，四个人好奇地拿着店里的工具玩。

厄里斯是成熟期实验体，他的理解能力要远远高于其他三个没什么智商只会一通乱杀的兄弟，很快就掌握了机器的运作原理，他挽起袖口露出上面的红喉鸟刺青，用工具蘸着红色颜料，在图案上乱扎。

原本的"red throat bird（红喉鸟）"被他歪七扭八地改成了"crazy bird（疯鸟）"，然后他对着镜子，难得地安静下来，在自己脸上横着经过鼻梁扎了一条红线，从额头到下巴竖着扎了一条黑线，扎黑线时他还吐着舌头，于是连舌头也一起扎上了黑线。

厄里斯陶醉地欣赏这个图案，回头向他的三个伙计炫耀，吐出舌头："怎么样？"

另外三个培育期的实验体只顾着啃食家具，他们没什么理解能力，自然也看不懂厄里斯在炫耀什么。

厄里斯沮丧地坐到地上，把刺针扔到一边，嘬着刚从小婴儿那儿抢来的奶嘴，失落地嘀咕："这儿根本没人会欣赏艺术。"

肩膀忽然被拍了一下，厄里斯警惕地抬起枪口，反身抵住来人的脑袋。

白楚年双手插在裤兜里，俯身观察厄里斯的脸，丝毫不在乎眉心抵着一把霰弹枪。

四目相对，白楚年迅速打量了一遍他的脸，一张阴郁苍白的少年脸孔，十八九岁的长相，109研究所的审美还是一如既往地单调，好像把实验体做成这种样子，就能满足他们某种恶心的趣味一样。

"太棒了。"白楚年调侃起厄里斯脸上的花纹，"线条画得又流畅又笔直，红黑配色真绝。"

厄里斯吐掉奶嘴，挑眉："你是谁？"

"9100，神使。"白楚年摊手坦白。

"哦，我也在找你，boss告诉我们，见到神使就要立刻灭了他。"厄里斯阴森地笑起来，突然扣动扳机。

枪发出一声没有弹药的空响，白楚年神情自若，眼睛都没眨："你的手法很帅。"

厄里斯欣赏地看着他，松开握枪的手，从掌心里掉出一枚临时取下的霰弹。

他的手很特别，每个指节都具有一段球形关节，仔细看他的脖颈，也是靠球形关节连接的。

霰弹被厄里斯拿在手里抛着玩："我相信你是神使了，要去快活一下吗？我刚好没有伙伴。"

"好，去哪儿？"

厄里斯龇牙："我要去芭蕾舞剧院找人玩玩。"

"好没意思。"白楚年说，"我带你去个好地方。"

厄里斯好奇起来。

"对了，听说红喉鸟组织的boss会在你们身体里放定位芯片和微型炸弹，行动时离开任务范围，就会引爆一枚微型炸弹。"白楚年回头问他，"你要是跟我走了，会被发现吗？"

　　厄里斯抬脚迈出店铺，朝天把刚刚那枚霰弹打了出去，在淅淅沥沥落下的小碎弹雨中自在地转了个圈："我赌这一次炸的也不是我大脑里的那枚。"

第十四章

鲜花格斗台

忙碌了一整天，言逸终于有了点空闲，在休息室歇会儿，看了眼表，晚上六点，翻翻电脑邮件，没什么要紧事，于是拿了外套和车钥匙准备回家。

他刚拉开休息室的门，就见陆上锦等在外边，看起来也刚刚抬起手想叩门的样子。

这么些年过来，陆上锦举手投足越发透着一股积淀的温柔。

"一股烟味。"陆上锦轻描淡写地说，"今天没什么事，顺道过来接你，我车在楼下。"

言逸忽然低下头。

"怎么了？"

"累，一会儿就好。"

"走，先去吃饭。"

他坐进副驾驶，陆上锦看着后视镜掉头，顺口聊起今天的趣事："今天宝贝回来了一趟，把这个东西给我了。"

他从口袋里摸出一个小的不透光玻璃瓶，言逸从他手中接过来："葵花爆炸催化剂？"

"嗯啊。"陆上锦说话时语调里带着些骄傲，"陆言那小家伙眉飞色舞地跟我讲起他在丹黎赛官偷催化剂的事，我说跟我当年还差得远，气得他在床上直打滚，他回来得急，取了点小玩具抱枕，就让司机送他回蚜虫岛了。"

"你不是不支持他做危险的事吗？"言逸把催化剂攥在手心，"怎么还同意他回去？"

"不一样了。"陆上锦扶着方向盘，"邵文璟那个事，想想真是心惊，你说要是谁绑了陆言，让我拿亚化细胞团去换儿子，我能不换？明知是火坑，我也得往里跳啊。"

"我现在后悔打小事事护着他，早该趁小多教他点本事。"陆上锦叹了口气，"现在倒也不算晚，满打满算十六岁了，还能护他多久？让他去学吧。"

"年底考核录像我也看了，毕哥、夏凭天我们坐一块儿看的。哎，陆言这狙打得是真给我丢脸，俩人笑傻了，回来我亲自教他。"

陆上锦拥有 A3 超高级游隼亚化细胞团，年轻时与言逸是战地搭档，言逸承担突击手职责，陆上锦则是狙击手，千百米外一双鹰眼弹无虚发，没想到狙击天赋陆言是一丁点都没遗传到。

蚜虫岛特训基地的年底考核言逸是最为关注的，关乎 IOA 联盟的新鲜血液，一百零二名学员每个人的详细剪辑他都会一一观察，给出年终评语。

"他队里有个叫萧驯的小家伙，你注意到了吗？"

"捎带着看了，狙击这方面挺牛的，看着年纪还没到二十，得好好培养。"

言逸说："灵猩世家萧长秀的嫡孙。"

陆上锦说："哟，不是不收带背景的小孩吗？"

言逸说："因为是弱亚体，被排挤得厉害。我不求他多么忠诚，只想多年以后让灵猩世家看看，自己狗眼看人低丢出来的沧海遗珠，就应该这样报复。"

"哈哈。"

"对了，好久没见我二儿子了，幻世风扉马上要空出来一个总裁的位子，正好让他练练手。他不能一直这么埋头给你干下去，特工这活就是青春饭，总有一天要退下来的。"陆上锦一路上都没见到白楚年，每回他来，小白有事没事都要过来溜达一圈来着。

"他一时半会儿怕是没空，等回来吧。"

傍晚，白楚年坐在路灯灯罩上，屈起一条腿，手腕搭在膝头。

暗黄灯光将路灯下的厄里斯身影拉得极长，厄里斯手里拿着一根铁丝球棒，重重地朝身下躺着的一个小混混肚子上砸了下去。

沉重的钝击让那人吐出了一口鲜红秽物，厄里斯抬起沾血的球棒，敲了敲掌心，扭扭脖颈，身边还有五六个小混混横七竖八地躺着。

一个背书包的小孩瑟缩在墙角，看着满地狼藉。

夜幕笼罩下厄里斯的眼睛暗光流转，扛着球棒踩在还喘着一口气的那人胸口，低头笑起来，他的嘴唇鲜红，咧嘴笑时有种艳丽的狰狞。

"不、要、欺、负、小、孩、子。"厄里斯踩着他的胸口低头教育，"听懂了吗？"

小混混闷哭着，把从小孩兜里要来的钱还给他："给你……给你……"

厄里斯狂笑着一脚一脚踩压他的胸骨，然后慢慢走向墙角瑟缩的小孩，抹了一把脸，把沾血的纸币扔给他，清浅茶绿的眼睛无害地眨了眨。

小孩吓得尖叫，顾不上抓地上的钱就想逃走。

"嘿。"厄里斯缓缓转过身，唇角向下垂着，"你不说谢谢吗？"

他吹了一声长口哨，手中的铁丝球棒飞出去，命中小孩的腿。

厄里斯两只手对着摔倒的孩子比了两个中指，一本正经地说："真没礼貌。"

他扬起头，对白楚年也竖了一个中指："下来，小白猫。你不够狂野，我瞧不起你，你不如小黑猫。"

"怎么会呢？"白楚年跳下来，无声落地，嘴里叼着从小孩手里抢来的棒棒糖，故意站在监控摄像头正中心。

"快带我去你说的好地方。"厄里斯也不擦指纹就把球棒随便扔到一旁，"我很期待。"

白楚年看了眼时间："再晚点才行。这期间你有什么想做的事吗？"

"有，有有有。"厄里斯一阵风似的跑过来，指着地铁站上的灯牌，"你有地铁卡吗？我从来没坐过那个，我要坐。"

白楚年从兜里夹出一张地铁卡："叫哥。"

"谢谢大哥！"厄里斯双手合十拿过那张地铁卡，欢快地跑进地铁站里。

白楚年咬碎糖球跟了进去。

地铁站里乘客们混乱尖叫着逃窜，警报大作，工作人员倒在地上，厄里斯扛着霰弹枪大摇大摆地走了进去，在闸机前认认真真地刷了一下地铁卡。

闸机打开，厄里斯攥拳"耶"了一声，然后走进去乘地铁，他没有确定的目的地，哪边来车就坐哪边，白楚年站在旁边和他一起等。

"好久。"厄里斯坐下来，托着脸等，"我们玩游戏吗？"

白楚年与他并排坐着："玩什么？"

厄里斯朝地铁安全门上打了两枪，玻璃应声而碎，留下了两个洞。

"轮流推一块玻璃下去，看谁被上面掉下来的玻璃切到手指。"厄里斯首先示范，一连推掉了四块玻璃，碎玻璃的支撑力很小，摇摇欲坠，不知道推到哪一块就会触动上方。

白楚年无聊地陪他玩推玻璃的赌博游戏，中间兰波来了个电话，他边接电话边推。

兰波趴在家里的沙发上看电视，差不多到晚饭的时间了，叫白楚年回来吃饭。

白楚年还没忙完，挂了电话。

可能是玻璃质量比较好，接连推了十几个回合，最上方的玻璃都没能掉下来。

玩这种游戏厄里斯从没输过，现在也渐渐失去了耐心，这种危险游戏还是和尿包玩比较有趣，他可以边玩边观察对方随时担心被坠落的玻璃割断手指的恐惧表情，而白楚年一点都不害怕，搞得游戏没意思透了。

所以，他使了一点坏。

白楚年嗅到了一股亚化因子的气味，能从亚化因子中察觉到J1亚化能力的细微波动。

就在白楚年又一次将玻璃推进里面，手指伸进玻璃的孔洞里时，一列地铁列车呼啸而过。

厄里斯欢喜地等着看他抱着受伤的手满地打滚哀号的模样，白楚年慢慢地把手指收回来，指尖毫发无伤。

地铁列车的外车壁被他钢化的指尖从头到尾刮出了一条手指粗细的沟壑。

厄里斯吐了吐舌头，被白楚年抓住头发，按在碎玻璃上猛撞了几下："有毛病吧你？"

白楚年的手劲很大，带着报复和教训的狠劲。

厄里斯从撞碎的玻璃门中抬起头，脸上的伤口快速愈合了，他用衣袖抹了抹脸上的血，朝白楚年会心一笑："开个玩笑而已，别生气。"

他伸着舌头朝白楚年伸出手，自我介绍道："61012，咒使，刚刚是我的J1亚化能力'霉运降临'，我喜欢你。"

听到这个代号，白楚年不由得重新振作起精神。红喉鸟boss买到他估计花了大价钱。

联盟技术部监听后，给他发来了资料。

特种作战武器编号61012

咒使

状态：成熟期亚体

外形：人类

亚化能力：J1亚化能力"霉运降临"，转运型能力，使目标遭到一次倒霉的事。

M2 亚化能力"恐怖片"，幻境型能力，将目标意识拉入随机设定的恐怖情节中，攻击目标意识，使目标惊吓而死。

白楚年知道，在所有特种作战实验体中，首位编号"6"是个非常特殊的数字，"6"代表亚化细胞团原型为无生命体。

中位"10"代表全拟态。

拟态程度是以实验体最初形态与最末形态对比决定的，白楚年从白狮幼崽改造而来，现在维持着人类外形，因此编号 9100，中位"10"代表全拟态进化；

而小丑萨麦尔外形与人类相同，编号却是 408，中位"0"代表无拟态，也就是说，小丑萨麦尔最初形态就是人类胚胎，成长后仍然是人类，所以拟态程度为 0；

章鱼克拉肯编号 809，中位"0"也代表无拟态，意味着克拉肯从章鱼改造而来，外形维持章鱼不变。

那么，现在就可以理解为厄里斯是无生命体被移植亚化细胞团后赋予高级芯片思维，从而拥有了情感和思考能力。

厄里斯编号的末位"12"代表主能力类型为转运型能力，与多米诺相同。

联盟技术部经过多方比对分析后，确定厄里斯的培养原型为诅咒娃娃。

他俩在乘客惊诧惶恐的眼光里走上地铁，这个站人不算多，有不少空位。

厄里斯把霰弹枪横放在腿上，把抢来的一个公文包夹在腋下，坐在座位上仰头问白楚年："怎么样？"

"不错。"白楚年站在他旁边，抬手抓着扶杆。

对面座位上的一个小孩被厄里斯吓哭了，他母亲赶紧把他抱起来，匆匆往另一个车厢走。

厄里斯脸上的笑容消失了，抬手一枪击中了那位母亲，满车厢乘客恐惧地大叫，如潮水般退开，有的在声音颤抖地报警。

小孩摔在地上，他太小，还不懂死亡，努力推母亲的脸，想把她叫醒。

厄里斯对那小孩吐舌头："哎嘿，我没有的，你也不许有。"

白楚年单手插兜扶着扶杆，无动于衷地戴上耳机，放了一首歌听。

只要厄里斯在城市中心引发巨大骚动，国际监狱自然会闻风而来，白楚年要做的就是领他制造最大规模的混乱。至于"必要"的牺牲，是权衡利弊后的选择。白楚年看着车门玻璃上倒映的自己的眼睛。

会长其实并没说错，从捅他一刀的哈瓦那特工贝金，到 M 港山谷铁路炸死的无数小狮子，再到金缕虫邵文池的遭遇，他对人类的确有所失望。

人类分三种，朋友、陌生人、敌人。他现在只保护第一种。

晚上八点，兰波靠在鱼缸里看连续剧，手里端着一碗水母捞。

中间播广告时，有条新闻在底下滚动，说有两名恐怖分子将一座塔给炸掉了，所幸在引爆前他们嚣张地发了预告，警方提前组织人员疏散，无人伤亡。

"哼，什么蠢人能办出这种无聊的蠢事？"兰波闲来无聊，看看这些人类新闻打发时间还觉得挺有意思，便换了新闻频道，打算认真看看热闹。

天色已晚，在记者们摇晃的镜头里也看不清塔高处的人脸，只能看见爆炸的浓烟。

但别人看不出来，兰波怎么会认不出白楚年的背影？

啪嗒，水母捞扣鱼缸里了。

这个时间言逸正在家里的餐厅吧台拌蔬菜沙拉，陆上锦坐在他身边挪动鼠标看投影。

手机铃声急促地响了起来，言逸看了一眼号码："我手湿，帮我按下。"

陆上锦按开了免提。

兰波威严低沉的嗓音从里面传出来："言——逸，看看你都让幼小、可怜、柔弱的小白干什么了！"

言逸："……"

每周五晚八点，地下拳场准时开赛。

这家格斗场虽然名叫地下拳场，规矩却比其他黑拳场烦琐了许多，由于建立在蚜虫市，有点出格行为就相当于在太岁头上动土，所以这家拳场不虐幼童、不买卖奴隶，只打格斗赛，双方上台前签生死合同，敲定赌约，不讹诈，不悔账。

就算如此，生意也依然红火，蚜虫市富豪权贵遍地，为了找乐子愿意一掷千金的不在少数，这年代虽说比十五年前安定了不少，但实力为尊的观念已经深入人心，说白了有的人就是爱看打架，不死不休。

据说这个格斗场老板的人脉挺广，财势两面都或多或少有点交情，有时候连陆上锦的线都能搭上一两条，旁人轻易不敢惹，闹事的少了，生意自然好做。

金碧辉煌的迎客厅门外进来两个年轻人，两个彪形保安拦住他们："请出示 VIP 卡。"

"没有。"厄里斯一枪干掉其中一个保安，朝里面走去。

太久没被砸过场子，另一个保安被吓愣了。

白楚年从裤兜里摸出一张 VIP 卡，放在保安手里："我有。"

两人一路畅通无阻地进入了格斗场内部，一路警铃大作，保安对着报警电话声嘶力竭地吼："闯进来两个持械强盗！对！一米八五左右，都是亚体，其中一个外国人长相，对对！就是你们在通缉的那两个恐怖分子！"

格斗场内高声欢呼的观众还在为场上的激烈打斗而兴奋，对外边的情况一无所知。

被圈起的格斗台上终于有一人倒地不起，另一人高傲地向观众展示自己雄壮的肌肉和身材。

这是格斗场的常胜将军，一个名叫暴屠的非洲象亚体，他背后有一整个公司为他包装，是老板的摇钱树，经常光顾国内外各大拳场，至今没有败绩。

光看他直逼两米五的粗壮身材，从力量上就不输任何人，格斗技巧惊人，他的对手从没完整地走下过格斗台，非死即残，有几次都是对手投降后他还不停手，将对方打成重伤，因此被判罚，但还是掩不住他的光辉战绩。

听说暴屠今晚在蚜虫市发起拳赛挑战，感兴趣的富豪权贵纷纷为他而来，准备享受今晚的视觉盛宴。

暴屠今晚已经接连 KO 两名对手了，带着拳手来观赛的老板们犹豫着，舍不得把自己花钱培养的拳手送上这个必输的台子，由于这层原因，就算主持人努力暖场，气氛也依旧有点尴尬，场下的观众都有点不耐烦。

格斗场内乌烟瘴气，厄里斯进来先是人来疯地兴奋了一会儿，然后用手肘碰碰白楚年："这是你说的好地方吗？怎么玩？"

白楚年抬起下巴颏示意他往台上看："看见没，那个非洲象已经连杀两个对手了，现在在等人挑战他呢，他后边那块屏幕上的数字，就是赢了他以后能拿到的奖金。"

厄里斯用手指着数字数："好多零。我能买地铁卡了。"

"可不嘛，能买不少。"白楚年贴心地给他脱外套，"这地方你干什么都没人骂你，打赢了他们还给你鼓掌。"

"呜呼，这么好，从来没人给我鼓过掌。"厄里斯跃跃欲试，白楚年低头给他挽起衣袖，嘱咐道："记着，上去以后不能用亚化能力，只能肉搏，不然赢了也不给你钱。"

"哼，对付这么个迟钝的大象，还用不着亚化能力。"厄里斯单手撑台面，翻身跃进格斗台。

见有人上台，场下的观众重新沸腾起来，发现是个瘦削高挑的白人美少年之后，观众们的尖叫声越发刺耳疯狂，纷纷将鲜花朝厄里斯扔来。

厄里斯从没见过这样的场面，所有掌声欢呼为自己而来，他向所有人飞吻："I'm Eris! I'll beat the shit out of him!（我是厄里斯！我要把他打得屁滚尿流！）"

观众们叫得更大声，似乎连天花板都被震动了。

这小子还挺有调动气氛的天分，白楚年抱臂在台下看，拳赛他都打腻了，至今近身格斗这一项，如果不用亚化能力而拼肉搏，白楚年只服特训基地的戴柠教官。

戴柠也是唯一在徒手格斗上能打败他的人类。特训基地的几位教官退役前都是顶尖特工，不是会长不愿意放他们离开，过退休生活，而是他们当特工时得罪了太多人，将他们放在蚜虫岛上是最大的保护，可以安稳地度过余生。

白楚年摇了摇头，总是在不经意间就想起他们。

他走神的工夫，场上的比赛已经开始了。暴屠对这个对手不屑一顾，从鼻子里喷出一股热气，举起双拳主动出击。

厄里斯轻易闪躲过去，双手抱住暴屠足有他半腰粗的小臂，轻身一荡，便绕到了他背后，手臂从背后卡住他的脖颈，越勒越紧的同时，发出一阵令人毛骨悚然的狂笑。

对职业拳手而言，背后锁喉其实很好破解，但暴屠却无法甩掉厄里斯，看似清瘦的身体实则蕴含着爆炸般的力量，锁着他喉咙的小臂，就像一道钢筋一样无法脱离。

暴屠用力向后一倒，企图用全身的力量将厄里斯砸在地上碾碎，但当他背后着地时，厄里斯突然改换了方向，在他颈前借力一勒，身体向上弹出去，然后大笑着急速下落，重重落在暴屠的胃部。

暴屠生生喷出一口血来。

这是一场没有悬念的搏杀。不过三个回合，暴屠被卸断了两条腿和一条手臂，惨叫着被抬下了格斗台。

格斗台被观众席扔来的鲜花淹没，厄里斯扑在花海里痴迷地吸着花香，然后向观众席抛撒他扯下的花瓣。

厄里斯的到来令所有人沸腾，但同时他裸露的上臂刺有的红喉鸟刺青也被一览无余。

或许普通人不认识这个标志，但在场的观众家里多多少少会有利益牵扯，就算只是纨绔子弟，耳濡目染下对这个标志也不会陌生。

暴屠的老板紧盯着厄里斯手臂上的红喉鸟刺青，拳头攥得发白。这一场架让他损失数千万，他咬牙切齿地从牙缝里挤出几个字："红喉鸟……给我等着……"

白楚年对那位老板的反应非常满意，他咳嗽了一声，怂恿厄里斯："不在观众里挑几个对手吗？"

意外地，厄里斯拒绝了，他忙着抱鲜花和观众们握手，回头问："为什么？你看，他们喜欢我，你带我来的这个地方太好了，从今以后，你就是我大哥了。"

白楚年噎了一下，找打火机点了根烟："随你便吧。"

他看了眼表，这个时间应该差不多了，国际警署会先来抓厄里斯，然后将他们送进看守所，最后由国际监狱警员亲自押送，他就可以顺理成章地进入国际监狱，如果不闹出这种规模的动静，没有伤亡，国际监狱根本不会理睬。

格斗场外已经隐约传来警笛声，白楚年冷眼盯着厄里斯，手掌朝他肩头搭过去。

从他的自我介绍就能判断，他主观接受厄里斯这个名字，白楚年的 M2 亚化能力"泯灭"对他绝对有效。

当他即将接触厄里斯时，格斗场上方突然传来沉重的直升机螺旋桨声，并且在用扬声器警告："你们已经被 PBB 风暴特种部队包围，请立刻放下武器，停止无谓的反抗！"

听过这么多遍，白楚年对这嗓音已经有了条件反射，是何所谓在扬声警告。

"风暴特种部队不是直接从 M 港撤走了吗？"白楚年用力摁灭烟头，看了一眼重新端起霰弹枪两眼放光的厄里斯，匆忙伸手抓他，却被厄里斯躲开，神经质地说："不要碰我，我身上都是追随者的吻痕。"

白楚年一时语塞。

"是 PBB，我要去跟他们干一架。"厄里斯抱着枪就冲了出去。

"回来！"白楚年紧随其后，不知道何所谓通信器的接入密码，现在申请接入通话根本来不及，只能低声呼叫技术部，"快，干扰 PBB 的连接信号，来不及上报总部了，让老何带人撤走，这边我心里有数。"

风暴特种部队的作战分队无权像国际警署和国际监狱一样配备大量特制麻醉剂，如果没有特制麻醉剂，激怒了咒使厄里斯，绝对会引发爆炸性的伤亡，相比厄里斯随心所欲杀的几个人来说，伤亡会是难以估计的。

厄里斯已经与风暴特种部队打成一团，他还在玩的兴头上，明显还没动真格，白楚年匆忙地在混乱的人群里搜索何所谓的身影。

在他面前，一架直升机落地，何所谓穿着带有 PBBw 标志的防暴服，戴着迷彩钢盔和护目镜，抱着微冲从直升机上下来，边破口大骂，边朝白楚年伸出手："你吃饱了撑的！上来，这里我们解决。"

白楚年下意识地是想上去的，但他忽然停下脚步，仰视着何所谓出神，许久，弯腰捡起一块碎玻璃，当着何所谓的面，在自己手臂上划了一刀，伸手给他看。

锋利的玻璃断面将他小臂割出了一道鲜血淋漓的豁口，然后以肉眼可见的速度飞快愈合如初——

实验体的证明。

何所谓因为他的举动愣了一下。

国际警署的警车已经鸣着警笛赶到，他们有专门配备的对付实验体的榴弹炮，锁定厄里斯的位置后接连发射。

榴弹落地炸裂，声浪震耳欲聋，气浪掀翻了数辆汽车，金碧辉煌的格斗场玻璃炸裂坠落。

大块玻璃和沉重的广告牌被震落，从白楚年头顶掉下来。

反正也不会死，忙碌了一整天，白楚年有点疲惫，心理和生理上的。

一股沉重的力道将他冲出两米来远，身穿防暴防弹服的何所谓将他扑了出去，白楚年还没反应过来，肚子上就挨了一枪托。

何所谓嘴里骂着脏话："我收养了两个和你一样的倒霉孩子，现在他们在为世界维和做贡献，获得部队承认和军衔奖章。你可以选择与我们为敌，在战场上针锋相对，但自甘堕落是懦夫，老子看不上你。"

白楚年微怔，这钢铁大直男还不知道他的计划，就喷了他一脸唾沫星子。PBB 和 IOA 同气连枝，他算是看出来了。

可现在还不是和盘托出的时候。

"少来教育我，我都没开物种压制伤你自尊呢。"白楚年也不挣扎，索性仰面躺着，露出虎牙尖笑道，"你不是看不上我，你是看不透我。"

第十五章

幻日光路

◦

"你对我不错，何队，是爱屋及乌吗？"

白楚年最擅长解读别人的语气表情，从在 M 港包围金缕虫，何所谓不让他靠近勒莎铁塔时，他就察觉到了。

何所谓知道自己情急失言，在这样敏锐的家伙面前失言，他就会将一切微小的线索串联成线找到真相。

"你在想怎么掩饰吗？晚了。"白楚年盯着他青灰的狼眼，"我早该猜到，在三棱锥小屋里，明明你和他俩一起被陷阱困住，却只有你一个人受伤，他们俩居然毫发无损，原来不是没受伤，是见到我之前愈合了。

"ATWL 考试里，九宫格书架上少了几份实验体的检查报告，你说你只拿了一份，所以其他的去哪儿了，我们活到了最后，也没找到。

"其实在你手里吧？那份实验体魔犬加尔姆的检查报告，贺文潇和贺文意的。"

何所谓表情微僵。

"说来是个巧合，ATWL 考试里我拿到了一枚芯片，可以读取建筑物内所有实验体的资料，但在芯片完成读取之前，他们两个就血量清零退场了，所以我才一直没发现异常。

"怪不得他俩能把 324 逼到山穷水尽的地步，原来真是魔犬啊。"

白楚年把他从自己身上掀下去，拍了拍满身灰土。

"你真的了解这种生物吗？"白楚年随意地站着，对他说，"人类很小的时候可以一只手捏死小鸡，用放大镜烧焦蚂蚁，用毛线勒住小狗的脖颈在地上拖，用树枝戳瞎猫的眼睛，"白楚年抬起下巴，朝在远处乱杀的厄里斯扬了扬，"其实他们在做的也是同样的事。人是我们的造物主，所以我们继承了同样的自私残忍、恃强凌弱，唯一的不同是我们很强，让他们害怕。有谁在我们出生时告诉过我们，不能那么做吗？没有，从来没有。"

"你别跟我扯那些文绉绉的酸词儿，怎么就没有了？"何所谓双手握微冲，枪口向地，"我不了解？俩小崽尿布都是老子换的，带他们上部队澡堂搓澡，给他们套秋衣秋裤，连上课的书皮都是我包的，我有什么不懂的？"

109 研究所培养人类受精卵，没想到同卵双胞胎会在幼体期间觉醒出双子亚化细胞团，拥有双子亚化细胞团的两个个体不能分开行动，现有技术还不足以培养双子亚化细胞团，发现对实验研究阻碍极大之后，在幼体期间就把他们贩卖了，在走私案中被部队截下来。

这不是秘密，两只小狼是在部队被养大的，大家都知道他们是什么。

白楚年觉得他认真的表情十分好笑，看来老何现在是觉得他从 IOA 叛变了。

"不让我靠近勒莎铁塔，是不想我被异形雷达检测出来吧。"白楚年忍着不让唇角翘起来，最终还是没忍住，"何队，你就像清水馄饨一样好懂，一点葱花都没的那种。"

又一发榴弹炮从天而降，落地引爆了附近的油罐车，何所谓命令队员用防暴盾牌掩护自身，白楚年抬手，将 J1 亚化能力"骨骼钢化"附加在他们的防暴盾牌上。

油罐车爆炸的冲击波和破片带着熊熊火焰飞来，风暴特种部队在附加钢化特性的盾牌防护下岿然不动，无数燃烧的破片裹挟着烈焰将白楚年的身体吞噬，夜色被炽焰点燃。

但火焰退去，白楚年还立在原地，脸颊上的血痕愈合，轻轻动了动脖颈，拔掉扎在骨肉里的碎片，伤口迅速恢复如初，随后转身插着裤兜走了。

"刚刚你们来时，厄里斯跟我说，他是个 A3 级亚体。你看他像会撒谎的样子吗？少费点力气，何队长，哄孩子上瘾吗？少来管我。"

不管怎么说，维护安定是 PBB 的职责，不会因为目标强大而退缩，何所谓拿出对讲机，分出一个小组去帮助疏散困在倒塌建筑物中的人群，其他小组协助国际警署缉拿厄里斯。

厄里斯本来只是图好玩在和几个风暴队员僵持，但看着从格斗场中惊慌失措逃窜出来的观众离他远去，他慢慢停下手，从缠斗中脱离，朝那些跑散的观众追了两步，然后失望地放下了手。

白楚年觉察到他情绪不对，出声引导他往地铁站去："我们走吧，乘地铁。"

他们来时乘坐的这一条线沿途的站点有景区、博物馆和纪念碑，是为游客专门开辟的一条线路，年底淡季人少，重点是属于完全封闭区域，即使厄里斯暴走也非常容易控制。

白楚年不了解他的能力，但知道一个定式——多年间研究所制造实验体逾十万，实验体编号中位是 "10" 的寥寥无几，一旦出现就是一场灾难。

厄里斯对白楚年的诱导充耳不闻，扛起枪管对 PBB 队员低声阴郁地说："你们把我的粉丝吓跑了。"

一根若有若无的金色线绳，从距离他最近的一个 PBB 队员手腕上出现，它是虚无的，用手拽也触碰不到。

金线从第一个队员身上连接到第二个，线绳飞快在人群里穿梭缠绕，一连缠上了十个人，每个人都能看见缠在自己身上的线，却无法挣脱。

白楚年预感到了金线的作用，朝厄里斯一个飞扑，将他扑倒在地，但厄里斯手中的扳机已经扣响，霰弹由于白楚年的冲撞打歪了，在其中一名队员的大腿上爆开血洞，与此同时，金线连接的十名队员同时发出一阵痛叫，他们大腿上同一个位置出现了与被枪击中的队员相同的创伤。

咒使伴生能力"诅咒之线"：被金线连接的目标会受到同样强度的攻击，金线每次最多连接十个目标，每个目标之间距离过远（超过一百米）时，金线断裂失效。

"你为什么阻止我？"厄里斯用枪口顶住白楚年的眉心，狠狠地盯着他问，"你和他们是一伙的？"

"废话，我救你呢。"白楚年指着后方源源不断支援的武装直升机，"这么多人呢，你杀人家兄弟，人家能干吗？"

"噢。"厄里斯把白楚年扶起来，还给他拍了拍土。

风暴特种部队的主力队伍已经压了过来，风中飘来一阵富有雄性荷尔蒙气息的亚化因子，白楚年回头望去，何所谓用出了M2亚化能力截杀他们。

北美灰狼亚化细胞团M2亚化能力"月下狼鸣"：增益型能力，只能在黑夜使用，笼罩范围内所有己方目标的能力全属性增长50%，无副作用，持续时间由亚化细胞团能量决定。

狼作为一种群居动物，其特性就展现在集体上，单个人的能力增长50%并不可怕，但何所谓却是整个风暴特种部队的指挥。

白楚年就知道，那位惜才的少校不会无缘无故地重用一个人，风暴特种部队里个个都是精英，能当上队长必然有脱颖而出之处。

厄里斯也被这能力惊了一下，手中金线缠绕，带着自己的身体，升上了建筑物的尖顶。

白楚年矫健地手脚并用，顺着建筑外墙攀爬到了高处，朝厄里斯走去，警车离这儿已经不远了，他再拖延厄里斯一会儿，就能等到载有特制麻醉剂的无人机。

但厄里斯的眼睛里升起了一缕暴虐的光，趴在穹顶上兴奋地俯视地面："他们好小，像小蚂蚁，爬来爬去。"

一股强烈的亚化因子从他体内散发出来，白楚年抓住他的一刹那，厄里斯的 A3 亚化能力已经启动了。

霎时大地涌动，被黑暗淹没的地方地面突然消失，地上的人纷纷猝不及防地落进深壑之中，有的攀在深坑边缘挣扎着向上爬。

咒使 A3 亚化能力"如临深渊"：所有阴影区域地面消失，坠落的人们将会被永世封存，此生每一秒都会面临人生最恐惧之事。

"你……"白楚年左手立即本能地抬了起来，浓郁的白兰地亚化因子朝厄里斯弥漫压制，然而他一句脏话还没骂出口，夜晚的天空突然亮如白昼，圆月被太阳取代，闪耀的烈日在云层中跳跃，天空六角的六个方向同时出现了六个太阳，在云层中熠熠闪光。

奇异的景象之下雷声轰鸣，雷暴裹挟骤雨降临，瓢泼大雨转眼间淹没了城市的无数街道，停在路边的轿车随水漂浮。

大地被强光通体照亮，厄里斯的 A3 亚化能力依赖于阴影，此时已被完全解除，厄里斯嘴张成 O 形愣住，不知道发生了什么事。

又一道蓝色闪电直下云霄，人们被突如其来的强光晃得睁不开双眼，连白楚年也被迫闭上眼睛。

后腰忽然被一冰冷硬物抵住，电光石火间白楚年被一双手臂从背后控制住了。

兰波一手拿着沙漠之鹰抵着白楚年的后腰，另一只手从背后伸出来，轻轻卡住了他的下颌。

闪电过后是一声震耳欲聋的炸雷，耳畔嗡鸣，许久，听见兰波问："你太有主意了，是青春叛逆期到了吗？还想背着我进监狱。等你出来，我再和你算账，反正我有的是时间。"

魔鬼鱼A3亚化能力"幻日光路"：自然控制型能力，天空中出现六个日影，与此同时水面出现六个倒影，十二个太阳弧光连接范围内，自由控制一切气候。

雷暴未歇，白楚年被兰波持枪抵着腰眼挟持，兰波上身裹缠的绷带外穿了带有IOA标志的短防弹服，他是来亲自逮捕白楚年的。

被兰波从背后挟持着，白楚年缓缓举起双手示意投降。

兰波摸出一枚亚化细胞团控制器，针头抵在白楚年后颈亚化细胞团上，这种控制器可以有效抑制实验体行动，使他们所有的亚化能力被禁用，自我愈合能力失效。

"这个很痛，每小时都会向亚化细胞团中注入抵抗药物，我可不救你。"兰波看着控制器锋利的针头，嘴上虽严厉，眼神的犹豫却已经将他出卖了。

"戴吧，又不是没戴过。"白楚年微微低下头露出后颈，"这点疼而已，我们都习惯了。"

兰波气他自作主张，掌心轻轻用力，将控制器推进了他后颈亚化细胞团中，注入的针头伸出微型锁钩，锁住颈椎骨骼，控制器无法自己取掉，只能依靠钥匙或者密码，强行取下来会直接爆破重伤亚化细胞团。

一阵刺痛深入后颈最脆弱处，力量仿佛被吸血虫般的仪器抽走了，白楚年双腿一软，一个趔趄险些从高楼穹顶摔下去。

兰波一把将他捞回来，从背后抱住，喑哑地道："我不知道你做这些值不值得。但没关系，我的时间无穷无尽，就算你最终还是对一切都失望了，还有我会保护你。"

雷暴骤雨之声掩盖了他们谈话的声音，厄里斯远远地看着那条看起来非常危险的人鱼缠绕在白楚年身上，本来打算逃跑的他拿起霰弹枪朝他们冲过去。

厄里斯想偷袭兰波，但他今天一整天不计代价地消耗了太多体力和亚化细胞团能量当作消遣，现在正处在虚弱期，而兰波又拥有骤雨天气的加成，此时的厄里斯根本不是兰波的对手。

兰波只不过扬起尾尖，就轻易缠住了厄里斯的脖颈，手枪先于他点射，厄里斯被沉重的子弹冲击掀翻，兰波化作一道闪电，在厄里斯坠下天台时抓住了他，动作利索地将另一枚控制器拍进了他的后颈。

兰波回头看白楚年，想问问他打算如何处置这个小鬼，但他刚回过头就被白楚年扑倒了，仰面摔倒在天台上，白楚年单手垫着兰波的头免得他被磕碰到。

"你别碰到他。"他不想兰波触碰厄里斯，因为离咒使太近很容易噩运缠身。

而且，他就是不喜欢兰波碰别的亚体的后颈，这个部位很脆弱，也可能是青春期的缘故，白楚年变得敏感起来。

正因为白楚年扑倒了兰波，兰波抓着厄里斯的手便意外松开，厄里斯抚着被抑制的后颈一路大叫着从高楼上掉了下去。

白楚年看了一眼底下聚集的风暴特种部队队员，心里暗道："何队，送你一个二等功，接稳了。"

白楚年像只懒散的大猫压在兰波身上，主动认错反省。

兰波突然被扑倒，诧异地睁大眼睛，问："为什么老是压抑天性，是觉得我太弱了承受不住，还是觉得你做了什么事，我没能力帮你收场？"

"不啊，因为我成年了。我现在是大人了，你不能再把我叼来叼去了。"白楚年说。

兰波讶异地抬头望他。

他不得不面对以前的小猫咪的确长大了的事实，白楚年最小的时候，兰波可以随意把他叼回被窝里，实验体经过各种因素催化，其成长速度是非常快的，没过多久兰波搬运他就变得吃力起来。

现在虽然还是习惯遇到危险就把他叼走，但是也难免不慎把他拖到地上，因为他个子太高了，也太重了。

发觉兰波的失落，白楚年说："你是王，但也是我的战友。"

兰波嘴角向下弯着，满脸写着不高兴。

"放心，我很快就会回来。"白楚年保证。

兰波捂着胸口，默默思考这股欣慰温暖的感觉，也不再责怪他自作主张，轻声道："去吧，做你觉得重要的事。你的想法会从耳上的鱼骨和心脏传达给我，你的呼吸我听得到，我一直在。"

兰波亲自押送白楚年到国际警署的装甲押运车上，警员跑过来给他戴上手铐，押着白楚年上车。

兰波身上穿着 IOA 标志防弹衣，以防万一他还带了一件以前在联盟警署工作时穿的警服，挂在小臂上拿着。

雨还没停，天也没亮。

突然远处有个人影朝这边冲来，警员们纷纷掏出手枪对准了他，没想到居然是厄里斯，身上刮了不少血道子，不知道怎么从风暴特种部队的堵截中死里逃生，一个猛子直接扎进了白楚年所在的装甲押运车里。

负责看守白楚年的警员都吓愣了，拿着枪直哆嗦，厄里斯虽然被戴了控制器，但身上还残留着带有 A3 分化象征的亚化因子，欧石楠的气味淡淡地跟了进来，警员害怕也是应该的。

但厄里斯却主动伸出双手，让警员给他戴手铐，回头对着一脸愕然的白楚年比画：

"大哥，我不能丢下你，我来了。"

他脸上被爆炸的破片刮伤了一道，因为戴了控制器，所以无法愈合，厄里斯随便抹了抹脸颊上的血垢，看着手背上自己的血，甚至觉得十分新奇，伸出舌头将血渣卷进嘴里，吧唧了两下品品味道。

白楚年："……"

厄里斯："你居然为了让我逃走，宁可自己被抓，你真不错。"

"……我没有，你误会了，我不是那个意思。"白楚年抹了把脸。

按照流程，他们先被看守所收押，但由于他们身份特殊，破坏力极强，当晚就被武装直升机押去了公海海岛，也就是国际监狱。

白楚年被逮捕的消息并未公开，只有 IOA 高层知道这件事，白楚年进入监狱之前会被搜身，所以也无法夹带通信器和监视器，白楚年进入监狱之后，技术部也无法监听到他的情况，无法给他任何帮助，在那里，白楚年将只能完全依靠自己的思路和经验行动。

白楚年被逮捕的这个夜晚，IOA 高层连夜召开了行动会议，这次的参会人员也包括联盟技术部和联盟医学会的核心成员。

技术部和检验科代表出席会议的分别是段扬和旅鸽，他们与白楚年合作搭档的时间最长，也最默契，提出了一些新的加密信息传输方式和准备传递给白楚年的微型装备。

医学会以钟医生为代表，几位专家提出了一些需要白楚年在国际监狱调查的方向。

言逸一直眉头紧锁，时不时轻轻点一下头。这次行动白楚年并不是最佳人选，但他也找不到比小白实力更强的特工了。

国际监狱对白楚年的身份有所了解，他虽然以叛逃的名义被捕，但不可能不引起怀疑，既然怀疑就会有所提防，国际监狱本就固若金汤，犯人想在里面搞什么小动作难如登天。在这种情况下，白楚年一定会被针对，那么他的行动会难上加难。言逸对这次行动没有十足的把握，他更在意的是后续的营救行动，他不希望小白为此搭上性命。

"需要我做些什么吗？"

一直在副座上拿着笔在笔记本纸页上乱涂抹的兰波突然开口。

他一开口，所有人都安静下来，在座诸位都知道这位是什么身份，也因为兰波行事高调，从不屑于掩饰。

既然所有人都安静下来，兰波漫不经心地说："需要的话，我可以让国际监狱永远消失在公海。"

言逸皱眉轻咳："王。"

兰波摊手："好吧，这个作为 B 方案。"

会议开到深夜，言逸将任务细节分发下去，所有人离开，兰波也合上乱画了几页血腥图案的笔记本，正准备回家，言逸忽然叫住了他，递来一张任职邀请。

"Siren，我想问你，有没有兴趣暂时接任小白在蚜虫岛特训基地的教官工作？"

兰波挑眉，回过头面对言逸坐在会议桌上，尾尖翘起来搭在言逸肩头，轻轻拨弄他灰发里垂下来的兔耳朵。

"你想让我多看看可爱的人类幼崽，然后被感化，就像小白一样，对你们产生怜爱的感情，对吗？

"小白的人生就像一张白纸，那些孩子喜欢他，他当然受宠若惊，但我不是。"

兰波还是拿过了那张任职邀请，晃了晃："我会去的。"

言逸说："我相信你会对我们有所改观，正如你所说，少年们都是一张白纸，纯净得不可思议。"

兰波回到他们俩住的小公寓，里面还存留着白楚年亚化因子的气味，厨房放着白楚年出门前给他烤的鱼形和猫爪形的饼干，现在已经凉了，口感也不如刚烤好时。

他把旅行箱从橱柜里拿出来，从衣柜里拿出白楚年的衣服一件一件叠起来，放进旅行箱里，带了一瓶白兰地酒，把剩下的小饼干都装进玻璃罐放进去，把所有东西都包裹了一层防水保鲜膜，最后扣上旅行箱的锁扣，自己坐在上面，放电操控滚轮，载着自己下楼。

　　兰波一路开着旅行箱到达蚜虫市码头，坐在旅行箱上，扶着拉杆在岸边停留了一会儿，拖着旅行箱跳进海里，往蚜虫岛特训基地的方向游去。

第十六章

国际监狱

直升机升空后往押运机场飞去，白楚年和厄里斯被分别锁在两个坚固的铁笼里，即使他们都被戴上了控制器，警员们还是警惕地看守着他们。

由于直升机的容积本就有限，为方便运输，临时押送使用的铁笼相对较小，成年人在里面坐着是直不起身子的，只能低头弯着腰，或者抱紧腿蜷在里面。

后颈锁的控制器一直在起效，这种感觉就像严重的颈椎病发作一样，不仅脖子怎么待都不舒服，头也会隐隐作痛。

白楚年一直沉默着，在他取出微型通信器销毁之前，发现有一个通信信号通过总部请求接入。

那时候何所谓接入了他的通信器，在最后即将被押走的时间对他说："去 M 港支援之前，我们在古巴执行任务，与 IOA 南美分部合作，一位叫贝金的特工听说我们有交情，托我向你道歉。他说他们全员都很感谢你的指挥和保护，误伤了你，他很抱歉。"

白楚年并没有向任何人提过在加勒比海的那次不愉快，尽管他不喜欢斤斤计较，这件事在他心中还是横了一根刺——同样是致命一刀，一发子弹，就因为打在人身上人会死，打在他身上他没死，就认定他受到的伤害小，他觉得不公平。

何所谓这么说，白楚年释然了许多。他想了想，给了何所谓一个坐标，让他去地铁站替自己安抚那个失去母亲的孩子。

在笼里蜷半个多小时腿就麻了，但不论怎么动，都不可能把腿伸开，动作大了就会有警员猛地踢笼子一脚，警告他们不要动歪心思。

警员看他们的眼神不像在看一个人，而像看一只动物。

厄里斯忽然抓住两指粗的笼栏，脸贴到铁笼缝隙上，对着外面"汪汪"了两声。

刚刚踢他们笼子的警员脸色就变了，立刻掏出手枪对准他的头，甚至退开了半步，其他看守的警员也立刻精神一振，坐直了身体，掏出手枪对着他。

厄里斯笑起来，回头对白楚年道："又被吓到了，我们在笼子里，他们居然也会害怕。"

他笑得着实开心，嘴角高高地向上翘起来，但或许是气质的缘故，他的笑容总是带着一股阴森的气息，让人毛骨悚然。

白楚年找了一个相对舒服的姿势，枕着手靠在笼门边，懒懒地说："你不累吗？我都睡两觉了。"

"我还是第一次这样坐飞机。"厄里斯兴奋地说，"尼克斯给我讲过飞机上的样子，可惜每次我都是被放在箱子里运输的。"

白楚年顿时来了精神，他们对红喉鸟恐怖组织知之甚少，些微情报都显得弥足珍贵。

"你的 boss？"白楚年问。

"不，boss 的一个下属，不过所有人都很尊敬他。"厄里斯对这个话题很感兴趣，蹲在笼子里旁若无人地讲了起来，"他喜欢制作球形关节人偶，很漂亮。那里的人背后议论他时，称呼他为'人偶师'，我杀了他们，因为我觉得至少要称呼'艺术家'才对。"

但厄里斯讲了半天，也不过停留在描述人偶师的温柔和才华上，除了人偶师已经离开红喉鸟组织这个情报之外，白楚年从他话语里得到的可用消息其实很少。

周围的警员们严密地记录着他们的谈话，其中一位警官用枪口抵住厄里斯的鼻子，追问他："人偶师现在去了哪儿？"

人偶师也是国际监狱通缉名单上的一员，虽然不是实验体，但那人神出鬼没，而且拥有奇特的亚化能力，一直以来都在红喉鸟 boss 身边充当出谋划策的角色。

白楚年觉得这警官蠢透了，忍不住嗤笑："听不出来吗？他要是知道在哪儿，现在还能被关在这儿？"

"你给我闭嘴。"那位警官转头训斥白楚年，但他注意力被白楚年分散，握枪的右手触碰到了笼子，厄里斯抓住他的枪口一拽，在他手指上咬了一口。

那位警官受到了惊吓，用力拽出手，直升机上的几个警员立刻拔出枪，警惕地对准他们："不许动，老实点。"

被咬的警官看了一眼被刻上尖牙牙印的手指，手背上出现了一个死亡晴天娃娃亚化标记。

由于亚化细胞团被抑制，牙齿中储存的亚化因子有限，注入皮肤的亚化因子少，形成的亚化标记相应地也会很小。

厄里斯舔了舔唇角的血珠："做我的手下吗，长官？"

警官气急败坏地重重踹厄里斯的笼子，边踹边骂"怪物"，厄里斯躺倒在笼里笑得撞头。

进入押运机场后，他们被专业的专家团队搜身，白楚年和厄里斯被分开推进两个无菌室中。

这下厄里斯身体里的微型炸弹和追踪芯片也要被拆卸掉了，红喉鸟损失巨大，这时候应该已经坐不住了吧！

厄里斯那边的情况他看不见，自己这边被铐住双手双脚，后颈控制器连接上了一条短锁链，将他固定结实之后，医生们才开始检查。

白楚年倒一直都很轻松，趴在检查床上，小臂交叠垫着下巴，回头安抚几个精神高度紧张的医生和护士亚体："别害怕，我不挣扎。"

他浑身上下都被搜了一遍，连包扎的左眼都被重新打开绷带仔细检查过，最终没有发现携带电子芯片，唯一有争议的地方就是他耳上戴的鱼骨耳钉。

鱼骨上镶嵌着黑色矿石，与耳孔连接的几个位置都与肉生长在了一起，鱼骨上有神经连接着他的血肉，看起来这件东西和他的身体是融为一体的。

一位医生弯下腰问他："我们扫描了你耳朵上的装饰品，没有违规感应，如果你能介绍一下这件东西的话，按规定可以携带。"

白楚年立刻精神大振："终于有人问我了。"

于是押运飞机延误了三个小时。

白楚年被押送离开蚜虫市后，所有人都暂时和他失去了联系，包括兰波。

但言逸给他找了些事情做，可以让他不那么无聊。小白不在的日子里，人鱼在人类城市中总会有些格格不入的孤独，难免情绪上头就开始破坏东西。

蚜虫岛四面环海，兰波或许在那里更自在一些。而且他说得没错，言逸想让他亲自接触人类小孩，希望他对人就算不彻底放下戒备，至少也能少些偏见。

从 M 港回来之后，言逸时常思考兰波对他说的那些话，兰波虽然高傲且我行我素，但他那些与生俱来的意识值得考量。

蚜虫岛特训基地即将迎来一位新教官，一清早特训生们就在海边码头列队翘首以盼，等待渡轮到来。

忽然天空积聚起大量乌云，雷电在云层中跳跃，时而蜿蜒而下将海面照得极亮，一番雷暴欲来的景象。

平静的海面涌起巨浪，一条通体半透明的幽蓝蝠鲼从巨浪中跃起，背上驮着一个挂有猫猫头挂件的旅行箱。

所有特训生张大嘴，仰头望着人生初见的奇异画面。

幽蓝蝠鲼从高空坠落，地面发出一阵令人眩晕的雷电嗡鸣，电波消失，兰波猛地落在沙滩上，缓缓直起身子，坐在旅行箱上，戴着墨镜，上半身除了裹满绷带外，还穿了一件短款教官服，胸前名牌嵌有 IOA 标志。

特训生们还愣着，兰波将墨镜向上推到金发间，坐在旅行箱上道："你们教官有事出差，从今天起，我会代班我家小白的教官工作。你们觉得小白严厉吗？那是因为你们没有遇到我。每天过来一位小学生，到我这里记作业，有意见不要提，反正我是不会听的。"

富有磁性的雄性嗓音掺着人鱼种族特有的蛊惑味道，与他娇美性感的外形反差稍大。

特训生们鸦雀无声，几秒钟后，所有长有毛茸特征的小学生抱头鼠窜，欢迎仪式结束，孩子们都逃得差不多了。

陆言和毕揽星没走，围到兰波身边，陆言抱着他的手臂高兴："老涅终于下岗了！我的好日子来了。"

兰波放任他在身边围着自己转，捏了捏他的兔耳朵。

萧驯也没走，找了个空隙，拉了拉兰波的鱼鳍，悄声问："白教官真的没事吗？"

兰波趴在旅行箱的拉杆上说："他很快就会回来。你夹着尾巴的样子可爱极了，姓韩的在会议桌下偷偷看 X 光片，好像是你的尾巴，看得津津有味。"

"……"萧驯被他说得语塞，他从 M 港回来之后韩医生的确有给他拍 X 光片，检查骨骼是否存在裂纹。

萤和小丑鱼月底就要离开特训基地转到特工组搜查科了，他们本来想跟白教官说一声的，没想到白教官没回来。

小丑鱼一直不敢接近兰波，兰波身上的气息让他腿软，甚至再走近一点就要忍不住跪下了。

怕什么来什么，兰波勾勾尾尖要他过去。

小丑鱼僵硬地同手同脚走到兰波面前，咽了口唾沫："王……呃……教官好……"

兰波冰凉的尾尖缠绕到他脖颈上，将他扯到自己面前，趴在拉杆上看着他，指尖轻轻捻动他的发丝，悠悠地问："听说，就是你帮小白翻译'jideio'的吗？你可真是……"

于小橙吓得腿都抖了，手掌心里全是汗，见兰波忽然抬起手，以为是要给自己一巴掌，吓得闭上眼睛："王，我知错了，我再也不敢乱说话了，求求你……"

兰波摊开掌心，掌心漂浮着一只小的蓝光水母，赏给于小橙。

"你可真是个小机灵鬼。"

国际监狱位于公海海岛，四面环海，距离最近的陆地近七百公里，不受任何单一国家管辖，任职成员来自各个国家地域，不论种族肤色各司其职。

典狱长的咖啡间飘着浓郁醇厚的黑咖啡香气，渡墨将咖啡杯端到典狱长手边，然后站在他身边整理文件。

"在蚜虫市逮捕了两个实验体，我们已经收押了。"渡墨拿着今日送到的名单资料放在典狱长面前，"61012号实验体咒使，厄里斯，还有9100号实验体神使，白楚年。"

典狱长接过资料翻了翻："白楚年……塞壬亲口保下的那个小白狮子，谁这么不长眼把他抓来了？"

渡墨只好解释："他和厄里斯在蚜虫市区闹出很大的动静，放着不管会影响我们的名誉。"

"哼……"典狱长支着下巴，制服松垮地披在肩头，"言逸敢往我这儿公然派卧底。"

渡墨轻声问："白楚年是言会长的心腹下属，他们这么做，就不怕有来无回吗？"

"什么有来无回，他是仗着塞壬撑腰为所欲为。"典狱长端起咖啡杯搅了搅，懒散地说，"好啊，这些年来109研究所一共培育出三位全拟态实验体，我们这儿一下子就集齐了两位，我心心念念的第三位却老是躲藏着不见人，看看他能躲到什么时候。"

渡墨绕到座椅后给他捏肩膀，俯身出谋划策："白楚年最狡猾，诡计多端，在ATWL考试里他没少给我们下套，我现在就通知下去，把白楚年永久关进禁闭室，一步都不让他出来。"

典狱长轻轻摆手："此地无银三百两。言逸一直怀疑我们与各国势力有勾结，我们的立场非常清楚，实验体就像核武器一样，强大而富有震慑力，每个国家都应该拥有自己的核武器，但失控的和无人监管的核弹必须销毁，或者被永久埋藏。正好，我李妄行得正坐得直，看他能从我这儿查出什么东西。告诉下边，按正常流程办吧。"

国际监狱即国际重刑监狱，收押所有对社会造成巨大危害的或是具有巨大潜在风险的对象，进入这里的每个犯人几乎都双手沾满血腥，其实国际监狱里的实验体并不多，大多数都是人类罪犯。

即使没有增派人手严加看管，国际监狱本身的监守就已经极为严格了。

白楚年和厄里斯并没有被分到同一个监区，因为厄里斯大规模杀人，被判定为重刑犯，与那些恐怖组织头目、爆破狂人关在了同一个监区。

白楚年没有杀人，只是造成了秩序大混乱，因此和一群制造街头恐怖事件、暴力打砸群殴之类的人类轻刑犯关在一起。

他刚被狱警押进监室的门，狭窄的牢房里七八道不怀好意的目光就投了过来。

这八位狱友真能用彪形大汉来形容，最前面的一个正在抠脚，剃光的头皮上文了一只龙爪，被一层青楂覆盖，坐在椅子上抱着一条腿，从头到脚地打量白楚年。

被戴上控制器的实验体和人类没有区别，甚至还不如人类，因为体形问题，实验体符合设计研究员的审美，基本上都是美少年体形，身材特征就是高挑白皙、手脚修长，在一群糙汉面前显得格格不入，尤其白楚年还经受过兰波的恩赐，容貌放进这一群歪瓜裂枣里，说是遗世独立也不为过。

因此他一进来，多年没嗅过荤腥的犯人们眼睛直放光，亚体怕什么，只要憋得够久，漂亮亚体他们也下得去口。

眼看着白楚年就要被这群虎狼犯人吃得骨头渣都不剩，押他进来的狱警幸灾乐祸地看了他一眼，随口嘱咐了一句"不准斗殴"，就锁上牢门走了。

狱警一走，几个犯人就围了上来，其中有个膀大腰圆的黑熊，在水池边漱了漱口，擦了把脸，分开几个狱友，朝白楚年走过来。

看来这就是牢房老大了。

白楚年背靠牢门，身上穿着统一的灰绿工装牢服，松垮的衣服穿在他身上却顺眼，他双手插在裤兜里，耳上还戴着鱼骨耳钉，眉眼里就多了几分痞气。

黑熊亚体问："眼睛是怎么了？真可怜。"他装模作样地伸出手，想抚摸白楚年包裹左眼的绷带，"来挑个你喜欢的床铺。"

白楚年当然乐得交友，伸手与他相握，选了整个牢房里位置最佳的一张床板，而且那上面已经有被褥了。

其他人见状吹起口哨起哄，白楚年挑的正是老大的床铺。

黑熊笑起来，撩起衣服下摆，露出雄壮的腹肌："选我陪你睡吗？"

"不不。"白楚年把他的被褥卷起来，随便放到另一张废床板上，然后开始细心地铺床。他给兰波铺床习惯了，娇气的小鱼不肯睡床，说鱼缸舒服，白楚年晚上就得给他把水床铺平整。

他对这个监区并不满意，金缕虫被关押在重刑犯监区，要想有机会见到金缕虫，必须进入更高级别的监区才行。

白楚年收拾完东西，才有工夫正眼瞧黑熊，屈起一条腿踩着床沿，另一条腿在下边晃荡："说说你们都怎么进来的？"

黑熊冷笑道："我烧死了一条街的商贩，因为他们欠保护费不交。"

"噢。"白楚年听罢，没什么反应。当了这么几年特工下来，这种程度与他调查处理过的犯罪级别相比，只能算小儿科。

黑熊一直以他的罪为荣，因为这足够疯狂，他以为能靠这样的"功勋"征服他，没想到白楚年根本没认真听。

他压抑着不满问："你不想说点什么吗？"

"噢，就这？"白楚年漫不经心地回应。

黑熊抓住了他的领口，粗壮的手臂一只手就能把白楚年整个人提起来，凶狠地笑起来："看来不让新来的吃点苦头是不行的，看在你皮白肉嫩的分上我才仁慈，你别给脸不要脸。"

本来白楚年不是很在意，但那只粗糙的大手突然抓住了他的小臂，白楚年立刻炸起毛来。

他一脚踹在黑熊胸口上，轻身借力踩墙落地，看了看小臂上的文身。兰波给他刻的字是会发出淡淡蓝色荧光的那种，但是不能总蹭，总蹭就会掉色。

"啧……玩归玩，闹归闹，别把字蹭掉了，这儿这么无聊，我这些日子就指着这个活着呢。"

见老大被踹了一脚脸色泛青，有眼力见的都知道老大这是真怒了，其他几个犯人也不再看热闹，一拥而上要好好教育新来的一顿。

白楚年抓住床栏，一脚横扫飞踢，踹在迎面一人的下巴上，之后也不管别人，抓住黑熊老大就是一顿猛揍，拳拳到肉下死手那么打。

要知道只要进了国际监狱，不管是实验体还是人类，全都得戴控制器，只不过人类的控制器中药剂的剂量很少，维持在控制他们不能用出亚化能力的程度上。

那么同样赤手空拳肉搏，没几个人是职业特工的对手，更别说是一位经过特种作战实验体训练的职业特工。

不过三招，白楚年就把黑熊的脑袋按在栏杆上，手卡着他的后颈，连呼吸都没乱，轻笑。

黑熊还想挣扎，被白楚年抬膝狠狠顶在腰窝上，他惨叫了一声，抚着腰趴在地上，白楚年用脚尖钩着他翻了个面，在他身上踩了踩。

许久不动手，久违的暴力让白楚年很放松，他踩着黑熊的骨骼听着那些悦耳的骨裂声，嘴角忍不住上扬，享受这种本就应该属于他的感觉。

耳上的黑色矿石轻轻闪动，像心脏跳动，也像呼吸，白楚年忽然像被唤醒般停了手，跨过哀嚎不止的黑熊，找了张下铺坐下来，跷起腿："来，新老大为你们讲讲新的规矩。"

其他人噤若寒蝉，哪还敢造次，纷纷低眉顺眼地听白楚年立规矩。

白楚年说："你们拿下笔纸吧，我得教你们一门新的语言，日后方便听我说事。今天先学十个单词。"

他们在牢房里弄出这么大的动静，很快就把管教招了过来，管教骂骂咧咧地推开门，手中拿着细教鞭："谁在闹事？"

他手中的细教鞭是通电的，抽在人身上的同时会有较重的电击感，但不会致人昏厥，犯人们都怕这个。

管教一眼就看见了躺在地上痛叫的黑熊，立刻拿对讲机联络同事，然后厉声质问："谁干的？站出来！"

白楚年站了出来。

"好啊，第一天来就给我闹事，出来！"管教一看就知道这是个刺头，得好好杀杀威风。

白楚年被关了禁闭，在狭窄漆黑的小房间里，面前只有一扇铁门，门缝里能够透进一丝极微弱的光亮，还有他耳上的黑色矿石，在黑暗中散发着幽蓝的光。

他枕手躺在窄小潮湿的硬床板上，空气中弥漫着一股腐烂的气息，可能外边是夜晚吧，夜晚总是散发着一股腐烂的味道。

白楚年身上落了一些电教鞭留下的伤，鲜红的伤口印在他冷白的皮肤上，但他浑不在意，悠然地等待着。

差不多三个小时之后，隔壁的禁闭室传来一阵响动，又有人进来了。

听声音是厄里斯，白楚年真是一点也不意外。他本来以为自己要在里面多等一天。

白楚年吹了声口哨，厄里斯听见动静，兴奋地抱着管教东张西望："大哥你在那儿呢，我们真有缘分！"

然后被管教抽了一顿，推进了禁闭室。

国际监狱虽然有许多监区，但禁闭室是建设在一起的，虽然厄里斯并非白楚年计划中的一环，但既然他来了，白楚年就不会放着能利用的资源不用。

管教走了之后，闲不住的厄里斯就开始摸索墙壁，发出窸窸窣窣的声音。

虽然戴了控制器，无法使用亚化能力和伴生能力，但亚化细胞团本体的固有能力是不会消失的，比如萨麦尔的传染病病毒，白楚年的灵敏听觉和攀爬能力，还有厄里斯带来噩运的能力。

白楚年可以听清周围禁闭室中的一切声响。

"嘿，我知道你听得到。"厄里斯在隔壁小声说。

不过白楚年没有回应，因为禁闭室之间的墙壁很厚实，厄里斯肯定是听不见他说话的。

既然知道白楚年就在隔壁，厄里斯便细碎地念叨起来："你知道我为什么被关进来吗？哈哈，被我咬上亚化标记的那位警官，被食堂的吊扇掉下来砍死了，哈哈哈，我觉得太好笑了。"

就算听不到白楚年的回应，厄里斯还是忍不住一直和他聊天："我还以为这儿有多特别呢，原来和我以前的生活也没什么两样……哦，对了，我来时看到金缕虫了，挂着211的胸牌，跟我们一样。"

为了防止混淆，实验体入狱编号就是自身的编号，211是金缕虫。

白楚年坐了起来，认真地听他胡侃。

"金缕虫是跟我们一块儿被买回去的，就知道傻呆呆地抱着一个木乃伊，吃饭也抱着，睡觉也抱着，他那木乃伊哪儿去了？哦，看样子他现在好像也进入成熟期了，感觉没那么傻了。"

白楚年思忖着他的话，如果金缕虫已经进入成熟期，那么他拿到的情报内容就会更多些，这是个好消息。

当务之急是想办法见到金缕虫，首先得进入重刑犯监区，这事急不得。

白楚年估算着，典狱长应该已经知道他进入监狱的消息了，但他的目的并非调查监狱，而是接近金缕虫。

厄里斯说了一会儿，没人回应也挺无聊的，渐渐地也就安静下来。

在禁闭室里感受不到时间的流逝，也不知道度过了多长时间，似乎整个人完全沉没在浑浑噩噩的黑暗中，与世隔绝。

漫长的一段时间过去，白楚年听到厄里斯自言自语道："其实我也不喜欢黑夜。"

白楚年还挺喜欢夜晚的，安静，放空，而且整夜都有人陪伴他。

耳朵上的矿石在闪动，就像兰波贴在耳边呼吸。

这条小鱼，又在干什么呢，该到睡觉的时间了吧。

蚜虫岛现在是夜晚。

兰波今晚没有睡在海里，他拿着白楚年留给他的钥匙，爬进了空旷的教官单人别墅，一推开门，里面还留存着淡淡的亚化因子的气味。

半个月过去，兰波好久没嗅到他喜欢的味道了。虽然半个月对他的寿命而言，不过是短暂一瞬，可自从遇到白楚年，他的时间慢了下来。

他从旅行箱里拿出一件白楚年的半袖 T 恤，在寂静的卧室里发了一会儿呆，然后偷偷把 T 恤套在了自己身上。

毕竟是白楚年的衣服，在他身上显得很宽松，下摆很长，勉强遮住他的鳍。

兰波揪起衣领，然后又拿了一件，爬上床，蜷在床上睡着了。

第四卷

禁闭密室：局内人

第十七章

草莓蛋糕

—◦—

白楚年坐在坚硬的床板上，用没被绷带遮挡的右眼注视着长满青苔的墙壁上滴下来的水。

海岛气候特殊，四季炎热且潮湿，一些平常见不到的虫子在角落中悄悄爬行。

厄里斯就被关在隔壁，经常弄出一些聒噪动静引诱管教过来破口大骂，然后笑作一团，想尽各种办法把外面的人勾引到面前，然后触摸他们——有位被他抓过手腕的管教中午吃饭时被鱼刺卡了嗓子，去了医务室才取出来。

厄里斯乐此不疲，所以关禁闭的时间一次次被延长，但他仍然没有一丁点改变。

身处清醒的黑暗中，每一分钟都会被无限地拉长放大，厄里斯是个不甘寂寞的家伙，独处会让他抓狂。

白楚年安静地坐着，一条手指粗细的蜈蚣在他指间蜿蜒爬行，他交换两只手让蜈蚣无休止地向前爬。

在禁闭室这不见天日的半个月里，白楚年除了一遍一遍在脑海中复盘他的行动细节之外，在绰绰有余的时间里，他也会想些不重要的事情。

比如，如果一个寿命远比人类长久的实验体被关在这里，一年、两年、十年、五十年……没有人知道他的存在，没人会来看望，也没人期待他出去，真的像一把战争过后被搁置的枪那样永远禁用，在黑暗中度过漫无目的的一生，是件恐怖的事。

白楚年很少触发"恐惧"这种情感，可能研究者在设计他们时就没有考虑这一项，但这段日子他实打实地感受到了一种从心底蔓延出的焦虑。

自从言逸问他"为什么没走"的那天开始，白楚年也在思考缘由，他可以潇洒离开，和兰波满世界疯玩，甚至加入爬虫的组织，一起研究怎么报复世界。

可能是青春期的叛逆心理吧，他不想做别人要他做的，还有别人都在做的，而这一点只有兰波懂。

虽然那条高傲的鱼喜欢命令他、威胁他，但也只有兰波无脑地支持他一切说不出道理的决定，他只想要这个。

空寂的走廊尽头传来皮鞋踏地的嗒嗒声，接着就是紧闭的大门的解锁声，沉重的铁门被拉开，明亮的光线照得人睁不开眼睛。

渡墨穿着狱警制服站在他面前："时间到了，出来吧。"

他看见白楚年松垮地盘膝坐在床板上，手里无聊地玩着虫子，控制器戴久了，他的皮肤呈现出一种憔悴病态的苍白，显得眼睑和嘴唇格外地红。

就是这么一个稍显病态的年轻人，在适应光线后扫了一眼他的皮鞋，视线上升，路过他的制服裤子和领带，直到与他对视，随后淡笑问候："早安，长官。看来典狱长今天也没能按时起床，等会儿打算去警署吗？"

平平无奇的问候，让渡墨脊背一凉。

今早的确是他开车接典狱长来的，因为典狱长说昨晚睡得不好，早上打不起精神来。而且等会儿他的确要去接待国际警署派来的几位警官。

渡墨尽量让自己在犯人面前保持风度，尽管他心里明知道白楚年有多么难缠。不过他没注意到，当他开始这么想的时候，就已经被对方占了心理上的上风。

白楚年把蜈蚣随手扔到地漏里，站起来，插着兜跟渡墨走出去。另一位狱警正在开启厄里斯禁闭室的门，厄里斯正扒着小窗上的铁栏杆乱晃，发出很大的动静。

"喀，走吧。"渡墨扶着白楚年被铐住的双腕，带他出去，怎么说他们也曾经合作过，当时倒也没撕破脸，不需要把表面气氛搞得很僵，尽管他心里对这个危险人物十分忌惮。

他是个弱亚体，一米七五的身高在白楚年身边整整低了一头，就算身边的白狮戴了控制器，从中溢出的微弱亚化因子还是会对他的乌鸦亚化细胞团产生物种压制。

可能在 ATWL 考试中白楚年给他留的印象太深刻，导致渡墨对这人产生 PTSD（创伤后应激障碍）了，总觉得白楚年想害他。

"长官，我不会越狱，你不需要这么紧张，我保证你可以平安地拿到今年的年终奖。"白楚年低头看他，愉悦地说，"接近我的时候不需要佩枪，因为没用的，还容易被我反制。"

渡墨沉默地压住了藏在警服外套内腋下的佩枪，咬了咬牙。这种明知道他会做些什么，却又不知道他会做些什么的感觉，非常令人恼怒不安。

这种情况下，还不增派人手严加看管他绝对不行。渡墨很快想了一个警卫调度方案，只要白楚年有一丁点异动，狙击手的枪口就会立刻对准他的脑袋。

不过白楚年并没有多余的心思放在他身上，阳光照在身上，久违地放松，并且回到监区和狱友们共进了一顿午餐。

今天犯人们的气氛格外融洽，即使出了名的几个刺头也在安静地享受午餐。原来今天是平安夜，每个犯人都从打饭窗口领到了一小块草莓慕斯蛋糕，这在枯燥的监狱里简直就是圣诞礼物般的存在。

白楚年也领到了一块，虽然他很少吃甜食，不过吃了半个月的清汤寡水之后，这种东西就算得上人间美味了。

　　尝了尝，里面掺有很淡的亚化因子气味，可能是裱花的时候沾上去的，白楚年细细嗅了嗅才分辨出这缕亚化因子就是草莓亚化因子，和草莓果酱混合在一起很难察觉，看来他们的甜点师是个拥有甜蜜亚化因子的人，手艺还挺讨人喜欢的。

　　他向周围望了望，看来被他揍了一顿的黑熊还没回来，其他狱友时不时朝他这边瞥一眼，都一副尿样，也没法指望他们干什么。

　　吃完饭，有二十分钟的午休时间，刺耳的老式铜铃一响，监室里所有人都要起床，管教会安排他们的活计。

　　犯人在监狱里不是干坐着就行，每天都要完成定量的工作，白楚年他们监室今天负责裁剪制衣布料。

　　管教领他们离开监区，前往制衣工厂，让他们排成整齐的队列按顺序向前走，队尾由四位穿着防弹衣、抱着霰弹枪的警卫负责押送。

　　一路上，白楚年时不时用余光打量着高处的监狱狙击手，他经过的一路上狙击手的数量多得很不正常，想想就知道自己是危险对象，必须严格监管起来，他确定只要他现在随便走出队伍动一动，立刻就会有无数发狙击弹把自己打成筛子。

　　不过这些人都不像是增派的人手，因为国际监狱也有严格的执勤制度，调度会比增派方便一些，而且很显然，在轻刑犯区，别的犯人根本不需要大力监管，所以大多数警力都聚集到了白楚年身上，他的一举一动或许有上百双眼睛盯着。

　　白楚年翘了翘唇角，跟着队伍进了制衣工厂。

　　工厂有些旧了，很多设施都生锈掉色了，一些电动设备发出很大的噪声。这里也是流水线作业，白楚年负责将一摞上百张棉布用机器的切割刀裁成普通 T 恤的形状，然后用缝纫机将前后两片衣服缝在一起。

机器相当大，一条竖放的锋利刀条电动控制切割，只需要把手里这摞布按照上一个人画的线往里推就可以了，工作内容很简单，就是有点费手，刀片上还残留着上一个倒霉蛋的血迹。

旁边的狱友说，这些衣服做完了会捐给灾区，给小孩穿。

这活很新奇，白楚年也是第一次干，还挺好玩的，切割对他来说不是问题，拿惯了枪的手最稳，试了几下就上手了，就是缝纫机不太会用。

工厂的缝纫机是老式的踏板缝纫机，需要脚在底下一直踩，带动齿轮带线下针，难度在于脚不停地前后踩的同时手还得控制布料走向，就很困难。

在实验室里，研究员们只给他注入了尖端武器的详细构造说明和使用方法，没教过他怎么用几十年前的生产工具，不过白楚年好研究，摆弄了几下就缝了起来，衣服版式本就简单，一件一件做得飞快。

渡墨临走前悄悄嘱咐过管教，要他好好盯着白楚年。他的本意是不要让白楚年搞小动作，但管教会错了意，以为白楚年是得罪了大人物被送进来的，被点名特殊"照顾"，于是就给白楚年加活，别人一下午做完三十件就可以休息，他得做完六十件。

差不多到收工的时候，管教特意去检查白楚年的工量，如果完不成，扣分、罚扫厕所、关禁闭，有的是办法折腾他。

走过去一看，白楚年的工位都快被衣服埋起来了，管教探头进去，嚯，这小伙干得叫一个认真，不光做完了六十件，还在衣服上打了可爱的鱼形十字绣，剩下没用的布料缝了一套迪士尼灰姑娘同款礼服裙，手边搁着一本泛黄、卷了角的《三分钟学会制衣打版》，现学现用。

白楚年还十分乐在其中。

管教本来还想找借口给他扣分、罚他扫厕所，好家伙，这不给人家减几天刑都觉得过意不去。

傍晚收工，来换班的是另外一批监室的犯人，一个亚体与白楚年擦肩而过，白楚年回过头，看清了他的脸。

"原来他也在轻刑犯监区。"

他胸前挂着 324 的编号牌，个子有点小，松垮的工装裤后边拖着一条变色龙的蜷曲尾巴，默不作声地低着头，仿佛把自己关在一个狭小的世界中，外界的任何人都不能打断他发呆。

无象潜行者的双眼被黑色的防静电胶带缠住，白楚年抬手在他眼前晃了晃，确定他什么都看不见，想了想就明白了缘由。

无象潜行者的固有能力与模仿有关，就算戴了控制器，这种与生俱来的能力也不会消失，所以以防万一，不能让他看见任何东西。

不过他双眼都被蒙着，应该很难做活吧，做不完会被罚，不会因为他蒙着眼睛就法外开恩。

无象潜行者经过白楚年身侧时，身体略微停顿了一下，显然也注意到了白楚年身上熟悉的亚化因子气味，指尖僵了僵。

白楚年微微侧身，快速、隐蔽地在无象潜行者耳边说：

"前些日子我在 M 港见到了 PBB 风暴特种部队的夏少校，很久没见到他了吧，想了解一些近况吗？"

无象潜行者慢慢地抬起头，对他的话有了反应，被黑色胶带密封的双眼起了一层水雾。

由于平安夜的关系，晚饭时每个人也得到了一小块甜点，每年只有这两天犯人们才能在食物上得到一点乐趣。

点心上沾有的亚化因子和中午的相同，淡淡的草莓气味。

白楚年对它的制作者产生了兴趣，端着餐盘对打饭窗口说："我想多拿一块草莓蛋糕。"

打饭窗口同样用密集的铁质栅栏隔开，里面负责做饭和盛饭的都是犯人。

白楚年弯下腰，从打饭窗口向内看，正好一个圆脸亚体用同样的姿势透过窗口看他。他戴着甜点师的白帽子和卫生套袖，穿着白色的围裙，脸颊绯红，一副干干净净的柔软样子，眼睛看起来比较特殊，暗红的眼睛没有瞳孔，完全由精致的六角形排列而成，像昆虫的复眼。

他胸前挂着犯人编号"S-218"的牌子，为了和普通犯人区分，实验体的编号前会标注一个"S"，是 special 的缩写，2 代表虫型亚化细胞团，1 代表 10% 拟态（眼睛），8 代表传染病型能力。

既然具有传染病型能力，还能在食堂后厨工作，就意味着这种能力会被控制器控制，或者不具有影响力。

在韶金公馆喝下午茶那天，爬虫和他提起过，他们中有一位成员承受不住通缉压力自首了，被关在国际监狱里，是个蜜蜂亚体，即 218 号实验体"甜点师"。

甜点师也看到了白楚年胸前的编号"S-9100"，小小地惊讶了一下，做贼般左顾右盼，然后偷偷拿了一块草莓蛋糕放到白楚年的餐盘里，举起手指在唇边嘘了一声："只多这一块，给你吃，今年就没有啦。"

"谢谢。"白楚年说。

他的声音也很甜，身上散发着干净的草莓味，可惜大多数实验体并不信任 IOA，如果甜点师向 IOA 自首，会长一定会收留他。

白楚年端着餐盘回到自己的座位上，看着蛋糕发愁。本来猫科动物对甜味就不是很敏感，他没那么喜欢吃甜食，只一块还好，两块就太多了。

不过他刚离开打饭窗口没有几分钟，那个蜜蜂亚体就被管教抓住了，因为餐食有定数，私自多给算违规，管教抬起细教鞭打了他的手，还在名单里蜜蜂的名字后扣了一分。

那小蜜蜂委屈得泣涕涟涟，管教走了之后，他捧着右手蹲在墙角，被带电的教鞭打到手很痛，一条红印火辣辣地浮在手背上。

事实上，所有实验体都会被注入战斗数据，但由于先天性格的关系，总会出现这样软弱的怪胎，有些软到实在烂泥扶不上墙的，被研究所直接焚化销毁，稍微好一点的就作为强大实验体的捕杀目标和饲料。

像甜点师这样的性格，能在研究所活下来已经不容易，就算他不逃，也迟早会被其他培育期的实验体吃掉，作为冲击成熟期的养分，自首这种事也的确是像他能干出来的。

白楚年面无表情地隔着一段距离看他，几口把面前的蛋糕吞掉，然后用配备的软塑料小叉子伸进衣服下摆，用力划了一下。

监狱里的餐具都有严格的规定，不能过于尖锐具有伤人的隐患，这种劣质塑料叉子非常软，必须捏紧最尖端用力在皮肤上划才能划出伤口。

犯人们吃完饭被领回监室，路过打饭窗口时，白楚年把攥在手心里的一枚小手指甲大的胶囊扔给了坐在角落里的甜点师。

甜点师接到胶囊，眼角挂着泪朝这东西来的方向看去，白楚年避开管教的视线，在路过监控死角时对他做了一个涂抹的手势。

甜点师愣愣地攥紧胶囊，看周围没人，把胶囊在手心里挤破，里面的药液流出来，将胶囊外壳溶化，一起渗入手背的血痕上。

伤口飞快愈合，很快就消失了。

"是药……他怎么带进来的……？"

回到监室，白楚年直接爬上了自己的床铺，他的位置在高处，也在角落，别人如果不上来，就完全看不到他的动作。

他把自己藏在薄硬的被褥里，指尖摸到小腹位置，那里刚刚被他用塑料叉子反复划开了一道说浅不浅的伤口，自这个位置向左大概两个指节的地方，白楚年用力按了一下。

这个地方摸不到任何异物感，但用力按下去之后，会有轻微的、容器在体内破裂的感觉，一股药液渗入体内。

随着药液被身体吸收，绷带下受枪伤的左眼快速恢复了一大部分。

韩行谦给他准备的皮下隐形愈合剂，提前安放在体内，药液中注有愈伤类亚化细胞团的亚化因子，只需按破就能够快速愈合外伤。

胶囊是韩行谦为人类特工设计研发的，胶囊外壳可以快速溶化，做到使用无痕，里面的药品种类可以根据需求改变，而且这种特制胶囊无法被扫描，普通人体可以承受两颗。

愈伤类药品在联盟医学会里并不是什么珍贵的东西，不过白楚年一直没使用，留着受伤的左眼一直到监狱，再慢慢治疗。

他看着墙上的日历，在心中默算着时间。

三天后的清晨，天还没亮，他正在洗手池边洗漱，管教打开了监室门，重重地敲了敲沉重的铁门板："S-9100，出来。"

虽然已经离开研究所快四年，白楚年对这编号依然敏感，他抬起头，擦了擦脸上的冷水，归置归置洗漱用品，跟着管教走了出去。

渡墨站在外边等他，指尖挂着一串手铐。

白楚年主动伸出手，让他把自己的双手铐住。渡墨给他戴手铐时保持着高度的警惕，白楚年像看一只随时会被惊飞的小鸟那样垂眸瞧他，弯起眼睛轻声问："终于轮到我了吗？警署审讯的速度有点慢，是卡在运输和新增安保的环节上了吗？不用费这么多力气，我怎么会逃走呢？"

渡墨皱紧了眉，用力锁住手铐。

这些天渡墨一直在调度狙击手和警卫盯着白楚年，防止他找到搜查的机会，但白楚年听话得要命，根本找不出任何破绽，几天过去，渡墨一无所获，反过来，白楚年连渡墨要做什么都能看出来，就像他在监视着整个监狱一样。

渡墨忽然注意到白楚年衣服下摆有一点没洗净的痕迹，他抓住了那块衣料，低头仔细看了看，像是血滴蹭上去又被洗掉留下的浅痕。

他抬眼打量白楚年："这是什么？"

白楚年摊手："血。"

"……"渡墨抬手撩起白楚年的衣服下摆，紧实精干的小腹上有一道已经愈合到几乎看不出来的痕迹。

渡墨按着他小腹上的疤，用力按了按，感受有没有异物，然后抬头问：

"解释一下？"

"一个疤，长官。"白楚年笑起来。

"你藏了东西。"渡墨笃定地注视着他。

"怎么会？"白楚年举起戴手铐的双手，"你可以全部摸一遍。"

"先把他带去体检！"渡墨咬紧牙关，抓着白楚年小臂的手汗湿了，他仔细检查过监控中白楚年的每个动作，他确信白楚年身上夹带了东西，比如微型芯片，可以接收外界输送的信号，或者信号干扰器，用来骗过监控。

"把他搜干净，一寸皮肤都不能漏。"渡墨说，"尤其那块新添的疤。"

医生们除了拍片，还应渡墨要求用手术刀沿着那道疤痕切开检查，结果当然一无所获，只好再缝回去。

渡墨手里拿着检查报告，感到难以置信。

不知道什么时候白楚年悄无声息地站在了他身边："明知道我会做点什么，但就是找不到证据，所以日思夜想地，代入感太强了，我已经开始秃了。"

渡墨把检查报告拍在白楚年身上："你给我小心点。如果被我找到证据，我们会立刻公示，然后把你处死。别以为 IOA 能救你，你不来，我们可以睁一只眼闭一只眼不抓你，但只要你进来了，就连塞壬也动摇不了我们的审判，国际监狱有自己的底线，不会受任何威胁。"

"我会很小心的，长官。"

海岛上的热带植物颇多，一些没有被水泥覆盖的土地上生长着茂密的枝条和野花，白楚年从一株黑色藤蔓上随手揪了一朵火红的花，嗅了嗅，递到渡墨面前："如果我是你，就不会把所有注意力都放在我一个人身上。"

渡墨拍掉他手上的花："上车。"

白楚年被一群武警押送上车，这个时候刚好 B 区监室押送犯人出来除草，无象潜行者就在队列中。

他一直被蒙着眼睛，路过白楚年时，白楚年轻轻咳嗽了一声，引起了他的注意，他嗅了嗅空气，确定了白楚年的位置。

B区监室的队伍走出去了四五百米，无象潜行者举起手，毫无波澜地说："我有情报向警方坦白。"

听他这么说，管教便重视起来，拿出对讲机叫了几名武警过来，把无象潜行者带走。

他们被送上了不同的武装押运车，离开了监区。

公海海岛外数公里，一架直升机悬停在空中。

陆言开直升机的技术已经炉火纯青，使机体完美悬停，没有任何晃动，韩行谦坐在里面，额头伸出雪白尖角，千鸟草气味的亚化因子伴随着M2亚化能力溢出。

天马亚化细胞团M2亚化能力"风眼"：仅变异亚化细胞团才有概率分化出的天赋型能力，风眼指气旋中心，即飓风中的平静区域，在此区域内不受恶劣天气影响，信号不会受任何仪器干扰，无法被巡航导弹追踪，也不能被雷达探测到，前提是只能施加在无生命体上。

他将风眼施加在了直升机上，不管靠海岛多近，他们都不会被探测到。

萧驯举着望远镜窥视承载巍峨监狱的海岛，淡淡地说："他拿到了。"

望远镜的视线范围中，靠近海岛边缘浮游着几只蓝光水母。

水面以下，兰波拖着身穿潜水服、背着氧气瓶的毕揽星游动。

兰波下潜和上浮的速度非常快，必须随时释放气泡改变毕揽星体表的水压，不然就算他穿着潜水服也会受伤。

相互缠绕的藤蔓从海岛边缘的陆地向内生长，在白楚年提前在地图上标注的检查室附近破土而出，与众多热带植物混杂在一起，藤蔓上盛开着火红娇艳的花，花蕊中心托着一枚微小的芯片，只需要轻吸一口气，就会附着在鼻腔中。

兰波扶着毕揽星的藤蔓，在一朵花苞路过手边时，对他说："你在花上写，randi，他嗅的那一朵我见过。"

毕揽星皱眉笑笑："写不下那么多字，我的藤蔓可以模拟周围的植物，楚哥附近的花都是小的。"

"嗯……"兰波有点失望，为了听藤蔓里是否能传来 randi 的声音才伸长的鳍形耳朵耷拉下来。

审讯室外停着数架国际警署的直升机，一些警员在外面核对名单，到处都是荷枪实弹站岗的武警和狙击手。

白楚年被从押运车上拖下来，推进了大楼。

大厅里除他以外还有几个其他实验体，但不是全部，路上他看见了厄里斯和那位蜜蜂甜点师，分别被押送进了不同的审讯室或等候室中。

白楚年先被安置在了一间隔有防弹玻璃的四方房间中，里面只有一个带桌板的椅子，他坐在上面，双手被铐在桌上，活动范围十分有限，两盏明亮灼热的灯照射着他，很长一段时间没人理他。

他轻轻用鼻子往外出气，手指抹了一下，毕揽星传递进来的芯片落在食指指腹上，自动吸附在指尖的皮肤上。

这东西不能在鼻腔里待太久，万一不慎顺着气管吸进肺里，可就不好拿出来了。

他看了看四周，墙壁都被涂成了肃穆的黑色，粘贴着一些不同国家语言的警示标语，大致含义相似，都表达了坦白从宽、抗拒从严的意思。

整个海岛都位于热带，一年四季平均气温维持在 35 摄氏度，监狱里除了狱警们的休息室和宿舍之外，犯人活动的区域都没有空调，只在人群常聚集的地方安装一些风扇，帮助空气流通。

白楚年坐在审讯椅上，本来高温就令人烦躁，还有两盏炽热的灯照着他的眼睛，这帮警员的确很会折磨人。

不过比起他审讯别人时的手段还差点火候，他时常动用私刑拷问，更多时候就靠这些不留痕迹折磨人的招数来得到自己想要的情报。

他被晾在审讯室的这一个小时，负责审讯的张警官和渡墨在门外交谈。

渡墨没接旁边警员递来的烟，抱臂抬了抬下巴，轻声提醒："那位可是个刺头。"

旁边警员拍着胸脯打包票："我们张警官可是审讯专家，经他手的犯人谁敢狡辩?!"

张警官身形魁伟，顶着一张冰山似的脸，看上去就很有压迫感，对这次审讯志在必得。

国际警署早就盯上了爬虫建立的实验体组织"SOW 防火墙"，将这个组织划为灾难级恐怖组织，必须尽快将所有主要成员控制，从调查得来的蛛丝马迹中发现白楚年与他们有往来，希望能从他身上得到一些可靠的消息。

渡墨不以为然，拿出自己的烟点燃，吸了一口："9100，十万分之三的概率爆出来的使者型实验体，哪那么好对付?"

张警官对自己的审讯技术还算自信，并没把渡墨的提醒放在心上，和另一位辅助审讯的警员一起穿过锁有栅栏的走廊，走进了审讯室中，两人与白楚年相隔一道防弹玻璃墙，中间以传声的孔洞和小扬声器连接。

张警官刚坐下，白楚年就和他打了声招呼。

"嘿，长官，戒指不错。"白楚年翘着嘴角，显出一副乖样。

张警官小指上戴了一枚款式简单的戒指，可以从外形上看出它有对应的另一半，应该是枚婚戒，上衣口袋里露出了一丁点白色绢帕的边缘。

从张警官进门到坐下的短短几秒内，隔着数米距离，白楚年的目光已经将他上下检视了一遍，并且一开口打招呼就直接戳在了他的痛处上——新近丧偶。

张警官本就冷肃的脸上更是退去了仅有的温度。

"前 IOA 特工组搜查科 boss，果然和传闻里差不多，犀利冷静。"

"谁啊? 抹黑我形象，那肯定不是 IOA 传出去的谣言。"白楚年靠在椅背上，双手自然地十指交叉搭在桌上，舒展双腿，交叠在一起。

张警官让他陈述犯罪事实，白楚年对自己的所作所为供认不讳，比如把塔炸掉的事。

张警官说："既然你已经投靠了IOA联盟，为什么又要叛逃？据我所知，言逸会长对你信任有加。"

张警官拥有和蚜虫岛特训基地萨摩耶医生差不多的测谎能力，这也是其被誉为审讯专家的原因，当对方回答时，张警官可以靠对方头顶出现的颜色判断真伪。

"你这话就难听了，我怎么叛逃了？"白楚年拍拍桌面，"我没叛逃，只是任务失误。那天我去抓捕厄里斯，但他是个A3级成熟期实验体，我所做的一切不是自愿的。"

在张警官眼中，白楚年头顶升起一团别人看不见的白色光圈，意味着他说的是真话。

另一位警员低头记录，冷声问："城市监控显示你有纵容实验体咒使杀人的倾向，你怎么解释？"

白楚年答："我主观没有伤人倾向，也没有杀人动机，我中途制止了厄里斯往人群聚集的闹市区前进，把他引到了封闭的地铁站里，将伤亡最小化。"

张警官注视着他，白楚年头顶的光圈依然是白色。如果光圈变红，就意味着他说了假话，红色越深，代表可信度越低。

"听说这次是IOA的公开特工兰波逮捕了你，你们之间存在朋友关系，为什么他没有阻拦你？"

白楚年答："什么，那条鱼吗？我们就只是战友关系而已。"

在张警官眼里，白楚年头顶的光圈从白色变成了红色。

白楚年继续道："而且他控制欲旺盛，我最讨厌被命令操控了。"

光圈越来越红。

"怎么说呢，兰波抓我应该也是因为我们积怨已久吧，他恨死我了，毕竟我碍了他升迁的道。"

光圈彻底红爆了，白楚年在张警官看来就像一个火红的大天使。

张警官明知他在胡说八道，却又不能出言制止他，因为如果揭穿他说谎，他就会立刻明白审讯者有测谎能力，肯定会以此在证词上下套，后续的审问难度就会加大。

所以审讯持续了整整十二个小时，其中一半时间张警官和同事都在被迫面不改色地听他反向陈述。

白楚年走出审讯室的时候还轻轻叹了口气。

张警官最后一点亚化细胞团能量全被白楚年头上火红的光圈榨没了，脚步虚浮地被同事扶了出去。

渡墨重新接手了白楚年，目送脸色差到极点的张警官离开，不无嘲讽地笑了一声。

"国际监狱和国际警署关系好像不太好？"白楚年若无其事地站在墙边和他闲聊。

渡墨轻哼："都想要业绩，因为你们这些个实验体，一个月折腾我们七八回，谁乐意伺候？实验体在监狱里占着位子吃着饭，没人探视没人保就没有油水可捞，时不时还闹事，要不是职责所在，我想把你们全都赶出去。"

白楚年失笑。

"我什么时候能被探视啊？"

"你？"渡墨瞥他一眼，"直系亲属申请探视证，带证件来，三个月后就可以。你有直系亲属吗？"

"……"

"那还废什么话？"渡墨抓着他的小臂，押送他回监区。

趁他回头的工夫，白楚年手很快，从他裤兜里把食堂饭卡摸出来，悄悄贴着墙滑到地上。

其他几个实验体的审讯也结束了，大厅里，那位蜜蜂实验体"甜点师"

正抓着一位警官哀求,拖着哭腔:"先生,我全部坦白了,我愿意永远戴着控制器,请给我减刑吧,我不会再伤人,我能控制住,我想在小城市开一家店好好生活。"

来审讯的警官们显然不能轻易答应他这样的要求,碍于风度没把甜点师踢开,用官方言辞回答他:"我们会酌情考虑。"

甜点师崩溃地瘫坐在地上哭起来,小孩子似的不住地抹眼睛,不敢哭出声,只见他肩膀一耸一耸的。

厄里斯站在旁边笑个不停,把地上的碎纸片垃圾踢到甜点师身上,对不远处的白楚年无奈地说:"我的天啊,这是我见过最无药可救的同类了。快点死吧,他污染了我的空气。"

渡墨甩下教鞭,抽在厄里斯的小腿上,严声教训:"回你的监区去!"

厄里斯吃痛缩回脚,阴郁又充满好奇的眼神被渡墨吸引过来:"长官,可不能这么凶。"

白楚年束手看热闹,提醒渡墨:"咒使很记仇的。"

被这两个人夹在中间说没有压迫感是假的,渡墨把他们推给武警:"把他们带回去。"

然后走到甜点师身边,弯腰把他拉起来。甜点师看着他手里的教鞭发怵,渡墨把伸缩教鞭收短,拍了拍甜点师的后背:"就你次次哭着回去,快起来,走了,走了。"

武警押着实验体出去后,渡墨一摸裤兜,发现饭卡没了,便回到走廊去找,统共没几步路,也花不了两分钟。

白楚年被押送出去,另一辆押送车边站着无象潜行者,他被蒙着双眼,双手铐在身前,面对白楚年站着,手指小幅度缓慢地比画,看起来像在表达什么,但白楚年并不了解含义,只不过凭借着超人的记忆力把几个手势记在了脑海里。

回到监区之后，白楚年再次过上了平淡的监狱生活，监区内的犯人工作不是固定的，而是轮流安排进不同的地方，白楚年在制衣工厂待了一个月，接下来就轮到他们监区去打扫工作大楼。

办公区域他们是进不去的，分配给他们的工作包括打扫厕所，擦走廊地板和大楼外的窗户，等等，听起来要比制衣工厂轻松，实际上工作烦琐，检查严格，需要打扫干净的地方不能有一丁点灰尘，检查不合格不仅要扣分，还要重新做一遍。

刚打扫三天，管教说要一个人去整理旧书库。

犯人们都不喜欢整理书库，说是书库，是因为它是一个存书的库房，上一位典狱长很喜欢看书，收藏了不少旧的书籍，卸任之后留下了这些书，都堆积在仓库里，足有三千多本。新上任的典狱长尊敬老典狱长，时常会让人打扫书库，不过因为放置时间太久，书上落了一层灰尘，角落里还有不少老鼠，遇到被老鼠啃过的书籍，就需要记录在案，然后补充一本新的进来。

这里面的犯人很多都没有文化，让他们写字比杀了他们还难，不如扫扫地、擦擦玻璃这种活轻松。

书库这种地方一年打扫一次也就够了，上个月 B 监区的犯人才打扫过，照理说没必要再打扫。

白楚年想了想，举手示意："我去吧。"

管教一直觉得这小伙子不错，手脚利索，理所应当就带了他去。

白楚年跟着上了电梯，每个电梯都是需要刷指纹的，外人用不了，这里面很多锁都是指纹锁或者虹膜锁，因此杜绝了偷钥匙的可能，白楚年也从来没想过用这种效率低下还没什么技术含量的方式。

七拐八拐进了书库，的确就是一个存放书籍的仓库，书架密集地摆放着，里面已经被打扫过了，没什么灰尘，书也整整齐齐地摆在一起，不过只是按大小分类摆放在一起，正常整理书籍是需要按内容分门别类的。

这种摆放方式印证了白楚年的猜想。

上一个整理书库的犯人应该是无象潜行者，他眼睛被胶带蒙住了看不见，就只能按大小去排列书籍，如果按照查卫生的标准，这种摆放方式非常整齐，所以才会验收合格，但如果下一个查卫生的较真儿，书就得重新收拾。

管教把门反锁，让白楚年一个人留在书库里，到时间再来接他。

白楚年从角落开始收拾，按照书的内容把每一本精心排开，翻翻里面是否有缺页折页，把相同类别的书放在同一个书架上。

收拾了三个小时，有一本压在最底下的皮面旧书被他拽出来，封面上没有写书名，只有一些凸起的小圆疙瘩。

白楚年伸手抚摸这些小圆疙瘩，一时没看出来是什么意思，还以为是一种独特的封面设计，不过他看到最底下书号的位置那些小圆疙瘩的排列方式很眼熟，正常电梯按键上也有按这种形状排列的凸起的小点，方便盲人用手指识别。

这是一本盲文书，翻开以后，左侧是英文讲解，右侧都是可以触摸到的小圆点，最后附上描线的手语图案。

白楚年虽然没有读过盲文，但读英文讲解还是可以的，这是一本教手语的书，右侧的盲文应该就是把英文讲解翻译了一遍。

无象潜行者在审讯室外对他比画的几个手势，大概率就是从这里学的。

白楚年按照印象里的几个手势对照着书上的图寻找相似的，居然真的拼凑出来一句完整的话——

请让我看见他们的手指和眼睛。

无象潜行者的模仿能力白楚年在三棱锥小屋就已经领教过，如果他读过这本书，即使只是用指尖摸着盲文去读，也决然可以一字不差地记下来，无象潜行者随随便便就能复制出一座图书馆、一间档案室，大量的书籍曾经印在他脑海中，他懂盲文就不是什么令人意外的事了。

"他们的手指和眼睛。"白楚年琢磨了一会儿，明白了无象潜行者的意思。

其实，他也没有想到无象潜行者会这么配合，他不过在他耳边说了一句没有根据、没有保证的话罢了，看来这小东西是真的很想见到那位少校。

整理书库的时间里，白楚年一只手往书架上放书，另一只手端着这本厚厚的手语书，默默背下书上所有的手势。

整理书库大概花了三天时间，整理完了之后，白楚年也只能回去继续扫地、擦玻璃。

在这期间，重刑监狱里发生了一起暴乱事件，一个原红喉鸟成员用不知道从哪儿弄来的瓷砖片捅伤了金缕虫，但被及时控制住了，他立刻用瓷砖片自杀，也被制止了，现在已经被拖到审讯大楼。

金缕虫腿部大动脉受了伤，但是没死，医生及时给他止血缝合，金缕虫在病床上躺了一段时间。

白楚年对这种花样熟得不能再熟了，关在里面的红喉鸟成员被组织用家人要挟，要他去杀了金缕虫，事成得死，事不成也得死，亡命之徒以自己的命换家人的命罢了。

红喉鸟的 boss 果然有点能耐，手居然能伸到国际监狱里来，这倒是白楚年没想到的。

这也更意味着金缕虫掌握着有价值的线索。想接触金缕虫，目前还只能从无象潜行者这里得到帮助。

白楚年躺在自己监室的床板上，枕着一只手，看着渗水的锈迹斑斑的房顶发呆。

度过了漫长的三个月，白楚年差不多已经习惯了日复一日单调的日子，也完全摸清了这里面所有的运行规律、监控位置、巡逻路线和狙击点位。

接下来，需要等一个与无象潜行者产生交集的机会。

但没想到，今天一早管教就推开门叫他："S-9100，有人探视。"

白楚年精神一振，不过仔细想想他计划里好像没安排这一项。

莫名其妙地被押进了探视室，面前有块防弹玻璃和一个电话，台面前有个圆凳，白楚年坐到圆凳上，拨弄拨弄电话，敲打敲打玻璃，也不知道是不是会长派人过来，IOA 应该可以弄到探视资格。

墙上的电子表响了一声，玻璃外的门打开，白楚年朝门口张望，有个什么东西快速爬了进来。

兰波叼着一个档案袋，从门口爬到墙面上，再顺着天花板爬到防弹玻璃上，到处嗅嗅，想找个缝隙钻进来。

"那位家属！不能过度贴近玻璃！"外边的警员赶紧把他拉下来，按到圆凳上，"只有半小时的探视时间，不要超时。"

兰波掸了掸手臂缠绕的绷带，眼皮微抬："知道了，退下吧。"

警员："……"

白楚年呆住："你怎么进来的？"

"正大光明游过来，然后爬进来的。"

第十八章

恶化期

————◦————

兰波问："我一拳就可以打碎这面玻璃，要跟我走吗？"

"别说了。"白楚年戴手铐的双手插到发间，努力压着冒出来的什么东西。

他说的话所有看守的狱警都能听见，门口的武警拔出了枪，渡墨也警惕地盯紧了他们。

他看见白楚年裤腰里有一条白色的尾巴挤了出来，垂在屁股后边摇来摇去，怎么看也不像狗尾巴，想了想才记起来，他登记物种的时候档案上写的是白狮。

渡墨翻了个白眼，心里暗暗骂了声。

这俩显然没把渡墨当人看。

渡墨低着头，无聊地戳在墙边，手在台面下偷着在对讲机的电子屏四人讨论组里发消息："我服了，如果我有罪，典狱长可以制裁我，而不是让我伺候这位在玻璃后边摇尾巴垂耳朵的白狮。"

沫蝉："还是那个姓白的？他还要待多久啊，IOA不来保释他吗？"

铃铛鸟："我监区的厄里斯也很难办，路过他的监室都会绊一跤，就因为他，我老公买车又没摇到号，气死我了。"

海蜘蛛："今天也有人来探视厄里斯。"

过了半个小时，白楚年目送兰波离开。

渡墨踩着边上的圆凳，无聊地拉长缩短手里的伸缩教鞭，冷哼道："他居然不保释你，我还以为你快要滚蛋了。"

国际监狱里有实验体保释制度，仅针对实验体，有资质的组织机构出示实验体的购买发票和持有证书，并交纳一笔巨额保释金就可以了，因为实验体被认定为"武器"而不是自由人，只要被合法的组织持有，就可以不被监狱监管，此后实验体如果再次给社会造成损害，由其持有组织接受处罚。

白楚年没工夫理他，哼着歌出了探视室。

渡墨只好跟上去，只要他在监狱一天，就不能对他放松警惕，他始终是个定时炸弹。

出探视室的时候，他们刚好迎面与厄里斯碰上，几个狱警押着他，却还是控制不住兴奋的厄里斯。厄里斯一见到白楚年就高兴地朝他喊："大哥，我也有人探视！他要保释我，我太开心了，对不起了大哥，我不是故意要离开你的，但他是我更喜欢的人。"

"噢，恭喜。"白楚年对他竖起拇指。

他俩隔空击了个掌，看得渡墨牙疼。

渡墨拿教鞭在后面戳他："别磨蹭，快走。"

路上，白楚年随口问："谁保释的厄里斯？"

渡墨摇头："他不归我管。"

兰波离开国际监狱后，有渡轮负责接送，不过他上了船以后就从窗口跳进海里游走了。

陆言他们的直升机在海岛外三公里处等着他。

直升机悬停在海面上，俯瞰蔚蓝海面，一尾闪烁艳丽蓝光的人鱼从水面中隐现，浮游的蓝光水母在他周身跟随。

兰波跃出水面，已挂在悬梯上的萧驯朝他伸出手，相互握住手腕后，直升机带着兰波驶离了海岛。

直升机上，毕揽星拿了块干毛巾搭在兰波滴水的头发上，韩行谦问："怎么样？"

"他敲了一串莫尔斯电码给我。"兰波边仔细查看包裹防水膜的档案袋有没有被弄湿，边把记下的字母一一读出来。韩行谦按顺序写在了记事本上。

是一个长词组，"单向透视膜"。

陆言问："单向透视膜？贴车玻璃的那种？"

毕揽星道："应该是要特制的，单面需要完全不透光。"

韩行谦敲敲纸面道："能做。"

兰波摊开白楚年离开前手绘的那幅监狱平面图，指着标记了数字"2"的一个花坛："三天后在这里交接，还是用揽星的藤蔓，我护送他。"

手绘平面图上一共有十几个标有数字记号的地点，都是白楚年临走前分析过的，可能有机会传递物品的位置。有一些地方经过实地考察发现不可行，于是筛选出了仅有的几个可用位置。

一周后。

白楚年站在食堂窗口处打饭，给他盛饭的仍然不是甜点师，他弯下腰朝窗口里看："蜜蜂还没回来？"

里面盛饭的人不耐烦地说："他被调到监护室做病号饭了，一时半会儿回不来。"

回到桌前，看着比平常更加难吃的清水白菜，白楚年有点倒胃口。监区食堂里更是因为整整一周饭菜都比平常难吃而引起了一阵骚乱，犯人们拍桌抗议，要求蜜蜂回来做饭。

听到食堂的骚乱，渡墨踹开大门，扬起教鞭在门上抽了几下，响亮的鞭声止住了喧闹声，他骂道："我看谁在闹事！"

食堂里顿时鸦雀无声，犯人们又恢复了秩序。

渡墨走到水池边，抱臂靠着墙，盯着人们吃饭。这下犯人们都老实了，谁都不敢在他面前找不痛快，他手里那教鞭抽人是真的疼。

白楚年端着餐盘到水池边洗，细细的水流浇在他骨节分明的手上。

渡墨的目光落在了白楚年的身上，他已经习惯了随时盯着白楚年，只要白楚年出现在他的视线里，他就不会放过任何一个能抓住白楚年小动作的机会。

白楚年知道他在看自己，头也不抬地说："既然你们想知道 SOW 防火墙的消息，正好我知道一些，作为交换，我想听听你们之前审讯金缕虫的内容，如果你们同意的话，下次审讯时，我会把我知道的消息告诉你们。"

渡墨早就看明白了，他根本就是来谈判的，在前 IOA 特工组搜查科科长面前，谁的审讯手段都不够看，谁也没法从他嘴里撬出什么东西来，对待这种家伙，坦白要比隐瞒得到的回报多。

"金缕虫抗拒审讯，每次去审讯室都干坐着一言不发。"渡墨摊开手，"谁都不能让他开口。"

"哦，看样子他还说了点别的。"白楚年淡定地注视着渡墨的眼睛，"比如'我只与 IOA 会长交谈'这种话，应该有吧？"

这引起了渡墨的警觉："你告诉我，你为什么要进来？如果只是做卧底，IOA 为什么不派一个未公开特工方便掩藏身份？"

白楚年眯起眼睛："你猜猜看。"

"你只是来吸引注意力的，IOA 真正的目的在外面！"

"噢……当然不是，你这语气好像侦探片里主角揭穿犯人的腔调。"

白楚年边洗盘子边说："你不应该耗费这么多精力来看守我，其实我才是最不需要被看守的。"

渡墨冷笑道："巧言令色。那你说，谁更需要被看守？"

"当然是金缕虫。"

渡墨放下手臂："为什么？"

白楚年不紧不慢地用洗碗布擦拭着餐盘，悠悠地道："你说，我是来干什么的？"

渡墨道："卧底，刺探？总之是为 IOA 做事，我只是一时没有证据罢了，你如果只是因为破坏社会秩序被抓，IOA 还有机会把你保释出去，但如果你在监狱里非法调查被我找到证据，那你就再也走不了了。"

白楚年笑笑："这是你说的，不是我说的，不能作为口供。既然你觉得我能用这种方式进来，红喉鸟当然也能，甚至比我更专业，潜伏时间更久，因为他们是专门负责来监狱灭口的。"

渡墨脸色渐冷："你什么意思？"

"金缕虫的口供对你们来说有价值，对我们也一样，如果他死了，他的秘密就会永远烂在肚子里，我们谁都得不到。"白楚年轻叹口气，"金缕虫还在医务监护室吗？我知道你这个年纪能做到现在这个职位，说明你很有能力，因此出于某些经验或者直觉产生了保护他的意识，所以才没放他回监区，挺好，但你的意识还不够清晰，也没有想过里面的逻辑。"

渡墨抿唇看着他，白楚年洗完盘子，拿抹布擦了擦手，说："不理解？做特工的天生就有识别危险的直觉，所以你才一直是个狱警，小雀儿。

"红喉鸟的杀手能杀他一次，就能杀他第二次，怎么样，需要雇我当保镖吗？把我安排到金缕虫身边，我保证他不会有任何危险。"

渡墨也意识到问题的严重性，一口回绝白楚年之后，快步走出食堂，对着对讲机说："突击检查所有重刑犯监室，看是否有夹带违禁物品的，重点检查几个原红喉鸟成员，立刻执行。"

重刑监区狱警收到了消息，立刻组织突击检查。

白楚年有条不紊地将干净的餐盘摞在一起，回去午休，然后跟着管教去干活。

重刑监区被渡墨翻了个底朝天，所有疑似违禁品都被他搜了出来，堆在广场上，狱警们一件一件地排查，工作量非常大，直到晚上还有三分之一的东西没查完，他们只能连夜加班。与此同时，一多半武警和狙击手被调到重刑监区和特殊监护大楼外。

半夜十二点，监室内其他狱友鼾声四起，白楚年坐在自己的床板上玩手指打发时间。

听到牢门的指纹锁轻响了一下，白楚年翻身落地，如猫般轻盈无声。

他将门拉开一条小缝隙，然后挤了出去，贴着墙根翻上窗台，顺着天花板的风机管道爬上了天台。

监区大楼天台距离地面约十六层楼的高度，建筑外没有能供落脚的空调外机和防盗网，只有每个监室的窗沿。双层玻璃外焊有铁栅栏，窗外部只有窄窄的一条沿。

如果走楼梯会被监控拍到，惊动监控室里的值班人员。唯一可行的路，只有这里。

白楚年手插兜站在天台边缘，俯视楼下距离自己近百米的水泥地，在探照灯即将扫过来时轻身一跃。

为了防止越狱，两栋监区大楼之间距离很远，且没有树木和围墙遮挡。就算白楚年戴了控制器还保留着固有的跳跃攀爬能力，也无法在没有中间卸力点的情况下，直接跳下近百米的高度还毫发无损。

白楚年第一跳落在了倒数第三层的窄沿上，然后没有再跳，而是松了脚，让身体自然滑落，双手钩住窗沿。

这种操作对于臂力和耐力是极大的考验，没有亚化细胞团能量的支持，所有动作都只能靠平时训练的技巧完成和足够强悍的身体素质支撑。

白楚年就这样一点一点向下落，还必须要在密集的探照灯之间横向穿梭，最终花了十分钟才踩到地面。

黑暗的角落里，一个穿狱警制服的人突然伸手抓住了他的手臂。

制服看起来不太合身，压低的帽檐挡住了他的脸，白楚年俯身看他帽子下的脸。无象潜行者注视着他，大眼睛忽闪忽闪的。

"用完了，你把它处理掉吧。"无象潜行者把兜里的废胶带塞到白楚年手里。

四天前，白楚年如期在花坛里拿到了毕揽星用藤蔓递来的一卷特制单向膜。这种单向膜要比普通车玻璃膜造价昂贵得多，从外部看是纯黑的胶带，可就算缠绕了十层，从内部也可以清晰地看见外部的情况。

白楚年拿到单向膜之后，干活时把它夹带进制衣工厂，挂在了老式缝纫机机体内部的线轴针上。无象潜行者在轮班到制衣工厂干活时拿到了这卷单向膜，将眼睛上的防静电胶带替换成了单向膜。

无象潜行者的固有能力是模仿，只要他能看到狱警的手指和眼睛，就能将自己的指纹和虹膜相同化。他复制了自己管教的指纹和虹膜，从门栅中间打开了指纹锁，离开自己的监室后又用 A 监区管教的指纹和虹膜帮白楚年开了锁。

固有能力不能被控制器禁用，虽然渡墨不太清楚无象潜行者具体的固有能力，但为了预防万一，还是凭着直觉把无象潜行者的眼睛蒙住了，却没想到有人给他提供了特殊装备，真是百密一疏。

无象潜行者重新压低帽檐，走在前面给白楚年带路，用指纹打开每道闸门，再轻轻关上。

白楚年跟在他后面，看着这个小个子迈着细碎的步子在前面匆匆地走。

"谢谢你为我冒险。"白楚年说。

无象潜行者摇摇头："你说的，会告诉我少校的近况。他还好吗？有没有再受伤？"

"我在 M 港出任务的时候见到他了，他挺好的，旧伤好像也差不多痊愈了。"

无象潜行者问："他见到 IOA 的会长了？"

白楚年应道："嗯，简单地叙了叙旧。要我替你传达什么吗？我觉得我应该说得上话。"

"没……不用。"无象潜行者用力咽了咽唾沫，把哽咽的嗓音咽下去，"如果他受伤了，伤他的家伙在这个监狱的话，可以告诉我，我会替他杀死那个家伙。除此之外，我也做不了什么。"

"实验体有保释条例，你知道吗？"

"知道。可我是被研究所销毁的实验体，我没有票据，也没有凭证。少校安慰我说，只要我好好工作就能出去，我知道他在哄我，他不想让我余生活在绝望里。可我知道我被永远监禁在这儿，到死都不能再出去了。"无象潜行者说这话时眼神满是无奈，"如果你能出去，如果有实验体想伤害他，你替我保护他一次，就当是给我的报酬。"

"好。"

多余的安慰白楚年说不出口，相比这些向现实低头认命的同类，他已经足够幸福了。

无象潜行者领着他一直进到金缕虫所在的监护大楼，一路使用他模仿复制来的指纹和虹膜打开了所有通道。

打开金缕虫的病房门后，无象潜行者压低帽檐，与白楚年告别，匆匆返回自己的监区。

监护走廊内的灯都是开着的，病房内也开着台灯。

金缕虫面对着墙侧躺，他睡不着，呆呆地用指甲在墙面上抠，白墙被他抠得坑坑洼洼的，满是"哥哥"。

医生说他出现了刻板运动障碍，不管给他什么东西，时间久了他都会无意识地在上面用所能找到的工具写满"哥哥"两个字。

一只手轻轻地搭在了他肩头，金缕虫并没有被吓到，甚至没有感觉到，仍旧对着坑坑洼洼的墙面出神。

"跟我躲一下，今晚可能会有人暗杀你。"白楚年把他从病床上拉了起来。

按经验来看，渡墨的大规模突击检查应该是有效的，如果能查出来违禁物品，就能暂时阻止红喉鸟的暗杀行动；如果没查出来，就会打草惊蛇，甚至会导致潜藏在犯人中的亡命之徒提前动手。

金缕虫被他拉着坐起来，头发乱蓬蓬的，半睁着眼，眼睛覆盖着一层蜘蛛拟态的金属光泽。邵文池容貌很是秀气，嘴角翘翘的，虽然资料显示他现在二十三岁，但很明显，他的长相停留在了十七岁，这是因为实验体改造后容貌就不再变化了。

他被割破的腿部动脉早就缝合恢复了，但走路还不太方便。看着金缕虫这副颓废的模样，白楚年看了眼时间，一把捞起金缕虫，连拖带抱地进了一间靠近角落的、狭窄的清洁工具室。

金缕虫起初还很抗拒，但很快便被白楚年身上淡淡的亚体气味安抚了，然后便无助地枕在他肩头，哑声叫他："哥……"

白楚年反锁了工具室的门，头顶的小灯照着他们，两人在一堆水桶拖把中间显得很挤。

"我知道你哥，被你裹在木乃伊里的邵文璟现在在 IOA 医学会躺着，虽然没有心跳和呼吸，但也没有腐化……"白楚年捧起他的脸，轻轻拍了拍，让他清醒，"听我说，把你的经历告诉我，我能救你。"

金缕虫把头歪到一边，固执地说："我只与 IOA 会长交谈。"

金缕虫着实油盐不进，也不知道是受了多大的伤害才变成这样。白楚年能理解，从出生就经历实验体训练的都无法习惯那样的折磨，更何况一个人类少年。

"这样，你告诉我你的票据在哪儿，谁把你买下来的，有票据的话，会长就能把你接走。"白楚年只能从侧面引导他说出一些东西。

"汝成……汝若方成。"金缕虫喃喃嘀咕道，"汝成买了我们，票据在汝老板手里。"

"汝成？"白楚年记起，在 M 港交接葵花爆炸催化剂的那个接头人就叫汝成，他父亲是汝若方成集团的老总。

怪不得金缕虫临走之前用蛛丝作茧杀了汝成，原来还有这一层恨意在里面。

"好，你很乖，你不会有事的，你哥哥也会好好的。"白楚年知道自己不能逼得太狠，金缕虫愿意开口就已经很不错了，他打算慢慢问，只要在天亮之前撤回监区，金缕虫今晚应该不会有什么危险，今晚之后渡墨应该也会有所警觉，在这里严防死守。

他刚要开口，却听见一声尖锐的惨叫从走廊里传来，警报声随之响起，白楚年浑身一震，打开工具室的门，从缝隙中看到刚刚金缕虫所在的病房门大开着，一个黑影飞奔着破窗而出。

来换电蚊香片的甜点师倒在地上抽搐，脖颈上插着一支注射器，里面的粉色药剂已经打进去了多半管。

白楚年一手按着金缕虫，还要回头顾着被袭击的甜点师，一时分身乏术，只好把金缕虫放在清洁工具室里，扶着他的双肩嘱咐道："杀手可能还没走，你在这儿待着别动。"

他轻掰了一下金缕虫后颈的控制器，这种精密仪器很灵敏，如果犯人试图拆卸它，它就会将警报发到负责他监区的狱警的通信器上。

控制器被白楚年掰过后亮起红灯，表示已报警。

"别出来。"白楚年把金缕虫安顿好，立刻冲出清洁工具室，把倒在地上的甜点师扶起来，拔掉了扎在他后颈上的注射器。

甜点师浑身抽搐，双手紧紧抓着白楚年的领口，如同溺水者抓住漂浮的枯木一般："我……亚化细胞团很痛！"

白楚年捡起地上的注射器，里面的粉色药剂很有辨识度，是 Accelerant 促进剂，能让实验体直接晋升一个成长阶段。

"怎么回事？"白楚年一把捞起甜点师，把他夹在手臂下往注射室跑，从药柜里翻出刀片，在甜点师亚化细胞团下割出一块伤口，希望能有一部分药液随着血液排出来。但这样的补救方式几乎无济于事。

"我来给……他……换蚊香片……发现床上没人……就去翻他的被子……突然有人捂住我的嘴……把这个扎在……我身上……"甜点师的瞳孔开始向眼白扩散，原本只有黑眼仁部分生有六角形蜜蜂复眼的眼睛，眼白渐渐消失,整个眼睛都进化成了暗红的复眼。

白楚年猜测,红喉鸟杀手恐怕是认定金缕虫在病房里,一针下去扎错了人。

Accelerant 促进剂可以使培育期实验体立刻生长到成熟期,也能将成熟期实验体催化到恶化期。

连白楚年都没有见过恶化期实验体,因为恶化期实验体不受控制,所以当实验体出现恶化征兆,研究所就会在恶化前的虚弱期将他们倒进硫酸池里处理掉(因为此时的实验体有可能出现耐高温能力导致焚化失败),一旦实验体进入恶化期,就相当于物品过了保质期,必须销毁。

看来红喉鸟为了将金缕虫灭口下了不少功夫,如果这一针真的扎在金缕虫身上,只会有两种结果,一种是金缕虫恶化被武警杀死,一种是金缕虫失去控制逃出监狱。这两种结果都可以将他们想让金缕虫保守的秘密永远埋藏下去。

谁也没想到,事情会变成这样。

现在来看,甜点师会恶化是必然的,不过是时间早晚的区别,等到他彻底恶化,就真的不好办了。

白楚年手抚上甜点师后颈的控制器,只要他用力拔控制器,控制器内部的微型炸弹就会摧毁亚化细胞团,杀死甜点师。

甜点师紧紧抓着白楚年的领口,虚弱地爬上去搂住他的脖颈,跪在地上哀求道:"别杀我……我不想死……求求你……你很有本事对不对,救我……救我……我不想减刑了,我可以一直留在这儿做饭,我再也不出去了……"

白楚年呼吸变得沉重,冰凉的手指按在他后颈的控制器上下不了手。以往他杀死同类眼都可以不眨一下,但甜点师不一样,他是个懦弱到会不堪重负跑来监狱自首的亚体,渴望减刑,然后在未来的某一天像人类一样在阳光下生活。

他迟疑的这十几秒，事态已经变得无法收拾了。

甜点师的手抓着他的小臂，接触到甜点师掌心的皮肤在溃烂，溃烂成七彩的脓水，脓水滴落到地上变成糖果，一粒一粒地在地上弹跳。

迟来的剧痛感终于让白楚年清醒过来，他一把甩开甜点师，抚着小臂向后撤了几步，后背猛地撞在墙壁上。小臂已经被严重腐蚀，但没有血，所有受伤的血肉都覆盖着一层彩虹糖浆，滴答滴答黏腻地流。

"啊……啊……"白楚年用力掐住上臂，面孔扭曲，仰着头大口喘气，皮肤被灼烧腐蚀的痛苦连他都无法忍受。

甜点师愣愣地看着自己流淌着彩色糖浆的双手，惊恐地望向白楚年："对不起……不是我，我没想弄伤你……我不知道为什么。"

整栋大楼的警报都在响，负责守卫监护大楼的武警已经循着整栋大楼震天响的警报列队赶来，他们手拿防暴盾牌压了过来。

渡墨站在楼梯口，在灯光明亮的走廊中举起手枪对准白楚年："把手举起来！你怎么出来的？"

情况紧急，渡墨不知道该相信谁，只能先让人把今晚监狱的暴动上报给典狱长。

白楚年倒吸着凉气，朝跪坐在地上的甜点师抬了抬下巴："别对着我，对着他啊……啊，没用，现在对着谁都没用了，你让武警别过来，就在原地围住他，看住他，然后去叫国际警署带榴弹炮和麻醉无人机来支援。"

负责重刑监区犯人的铃铛鸟也带来了一队武警，他们穿着狱警制服，双手持枪在走廊的另一边堵住了他们的去路。

金缕虫归铃铛鸟管，他后颈的控制器报警后第一个接到警报的就是铃铛鸟。

"来得正好。"白楚年缓了一会儿才止住痛，扶墙走到清洁工具室门口把金缕虫拖出来，推给铃铛鸟，"快关到禁闭室里，别在这儿转悠了。"

他不确定红喉鸟杀手有几个人，也不确定他们手里有几支 Accelerant

促进剂，万一再杀个回马枪，狱警可招架不住。

"你们就在这儿围住他，等警署警员带设备来支援，不要靠近他。"白楚年咬住衣摆撕了块布条下来，把伤口缠起来。

渡墨仍没放下枪："你要去哪儿?!"

白楚年已经脱了囚服外套，剩下一件黑背心，一脚踹碎了病房玻璃，用力踹弯铁栅栏，双手攀住窗户上沿，肌肉绷紧带着整个人卷了上去。

"哎!"渡墨立刻朝对讲机下命令，"盯紧他! 其他人守着S-218，我去联络警署。"

监护大楼外的狙击手接到了指令，只要确定通缉目标立刻击杀。白楚年就在探照灯密集的大楼外壁向上攀爬，无数狙击枪口都在瞄准他，但他攀爬的动作又快又灵活，预判着狙击手射击的位置躲避，从监护大楼上两层的窗户翻了进去。

每一层走廊都灯火通明，警报响彻天际。

白楚年进来之前就研究过监狱内每个建筑的内部构造，进来之后又实地印证过自己的分析，根据刚刚那个黑影逃窜的方向，白楚年确定他还没有逃出大楼，因为外边已经被武警围得水泄不通了。

那个杀手很可能已经发现自己杀错了人，如果他被红喉鸟用家人当作威胁来杀金缕虫灭口，他会拿自己的性命再去换金缕虫一死也说不定。

白楚年竖起耳朵，聆听着被警报声掩盖的呼吸声和脚步声。

他沿着走廊缓缓向前走，脚步落地不发出一丁点声响，和悄然接近伺机猎食的狮子一样。

一间病房的门紧闭着，引起了白楚年的注意，他缓缓走到门前，门缝底下渐渐渗出一摊黏稠鲜红的血。

在白楚年破门而入的一瞬间，里面的人突然开了枪，接连有五枚子弹打穿了门板，朝白楚年飞射而来。

白楚年天生反应速度飞快，听到门内扳机轻响时立刻翻身趴下躲避，但子弹的速度要比他快得多，最后一枚子弹还是深深地钉进了他的肋骨。

不过门里的杀手也因为这几枪的爆鸣声暂时干扰了听觉，白楚年踹开房门，门板猛地将门后的杀手撞出了三步来远。

白楚年冲过去抓住他，对方也并不弱小，身材与白楚年相当，一看就是练家子，而且手中拿着一把枪。

地上躺了一具狱警的尸体，他的枪是从狱警枪带里抢的。

"别多管闲事。"杀手冷冷地注视他，视死如归的眼神没有一丝动摇。

"你想保护家人倒没错，但如果妨碍了我的任务，我不能让你如愿。"白楚年微蹲，左手护下颌，右手前架，这是一场没有亚化细胞团支撑的格斗。

对方是一个澳大利亚蜻蜓亚体，固有能力就是攻速，他出招极快，更何况手中还有一把枪。

白楚年肋下的弹孔还在流血，在敏捷的对手面前讨不到任何便宜。

蜻蜓试探了几招便冷冷笑了："左撇子？"

于是更加狠辣地朝白楚年稍显薄弱的右方发起攻势，白楚年右手被腐蚀的伤还没恢复，难以防备，不过慢了一点就被他一拳打在肋骨的弹孔上，一口血哽在了喉头。

要是陆言在就好了，那小家伙的速度更快，而且近战打法更刁钻诡变，不论他还是兰波，都承认陆言的近战天赋。

白楚年自知处在劣势，抓住破碎的门板带着身体就地滚了出去，那个杀手也杀红了眼，不死不休地扑到白楚年身上，枪口指到白楚年的喉咙上。

白楚年死死抓着他的手腕和枪，奋力将枪口远离自己的咽喉，手肘突然发力，顶了他的肘窝里，逼得他浪费了一枚子弹。

子弹打在白楚年脸旁的瓷砖地面上，炸起的碎瓷片在两人脸上刮了几道细细的血痕。

子弹被打空了，蜻蜓亚体索性扔了枪，专注肉搏。白楚年没让他如愿，顺势抓住他的整条臂膀，一个过肩摔，将蜻蜓摔进了楼梯间。

蜻蜓一直死命地抓着白楚年，两人一起滚下了楼梯间，液压门自动关闭，人眼突然从明亮的地方进入黑暗中会短暂地失明，两人完全陷入了伸手不见五指的黑暗中。

　　蜻蜓摔的位置要比白楚年靠下，这一摔也让他清醒了，不再与白楚年拼死缠斗，而是摸索着下楼。

　　他在混乱的杂物中东躲西藏，给白楚年追击自己制造麻烦，但身后并无声响，蜻蜓以为白楚年并没追来，于是专注向下逃跑。

　　突然感到颈间一凉，好像有一片锋利的东西从颈动脉划了过去。

　　他摸了一下，摸到了一片温热黏稠，细嗅，或许是血。

　　白楚年无声地站在他身后，指间夹着一枚沾血的刀片。

　　摔进楼梯间的一刹那，他将缠绕在左眼上的绷带换到了右眼上，受伤的左眼早已恢复，一直戴着绷带是为了藏芯片，避免被突击检查。

　　缠绕绷带的左眼不透光，是可以骤然适应黑暗的，从落进楼梯间开始，白楚年就掌握了猎物的整条行动轨迹。

　　蜻蜓因大量失血而失去了反抗能力，不过短时间内并不会死。白楚年用布条按住他的脖颈，拖着这具半死不活的身体回到了刚刚他所在的楼层，在聚集武警和医务人员的走廊中，众目睽睽之下，一路拽着杀手的领口回来，身后拖出了一条长长的血迹。

　　他把蜻蜓扔给武警："还活着，治好了可以审。"

　　渡墨怔怔地看着浑身血迹干涸的白楚年。

　　窗外响起了警笛声，四架国际警署的直升机赶到监护大楼外，载有特制麻醉剂的无人机冲破窗户飞进来，朝已经昏厥在地上一动不动的甜点师发射。

　　白楚年紧盯着甜点师，无人机锁定了他，打开舱门准备发射特制麻醉剂。

　　突然，甜点师弓起了身体，从背后顶出了一对半透明的蜂翼。

白楚年意识到危险，向前一跃，抓住无人机机舱中准备发射的麻醉针，一把拽下来，向前一滚，往甜点师后颈扎去。

甜点师猛地扬起了头，他的脸完全蜂化，整个身体多处出现本体特征，翅翼抖动，发出刺耳的嗡鸣。

"撤！撤远点……快！"白楚年最先反应过来，但这时候已经晚了，拿着手铐靠近甜点师准备捕捉的几名武警瞬间融化，腐烂成了几摊彩虹糖浆。

渡墨抓起电网枪朝甜点师发射，还没扣动扳机，甜点师便嗡的一声直直朝他飞了过来。

"傻了吧你，还想正面刚?!"白楚年扑倒渡墨，甜点师从他们头顶飞过，锋利的翅膀将承重墙切割开了两道极深的沟壑，天花板开始坍塌。

渡墨抓起对讲机声嘶力竭地喊："撤出大楼，交给警署处理！"

甜点师恶化后获得了飞行能力和范围感染能力，只要靠近他某个范围内，就会立刻腐烂成糖浆。

国际警署的直升机上装备有专门对付实验体的榴弹炮，一时间榴弹乱飞，在地上炸出深深的坑壑，溅起无数沙石树叶。

甜点师飞得极快，他所到之处建筑都在腐烂，周围的大楼像烂柿子一样变形软化坍塌，七彩的糖浆从建筑物塌陷的缺口中流淌出来。

他就像一只巨型蜜蜂，在空中与直升机周旋，一架直升机被他扫到，在空中软化坠落，连着上面的警员一起化成了彩色糖浆。

所有人都被他展现出的破坏力震慑了，白楚年也不例外，恶化期实验体的威力远超他的想象。

"驻留警员只有这么多，现在从各国调度来不及了。"渡墨连指尖都在抖，抓着对讲机犹豫着按下，"申请向 PBB 军事基地求助，现在请示典狱长，快去！"

白楚年摘下眼睛上的绷带，从眼皮下摘出一片微小的芯片，贴在了后颈的控制器密码锁上。

三秒后，密码被破译，控制器从他颈上脱落。

渡墨瞪大眼睛，发抖的手举起枪，抵在白楚年后颈上："你想干什么？"

"国际监狱没有资质监管实验体，这些资料都会传回 IOA，你们的提案会被驳回。"白楚年拨开他的枪口，"奉劝你们立刻、现在、马上向 IOA 发起紧急求助。"

警署公海驻留队早已向总部发出了求助，国际警署只能向 PBB 维和部队提出援助请求，那么 PBB 理所应当要求 IOA 驻留距离国际监狱最近的小组率先发起援助。

一架涂装 IOA 自由鸟标志的直升机升到国际监狱上方。

萧驯斜倚直升机，扶着悬挂的狙击枪冷淡瞄准，毕揽星的藤蔓从空地四角升起，将甜点师控制在一个无法逃离监狱围墙的高度，并且逐步缩小包围。

韩行谦端着笔记本电脑，低声向通信器陈述："恶化甜点师 J1 亚化能力'蜂鸣刀翼'：翅翼边缘具有电锯般的切割能力，使自身飞行不受阻碍。

"恶化甜点师 M2 亚化能力'蜜糖流彩'：群伤型能力，随机点名十个目标进行糖化，目标不限于生命体，被点名者等级低于他的会立刻腐烂成糖浆死亡；等级与他相同的可以消耗亚化细胞团能量抵抗糖化，能量消耗殆尽时会腐烂成糖浆彻底死亡；等级高于他则不会糖化，除非发生肢体接触，接触面会糖化。"

兰波双手各拿一把微冲轰鸣落地，在地面激起一圈蓝色闪电波纹，落在白楚年身边，递给他一套通信器。

渡墨攥紧了手枪："你们早有准备……躲在附近埋伏吗？我们的雷达居然侦测不到。"

"不，我的确没想到事情会变成这样。"白楚年身上的伤口随着控制器的脱落而愈合，他轻轻动了动手腕，表情凝重，"这完全不在我的计划之内，我从没见过恶化的实验体，我没有把握能制服他，这是一场灾难，任务只能到此终止了。"

第十九章

草莓晶

韶金公馆伫立在初春的静谧寒风中，一层角落开辟出的电玩室内发出一阵刺耳的警报声。

爬虫从吊床里惊醒，匆匆拿了件外套披在身上，光脚跑到电脑边。

他自己写了一个监控程序，可以检索组织内成员的成长状态。这样的报警声非常罕见，他在设定时挑选了一段特殊的语音。

语音响起时，证明组织内有成员进入了恶化期。

警报声太响，惊醒了睡在隔壁的多米诺，没过多久他就抱着枕头、戴着睡帽困倦地推开了门，懒懒地问："出什么事了吗？"

爬虫盯着屏幕上的信息，眉头越皱越紧："甜点师进入恶化期了，不应该啊，他只是个1级成熟体，离恶化期应该还很远，难道是被催熟的……他在监狱里，不应该啊！"

"恶化？真的有人恶化了？"多米诺一下子就清醒了，匆匆跑过去扒着爬虫的椅背探头去看。

"你不是说IOA特工组离开蚜虫市很久了吗？四个月前白楚年被逮捕，估计就是为这事。"

"他肯定是为金缕虫去的，想借监狱的手把金缕虫身上的微型炸弹和追踪器去掉，再保证金缕虫被保释前不被暗杀。"

"话说如果有人想灭口，也只会杀金缕虫，没必要杀个又蠢又菜的蜜蜂。"爬虫浏览着电脑上的文字，"应该是弄错了。这事如果没控制住，给监狱造成太大伤亡的话，我们很可能会被那几个大组织联合清剿。"

多米诺急忙问："那怎么办？神使能对付得了他吗？让黑豹去看看吧。"

"黑豹好不容易从典狱长手里逃出来，他恐怕不会想去。越描越黑，静观其变吧！"

"研究所到底还有多少 Accelerant 促进剂，这东西造价昂贵，应该存量不多了，不然对我们也是一大威胁。"多米诺摇摇触角，"太可怕了。"

爬虫道："四个月前电光幽灵展现了 A3 亚化能力，有他在或许还有转机。"

多米诺道："就算是最弱的实验体，恶化以后也不是一个 A3 分化的成熟体能对付得了的啊！"

"不过……咒使也在里面，你觉得他们有可能联手吗？"

爬虫犹豫道："不一定……只能为他们祈祷了，希望神使能想出挽救的方法。如果没成，咱们就不能再在这里待下去了，万一录像流出，他们有太多理由联合把我们铲除掉。"

"……"

门板被轻轻叩了两下，一位穿白大褂的医生站在门口。

林灯教授看到他们两个的表情，已经猜到发生了什么。

爬虫安慰他："教授，回去休息吧，我们去看看，乘私人飞机或许来得及，现在这种情况下，就算被国际监狱的雷达侦测到，他们也顾不上对付我们，我要离近一点，获取恶化甜点师的数据。"

林灯注视着电脑屏幕，轻声道："如果神使击杀了甜点师，让他来见我，我有话对他说。"

爬虫疑惑道："说什么？"

林灯摇头："人类杀不死真正的恶化期实验体，特种作战武器从我被109研究所总部解雇开始就失控了，如果神使能做到，会成为一个希望。"

晨光熹微，房间中昏暗沉寂。

多米诺仰头靠在墙壁上，轻声叹气。

"我的生命这么长，什么时候才能不用东躲西藏的呢？"

一望无垠的公海掀起了巨浪，岛屿在吞天的浪花中瑟瑟发抖。

国际监狱是座孤岛，四面无援，军队从最近的大陆赶来也需要近三个小时，仅派战斗机支援也需要近一个小时。

从前它是一座坚固的壁垒，只要踏入这座铜墙铁壁的牢笼就难以再见天日，不论多骄狂的暴徒，在这里也只能唯唯诺诺地低头劳作。

直到全世界第一个恶化期实验体诞生，铜墙铁壁像豆腐一样被轻易击碎。不知道这个消息要多久才能传回陆地，109研究所的员工们听到这个消息时会不会浑身战栗，对自己亲手创造出的恶魔感到恐惧。

看着短暂几秒内就融化成一片残骸的大楼，渡墨终于醒过来，拿起对讲机喊道："沫蝉，带人在监护大楼单独建立隔断墙，别让实验体波及监区。其他人退到监护大楼外的阻隔区，准备接应警署支援，给警署驻留队和IOA特工组让位置。"

金缕虫由于进食量满自动进入成熟期后，记忆变得清晰，精神创伤极为严重，整个人的状态都是浑浑噩噩的。今天外界过于嘈杂，又一次刺激到了他，他的动作更加僵硬。

"跟在我后面。"铃铛鸟回头安慰，像护幼崽一样展开一条手臂，向后拢着金缕虫，另一只手举着枪，在武警的保护下用身体挡着金缕虫向监护大楼外撤离。

甜点师的飞行轨迹很难预测，速度又奇快无比，此刻正嗡鸣着朝金缕虫飞来，锐利的蜂鸣刀翼轻易便能斩断他的脖颈。

甜点师在无差别攻击。

"把金缕虫带走！关禁闭室！"铃铛鸟一把将金缕虫推进武警怀里，转过身连续朝甜点师的头颅开枪。

一个个弹孔呈现在甜点师的脸颊上，但就像落入水中的石子那样，不过激起了几圈波纹就恢复如初。

铃铛鸟胸前疼痛，似乎中了榴弹，低头却看见胸前已被彩色糖浆腐蚀。皮肉腐蚀见骨，剧痛才冲进大脑中。

他仰面摔在地上，艰难地翻了个身，拿出后腰的手铐，朝押送金缕虫的武警那边爬了两步，用尽全身的力气把手铐扔了出去，哑声交代道："别……别让他跑了……"

不过短短数秒，彩色糖浆迅速覆盖了铃铛鸟的身体，渡墨回头只见他连肉带骨融化成了一摊黏稠的糖水，只剩下了一把手枪。

"凌却！"渡墨僵住，但这时甚至顾不上为同事殉职而伤心，他声音颤抖地继续命令道："建立阻隔电网，所有监区上锁，避免越狱。"

兰波将一把枪拍在白楚年的手心里，看着满地狼藉嘲讽一笑："人终于为自己的自大付出代价了，这算报应吗？"

白楚年说："对自己实力估算不清就敢制造这样的武器，这叫没有数，人类是种没有数的生物。"

白楚年又问："你能行吗？"

兰波没有正面回答："人鱼是地球上自然产生的生物中最强的。"

"去试探几个要害位置。"白楚年托着兰波将他向上送了出去，转身钢化左手，一拳打断了消防栓。

水柱冲天而起，立刻被兰波吸引，随即化作水化钢 M4 步枪。半透明的步枪握在兰波的双手中，在空中瞄准了飞行的巨型蜜蜂。

甜点师飞得奇快，蜂翼的振动频率非常高，可以在空中骤停转弯。而兰波不具有飞行能力，只能靠水柱的冲击和电磁力滞留在空中。

白楚年喊道："揽星，藤蔓牵制。给陆言放毒藤甲，陆言上楼打他的亚化细胞团控制器。"

这些日子需要给白楚年夹带东西进来，藤蔓早已生满了海岛的地底，受到毕揽星的控制，满地如腰粗的藤蔓疯长，轻易顶裂水泥地面，生长成阴森的密林罗网。

陆言依靠伴生能力"超声速"瞬间登上楼顶，手握微冲，瞄准甜点师的后颈开枪。

密集生长的藤蔓暂时限制住了甜点师的飞行能力，但甜点师突然发出一声蜂鸣，翅翼振开，刀锋般锐利的边缘转瞬切断了阻拦去路的藤蔓，冲破了困境。

"打不中。"兰波换了一个水化钢弹匣，单眼瞄准，"他飞得太快了。"

陆言气得兔耳朵飞起来："揽星，你的藤蔓好不结实！不要让他动啊，我都打不到！"

别说命中，就连想用瞄准镜看到甜点师的影子都困难。

对付恶化期实验体，普通的狙击弹没有用，因此就算萧驯能打中，也无法给甜点师造成任何伤害。

站在最高处的陆言最吸引火力，甜点师掉转方向朝陆言飞来，同时发起点名，M2亚化能力"蜜糖流彩"，点到了陆言身上。

腐蚀的蜜糖险些滴落到陆言身上，他全身被毕揽星的毒藤甲包裹，一根藤蔓及时缠住了他，将他从楼上拽了下来。

陆言惊魂未定，在地上滚了一圈，捂着胸口喘气："好险，差点凉了。"

毕揽星注视着甜点师的位置，冷静道："不会。我盯着呢。"

"萧驯！"白楚年回头望了一眼，"帮忙！"

灵猩犬属于视觉型猎犬，传承灵猩基因的亚化细胞团亚化能力大概率会与猎寻有关，他的J1亚化能力"万能仪表盘"可以精准测量各种指标，实用程度已经远超普通人的J1亚化能力。

萧驯握着狙击枪，咬了咬唇。

韩行谦倚靠在落地的直升机内，手中托着笔记本电脑，垂眼轻声安慰道："你是 IOA 特工组的一员，受 IOA 保护，如果有人因此找你麻烦，特工组会为你解决一切后顾之忧。"

陆言半晌摸不着头脑地问："你们说什么呢？"

萧驯没再犹豫，闭上一只眼睛，从瞄准镜中以 J1 亚化能力"万能仪表盘"快速寻找目标，一枚子弹毫不拖泥带水地发射，命中快速飞行中的甜点师的眉心。

与之前不同，狙击弹命中甜点师后，弹孔虽然愈合了，但在甜点师头上留下了一个方形准星，闪烁着红色微光。

那枚闪烁的红色准星非常明显，兰波看得到，举起步枪瞄准，步枪的准星居然轻易与甜点师头上的红色准星重合在了一起，并且不论甜点师朝哪个方向骤转飞行，兰波手中的枪都会跟随着那枚红色准星一同移动。

兰波扣下扳机，数枚透明弹循着修正过的弹道飞去，在甜点师头颅上爆出数枚血花。

水化钢子弹打出的伤口愈合速度要比普通子弹慢得多，甜点师发出一声痛苦的尖鸣，在空中胡乱飞撞。

灵猩亚化细胞团 M2 亚化能力"猎回锁定"：共享型能力，被萧驯命中过的目标会被锁定，其位置将共享给友方，周围队友的射击会受到万能仪表盘的修正，命中率大幅提升。

陆言睁大眼睛："你？ M2？"

毕揽星也有些意外，朝萧驯投来惊讶的目光。

"抱歉。"萧驯目不转睛地盯着甜点师，"为了保命一直瞒着。"

兰波吹了声口哨，瞥了眼白楚年："你说你随便挑的队员，我信吗？"

白楚年摊开手："白捡到宝贝了呗，运气好。再说这不是咱俩一起捡回来的嘛，你眼光好。"

"喊。"兰波换了一把水化钢重机枪提在手上。

经过萧驯辅助修正过的弹道与甜点师飞行时的预判轨迹完全吻合，子弹散射聚拢，朝甜点师轰杀而去。

甜点师被前方密集的子弹限制，只能后退，这时陆言再次攀上高楼，瞄准红心，向右偏移，连发数枪打中了甜点师后颈的亚化细胞团控制器。

控制器被击中，启动了自毁系统，向甜点师的亚化细胞团中放出一股高热，微型炸弹引爆。

亚化细胞团爆出血花，甜点师撕心裂肺的痛叫声穿透云层。他的速度慢了下来，在藤蔓间跌跌撞撞地乱飞，最终落在了藤茎的一朵花上。

白楚年眉头渐渐皱在一起，自言自语地嘀咕："这都杀不死他……"

不论人还是实验体，只要亚化细胞团被炸毁了，就算不死也得残废，至少会失去反抗能力。再看甜点师，后颈半个亚化细胞团被炸烂了，却还能凭借剩下的一半继续挣扎。

巨型蜜蜂落在藤蔓上，弓起脊背，翅膀簌簌抖动，身上的伤口缓慢愈合。

"退后！"白楚年在通信器中命令，"他在蓄力。所有人退回之后，揽星建墙。"

兰波从空中坠落，打散手中的水化钢重机枪朝白楚年身边撒来。

陆言从高楼上纵身一跃，被藤蔓上盛开的花朵稳稳接住，扯回了地面。

藤蔓形成的盾墙缓缓从地面升起，兰波和陆言同时朝这一边撤回来。

突然，巨型蜜蜂振翼而起，从他身上爆发出炽热的糖浆，像火山喷发的岩浆那样爆裂开来，四处溅落。

糖浆溅落之处建筑融化流彩，地面被腐蚀成柔软的彩虹糖水，顺着坡度朝兰波和陆言席卷而来。

"揽星，毒藤甲。"白楚年见势不好，手一撑藤蔓盾墙翻了出去，抓住兰波的手往藤蔓里甩，"进去！"

漆黑的毒藤甲依次从距离蜜蜂最近的兰波、白楚年和陆言身边出现，包裹他们的要害。

漫天溅落的炽热糖浆从他们头顶落下来，兰波没有进入盾墙，而是扑出来用鱼尾卷住了白楚年。

炽热的糖浆将藤甲烫出孔洞，滴落的热浆在兰波的鱼尾上发出嗞嗞的响声，幽蓝鳞片掉落。

兰波紧咬牙关，双手护着白楚年的后颈，替他遮挡要害，纤细雪白的手指被滚烫的黏液灼烧着。

"快进去，我没事。"白楚年按住他的手。

"A3级没有这么脆弱。"兰波抬手抓住流水，一面水化钢防暴盾牌遮挡在两人头顶。他莫名其妙地自语："好多猫猫，在我身边转来转去，都是粉色爪垫，我要去吸。"

白楚年的腿部也被无孔不入的腐蚀糖浆淋上，他一阵眩晕，眼前的景象都变得扭曲且色彩炫目，好像有许多浮空的蓝色小鱼游来游去。

甜点师伴生能力"姜饼屋"：削弱型能力，被糖浆溅到的目标会降低速度、体力，失去抵抗意志，沉溺在甜蜜幻影中。

"韩哥，消除。"白楚年扶着昏沉的脑袋低声命令，"顺便给我拿个捞鱼的网兜……"

现在的情况已不是一个人能够应对的了。

"要什么网兜啊。"韩行谦放下笔记本电脑，跳下直升机，额头生长出螺旋尖角，尖角环绕微光。

一对雪白羽翼从他背后缓缓展开，韩行谦点地跃起，双翼扇动起一阵飓风，轻盈落在藤蔓盾墙之上，手插在白色制服的口袋里。

"A3……"萧驯看得呆了，其他人也愣住了。羽翼型A3级亚体很罕见，至今最广为人知的还是陆上锦的游隼猎翼。

天马亚化细胞团A3亚化能力"天骑之翼"：消除友方目标身上的负面状态，消除敌方目标的增益状态。

两根圣光环绕的羽毛分别浮在白楚年和兰波的头顶。

天骑之翼的消除效果接连施加在同一目标身上最多三次，每消除一次，目标身上会增加一根羽毛，达到三根羽毛后将会引爆。

可以选择引爆敌方，也可以选择替友方承受。

一架飞机在海岛附近盘旋，观察着监狱内的情况。

爬虫和多米诺在舱内，挤在无人机传回的实时影像前，十分震惊。

爬虫说道："人类A3，天马亚化细胞团，变异亚化细胞团升级要比普通亚化细胞团概率高，果然是真的。"

多米诺皱眉："怪不得神使在M港暴走的时候，他没被泯灭成玻璃珠……好，快想办法帮他们一把，在IOA面前刷波好感，这是个有希望的组织。"

爬虫道："我想想。"

在韩行谦的消除作用下，白楚年和兰波身上的糖化感染消失了，两人头顶各多了一根飘浮的洁白羽毛。

兰波扔掉水化钢防暴盾牌，被白楚年圈住腰甩进了藤蔓墙后，白楚年自己也飞速翻了进来。他们顺利撤回后，毕揽星催生藤蔓，堵住所有缝隙，将他们与甜点师阻隔开来。

毕揽星消耗太大，扶着自己的藤蔓缓和了一会儿，才能勉强站稳。

队伍全程依靠他催生藤蔓操纵全员站位，在观察瞬息万变的战局的同时，还必须快速做出反应，注意到每个同伴的情况。他的一个小失误就可能造成队友的牺牲，在这样的操作强度和精神压力下，对他的消耗无疑是巨大的。

陆言是从高楼另一边被藤蔓接下来的，他拍了拍身上的土，匆匆从人群中挤出来跑到集合点，从亚化细胞团中给毕揽星压出一点安抚因子缓解疲劳："我也没剩多少，等会儿还得留给 M2 亚化能力，我给你挤出来点。"

"这样不行，你消耗太大了，时间拖久了，配合肯定会脱节。"陆言从裤腰里掏出衣摆给毕揽星擦手臂上被碎玻璃划破后流出的血迹，"之后我往藤蔓固定点走，直接顺着藤蔓下来，能节省一点体力。"

"我有数。"毕揽星帮他把脏兮兮的衣摆塞回裤腰里，脱力地坐在地上休息，抬头看向白楚年，"楚哥，之后怎么打，耗下去吗？"

"甜点师那个伴生能力除了可以消磨意志，还能吸取敌人的体力给自己用，他又恢复了。"韩行谦从藤蔓顶端跳下来，滑翔落地，用 J1 亚化能力"耐力重置"恢复队友的亚化细胞团能量。得到补给，毕揽星消耗过度变得苍白的脸才恢复了红润。

兰波身上包裹的绷带被灼烧出了几个孔洞，手背上的绷带被烧散了，断开的绷带垂在身边，露出洁白的小臂。

靠近手肘处生有零星蓝色鳞片，有几片被烫坏了，翻出粉红的血肉来。兰波没吭声，随便舔了两下，从身上扯下一段绷带，嘴叼着一端，缠绕在受伤的地方。

"没事吧？"白楚年问。

"没事。"兰波叼着一端，用力勒紧绷带，"一只破虫子这么嚣张，想办法把他拖进海里，我来收拾他。"

"他会飞，一旦放出去，不一定能控制住，跑了就完了。"白楚年从简易药箱里拿出酒精棉球，在兰波掉鳞的地方按了按，"我的伤口能愈合，你的鳞片掉了就不好看了。"

兰波无所谓地笑笑，摊开鱼尾，让他给自己掉鳞的位置消毒。

弄完后白楚年才把兰波之前递来的手表绑在腕上，回头问渡墨："如果我们活捉了甜点师，能让我们带回去吗？"

渡墨攥紧手中的枪，压抑着愤怒，尽量平静地说道："我请你看清楚，这里是监狱，不是托儿所，他杀的是我的同事，还有我们国际监狱的犯人。"

"啊，理解。"白楚年轻轻挑眉，"节哀。"

"这么打下去行不通，换个方案。"白楚年远远地观察着甜点师的状态，巨型蜜蜂落在了大楼上，正在吸食融化的糖浆。

糖浆被他吸进身体，甜点师破损的翅膀缓缓被修复。

"韩哥，给他消除掉。"

韩行谦扇动羽翼，一根圣光流转的羽毛飘浮到甜点师头顶，转眼间他翅膀上彩色的糖浆就失去了颜色，翅膀破损处也停止了修复。

警署驻留队的直升机不断向甜点师投掷榴弹炮，逼得甜点师无处降落，只能围绕着高楼天台，在面目全非的大楼之间穿梭，不断损耗着体力。

"看起来亚化细胞团受损对他来说还是有影响的。"白楚年想了想，"陆言从背后接近他，揽星随时藤甲保护。"

"好。"

两人得到命令，同时翻出藤蔓盾墙，藤蔓在地面翻滚生长，陆言灵活地踏着逐渐升高的落脚点接近甜点师。

巨型蜜蜂感知到了飞速靠近的危险，猛地转头，M2亚化能力"蜜糖流彩"再一次施加到陆言身上。

白楚年喊道："韩哥消除，陆言别退，继续走，把他带离高楼。"

一根洁白的羽毛适时落在陆言头顶，神圣微光包裹了他，将甜点师作用在陆言身上的糖化感染能力消除。

甜点师嗡鸣着朝陆言冲了过去，蜂鸣刀翼毫不犹豫地朝陆言腰间切割而去。

白楚年喊道："揽星，毒藤甲，不护全身，集中护中段。萧驯趁现在找制高点，高于甜点师后颈的位置。"

一件表皮硬化极其坚韧的藤甲缠绕在了陆言的躯干上，甜点师在空中划出一道弧线，蜂鸣刀翼砍过陆言的身体，刃与甲之间碰撞出了一层飞溅的火花。

沉重的撞击让陆言肋骨剧痛，内脏似乎被震伤了，他捂着肋下继续吸引甜点师的注意力。趁此机会，萧驯已经背着狙击枪爬上了甜点师之前停落的高楼天台，也是整个区域中最高的位置。

没想到甜点师却突然掉转方向，朝正在安放狙击枪的萧驯飞来，同时发起 M2 亚化能力"蜜糖流彩"，只要被他点到，除非等级高于他，不然被糖浆腐蚀全身，迟早是死。

"韩哥守萧驯，揽星把陆言放到一点钟方向的塌方楼里。"

一根羽毛飘浮到萧驯头顶，为他化解了一次糖化感染。

萧驯轻轻地出了口气，在瞄准镜中寻找甜点师的影子。

此时萧驯和陆言所在的位置已经形成交叉枪线，萧驯又占据了制高点。

白楚年继续喊道："萧驯把追踪弹打到甜点师的后颈上。"

"收到。"萧驯立即扣动扳机，一枚狙击弹破空而去，迅疾没入甜点师的后颈，在他后颈上出现了一个方形红光准星。萧驯利用 M2 亚化能力"猎回锁定"，将目标位置共享给友方。

陆言虽然不擅长远程射击，但收到萧驯的共享位置后，他的枪械准星会接受萧驯的调整，经过万能仪表盘修正弹道，只要陆言手不抖，就算瞎了也能完美打出十环。

一个队伍培养一个狙击手所花费的时间、金钱且不论，光是想找到一位狙击天赋过人的队员就很难了，而萧驯的共享能力可以将队伍中其他射击手的命中率全部提升到狙击手的水平。

一个小队分工明确各有所长，每个人用在自己擅长领域的训练时间都是最长的，这就无法避免会出现短板，但如果全员射击命中率都被提升到100%，相当于在各有分工的前提下全员晋升狙击手，极少有队伍能拥有这样的精锐配置。

白楚年眯起眼睛："集火亚化细胞团，兰波把他拖下来。"

密集的子弹朝甜点师后颈精准狙击，要害受到一枚又一枚实弹的冲击，让甜点师痛苦不堪，一米一米地向下挣扎跌落。

掉落到距地面十米左右时，白楚年推了兰波一把，兰波在他钢化的掌心猛地借力跃起，鱼尾像筋绳般牢牢缠住了甜点师的身体，闪电爬满他们全身。

被雷电冲击的甜点师发了疯，带着兰波在大楼废墟之间乱飞乱撞，兰波挂住他的脖颈，猛抬一拳揍在蜜蜂的复眼上。

甜点师被打得吃痛，疯狂甩头，用尽全身力量发起 M2 亚化能力"蜜糖流彩"，这一次糖化感染点到了萧驯和毕揽星身上。

韩行谦翅翼扇起一阵狂风，两根白羽分别落到萧驯和毕揽星头上，及时化解了两次糖化感染。

此时，萧驯头顶已经叠加了两根光洁的羽毛。

甜点师每一次使用 M2 亚化能力"蜜糖流彩"，都会同时使用伴生能力"姜饼屋"，被糖浆溅落到的人出现幻觉失去反抗意志，而他自己则能从中吸取到足够支撑下一次使用能力的能量。

因此韩行谦每使用一次天骑之翼，都会同时在甜点师身上也释放一根羽毛，消除己方负面状态的同时，让甜点师失去伴生能力的增益。

天马亚化细胞团 A3 亚化能力"天骑之翼"为每个目标消除三次后，羽毛会被引爆。

消除三次后，甜点师头顶已经叠加了三根雪白长羽。

"兰波，先离开他。"白楚年说，"韩哥，炸！"

三根羽毛同时膨胀成狭长羽刃，从柔软的飘浮状态变得坚硬竖直，正对甜点师的身体，发出响亮的哨音，继而像剑一般接连穿透甜点师的身体，轰然爆炸。

甜点师残破的身躯被炸出一团飞散的羽毛，从天空中漫洒飘零。

白楚年望着在空中失去方向的蜜蜂，平静地说："兰波，杀了他。"

兰波攀爬在坍塌的大楼外，听到通信器中传达的命令时，浑身蓄满蓝电，一跃便牢牢攀抓在甜点师身上，双手黑色尖甲迅速伸长，深深扎进蜜蜂的血肉中，长尾在他身上狠辣纠缠，勒得皮肤铿铿作响，高压电在他身上刺刺冒出火光。

"好痛！"甜点师发出一声尖锐的凄鸣，浑身迸发出彩色糖浆，无差别地朝每个人溅落。

M2亚化能力"蜜糖流彩"开始循环点名，榨干了他亚化细胞团中最后一丝能量，带着恨意将在场的每一个人都涂抹上黏稠的腐蚀糖浆。恶化期实验体濒死前会有自爆倾向，拉着所有人同归于尽，这其实是特种作战武器创造的初衷。

白楚年喊道："不好，韩哥，全体消除，我去帮萧驯挡。"

韩行谦听罢，再一次扇动翅翼，这一次，范围内每个人头顶都多了一根象征消除和守护的羽毛，抵消了甜点师最后绝望的一击。

白楚年需要随时关注全局，心中计算着每个队员的状态，当然也包括韩行谦每一次消除后每个队员身上的羽毛叠加数。他翻出藤蔓墙，灵活地攀爬高楼，朝叠满三根羽毛的萧驯冲过去。

天骑之翼消除后，一旦叠满三根羽毛，在一定时间内必会引爆，不论敌友，这也是这个强大能力的唯一副作用。连恶化甜点师都被引爆后的羽毛炸得摇摇欲坠，更何况一名M2分化的人类少年，这不是萧驯能承受得了的。

在白楚年还有两米就要抓到萧驯时，一片洁白羽翼遮住了视线，韩行谦先一步将萧驯抱进怀里，羽翼收拢，将他牢牢卷进自己的羽翼之下。

"你去控制甜点师。"韩行谦将白楚年推离了羽毛的爆炸范围，如果白楚年亚化细胞团受伤而甜点师还没死，接下来的战斗可就悬了。

于是三根羽刃在韩行谦的双翼上引爆，漫天羽毛飞散，三联爆直接将韩行谦的羽翼拟态炸散了。

天马的羽翼和独角都是由于能量过剩，亚化细胞团细胞大量增殖出现的拟态，羽翼受伤就相当于亚化细胞团受伤，羽翼消失后，韩行谦紧紧压着渗血的亚化细胞团，单手扶着萧驯，在毕揽星藤蔓的牵引下，把他带下了高楼。

同时，兰波手中出现一把水化钢匕首，狠狠插在了甜点师的心脏上：

"blasyi kimo。（保佑你。）"

白楚年从高楼上一跃而下，一脚踩在甜点师的后颈上，迫使他从半空重重坠落在地上。

甜点师全身的蜜蜂拟态消退了一部分，他的脸一半是蜜蜂的脸，另一半是人脸，狼狈又骇人。

警署的榴弹炮装填完毕，骤雨般的炮弹坠落在甜点师身上，失去亚化细胞团的甜点师不再坚韧，浓烟过后，几块焦黑的肢体散落在地上。

可他还没有死，翅膀碎裂苟延残喘，身体只剩下一只手还能活动，只能靠手在地上爬。

他艰难地抬起头，退化成人脸的那一半面孔在流泪，用尽力气朝白楚年爬过去。

"我……遇到那么多人……都说我是错的……我以为是……我把糖放多了，盐放少了……"甜点师声音嘶哑，还伴随着蜜蜂翅翼的嗡鸣声，"所以……我认真学怎么把饭菜、点心做得好吃……我以为，这就是对的事。现在我知道了……原来我……走路是错的……呼吸是错的……睁开眼睛就是错的……"

甜点师伸出仅剩的那只手，抓住白楚年的手指："求你救我……也是错的……"

白楚年手腕上的表屏收到了一封来自爬虫的邮件：

"甜点师名叫辛圆，我刚刚从他之前兼职的面包店查到的。"

白楚年蹲下来，握住他的手，低声说："这不是我想要的结果，抱歉。"

甜点师抽噎着，慢慢笑起来。

他破损的皮肤逐渐覆盖上玻璃质，然后扭曲，收缩，逐渐脱水变小，变得透明，在白楚年手中泯灭成一颗玻璃珠。

迎着光看，玻璃珠像颗粉红的草莓晶，澄澈，但内心四分五裂。

人们在满地狼藉中僵硬地站着，PBB 和警署总部的直升机赶到现场，开始搜救被坍塌大楼困住的职员和犯人。

渡墨红着眼睛组织狱警搜找运送在这次恶斗中殉职的同事。白楚年蹲在空地上捡甜点师被炸碎的肢体，用衣摆兜着。

兰波过去，坐在地上，在旁边静静地看着他，鱼尾把这块地方连着白楚年一起圈起来，让别人不能打扰到他。

"各自心疼同类，这没什么。"白楚年反倒安慰他，"比现在惨的，我见多了。"

兰波轻声叹气："如果在海里，他不会死，我会抓住他。"

"啊啊，不是他死了。"白楚年蹲在地上，捡起一根纤细的手指，擦擦泥土和血迹，扔到衣摆兜里，"是我们死了。"

第二十章

种在海里

军队收拾残局，是贺家兄弟带人来的。贺文意领着队员们救火，大楼被胡乱释放的榴弹炸得面目全非，不过既然兰波在，救火不过是动动手指的事。

他们分出一队人保护狱警，清点监区犯人的人数，PBB 雷霆援护小组争分夺秒地抢救伤员。不过驻留医生有限，查尔医生一个人应付这么多名伤员，显得有些力不从心。

贺文潇端着微冲，头戴钢盔、护目镜，身穿防弹衣，走到白楚年身边蹲下来，从防弹衣里拿出一个黑色折叠袋，撑开袋口让白楚年把破碎的尸块放进里面。

"辛苦。"白楚年道了声谢，把东西挨件放进去，封了口，"你队长呢？"

"队长领人去 M 港，这会儿估计已经把汝若方成集团办公楼抄了。"

白楚年早在开战之前，就把金缕虫交代的些许信息传达给了 IOA 总部，以免突发意外，看来 IOA 把情报交给了军队。

金缕虫说他的购买票据在汝若方成集团的老总手里，汝若方成集团涉嫌无资质非法购买特种作战武器，集团高层将被逮捕，警方会介入调查。

虽然汝若方成集团不过是替红喉鸟背书的替罪羊，但如果证据确凿，能从他们口中撬出些什么线索也不一定，毕竟商人要比恐怖分子容易审问得多。

白楚年收捡了甜点师的尸体，把裹尸袋折了折，放进直升机，然后先去看陆言和毕揽星的情况。

毕揽星疲劳过度，躺在藤蔓交织成的洞穴里休息，陆言窝在里面陪他，只占小小的一块地方，安静地不说话。他们身上都免不了落下几处伤痕。

"有事没？"白楚年掀开藤蔓织成的网门，朝里面问，里面弥漫着蜂蜜气味的安抚因子。

陆言耷拉着耳朵，木讷地摇头，闷声回答："我们很好，韩教官还好吗？"

"没事。干得不错。"白楚年随手揉了一下他的脑袋，合上藤网走了。两个小家伙都需要点时间来消化刚刚的战斗。

他又去看韩行谦。

韩行谦本是要去帮援护小组的忙的，但他的亚化细胞团受了伤，援护小组给他打了一针安抚剂，叮嘱他原地休息，不要走动。

萧驯跪坐在他身边，顶着一双晶莹的小狗似的圆眼睛，只能一手抚着被他手腕压住的褶皱衣角，一手给韩医生喂水。

"对不起，对不起。"萧驯搓了搓手心的汗，不停地小声道歉。

韩行谦趴在卫生布上，撑着头看他："怎么了？"

萧驯的尾巴无意识地夹在两腿间，一直不停地揉搓手指上的枪茧，看得出来他很焦虑，这种症状以前也经常出现，但由于他性格孤僻又好强，很容易将焦虑掩饰成高冷。他能骗过所有人，但骗不过医生。

"好了。"韩行谦低声安慰，"我现在释放不出安抚因子给你，你放松，按我说的做，先深呼吸三次。"

萧驯照做了，可心率反而更高了。

他的状态在韩医生面前无法遮掩，韩行谦笑出声，援护小组运送伤员刚好经过这边，萧驯直起身子想退后给他们让出一条路来，韩行谦趁机把他拽到自己身边。

"不用道歉，是我对你隐瞒了实力。你不了解我的 A3 亚化能力，也不知道它会被引爆，这不是你的错，是我的错。"

"A3……您级别这么高，为什么还来教导我们，还对我照顾有加？"萧驯的用词顿时拘谨起来，A3 级分化罕见的同时，意味着社会地位可能会很高。

"您？"韩行谦说，"我只是个普通的医生。现在我们既是师生，也是搭档，我希望你不管在任何方面都不要再对我有所隐瞒。"

"我会坦白。"萧驯点了点头，尾巴渐渐从紧紧夹着的状态放松开来，在身后小幅度地摇着。

白楚年突然从他们身后冒出来："韩哥，亏我还忧心你的伤势。"

"先担心你自己吧！"韩行谦按着后颈伤处的纱布坐起来，"甜点师这事发生了，我都不知道以后你要面对多少压力，已经够难的了。"

虽然萧驯已经完全确定白楚年的真实身份就是实验体，可他俩在自己面前毫不避讳地谈论，还是让萧驯有些意外，下意识就想退到一边避嫌。

没想到白楚年突然转过头，举起两只手，对他张开嘴"嗷"了一声。由于是兽类亚体，张开嘴时虎牙还是很明显的。

萧驯一脸问号，摇尾巴的频率慢下来。

韩行谦哼笑。

"哟，不怕我了？"白楚年收起刚刚的古怪架势，无聊地玩着手中的枪，"那就够了。我现在不奢求太多。"

"我去静静。"白楚年按了按萧驯的头，"韩哥挺好的，他就是特别喜欢狗，你还好不是金毛，不然早被他带走了，他特喜欢看小狗摇尾巴，嗯……"

韩行谦拣出药箱里的纱布团摁到他嘴里："去给兰波包扎一下掉鳞的部位。"

白楚年走后，萧驯蹲在地上抱着膝盖看着他，他也看着萧驯，忍不住解释："……那回只是闲聊。"

还没说完，萧驯就看着他摇起尾巴来。

白楚年看了一圈伤亡情况，援救行动井井有条，也没什么需要他帮忙的地方，于是默默溜达回去找兰波。

兰波坐在高楼天台，幽蓝鱼尾垂在楼外，仰望着微明的天空，底下是拍打礁石的湍急水流。

白楚年爬了上去，盘起腿和他并排坐在一块儿。

"在看什么？"

"一颗死掉的星星。"兰波抬抬下巴，示意天空一角，有颗流星划了过去。

"其实它死去很久了，它的光到现在才传过来，我们才能看见。"

"为什么？"

"人类的书上写的，他们的科学家很厉害。"

"人类是最不懂浪漫的生物，他们会那么说也不奇怪。"

"可是我觉得他们说得有道理，按光速和星体距离来计算，的确和他们说的一样。"

"不。"兰波捧起双手，一泓水在他掌心中缓缓聚起，里面盛着天空的影子，"所有死去的东西都会回归大海，我在海底捡到很多星星的尸体。"

"你说海星？"白楚年比画，"五个角吸礁石上，还能拿来涮火锅的那个？"

"对。也有很多个角的，和星星一样。"

"星星好像都是圆的吧？"

"有很多角。"

"因为你是深海鱼，视力不好。"

"不。"兰波似乎坚信自己是对的，认真地说，"所有东西都会在大海里重生。"

"海星不也会死吗？"

"因为他们又回到原来的地方了，大海只是暂时收留无家可归的他们。"

"他也会吗？"白楚年从口袋里拿出那枚甜点师压缩而成的粉色玻璃珠，

对着光看。

"当然。"

天台的另一面就是汹涌的大海，白楚年无声地坐了好一会儿，终于直起身子，把玻璃珠用力抛进了海里。

兰波注视着那枚玻璃珠在海面敲打出的一个微不足道的浪花："这也算一个证据吧，不交给总部吗？"

"他多给了我一块蛋糕，我也可以为他多写一份检查。"

"我记得你不爱吃蛋糕。"

"对，但那对他来说很贵。"

玻璃珠在口袋里坠得足有千斤重，扔进海里时，白楚年如释重负。

"拯救世界，我把自己想得太牛了，我谁都救不了。"白楚年低头看着手心，搓了搓血污，"我们都会死，可能也没必要做什么伟大的事吧。"

兰波挑眉："我不会死，而且我是海族的王，这还不够伟大吗？"

"行吧……你很伟大……反正我花了六年才接受我不伟大这个事实，我才发现我能做到不违法就很不错了。"

兰波忽然翘起尾巴尖："好惊喜，我还以为你的存在年龄没超过五年。"

"……"白楚年不这么想，眉头皱得快要挤出川字纹，"别打岔，我现在高兴不起来。"

"高兴点。在大海里，没有谁会真的死去。"兰波摊开手，掌心中的水面映出刚刚白楚年投进海里的玻璃珠。玻璃珠被他送进了深海，掉进一枚巨型白蝶贝里，贝于是开始分泌孕育珍珠质，周围生长出粉红色的艳丽珊瑚。

"啊！"白楚年愣了半晌，惊讶地扒着看。

兰波弯起眼睛："你的那些复制体，还有死在 M 港的白狮幼崽，都被我种在海里，每一次呼吸我都听得到。"

兰波的心脏就是大海的心脏，万物都生长在他的呼吸之中。

白楚年忽然抱住他的腰，脸颊贴进他的颈窝里："你真的很了不起。"

清晨时分，白楚年站在走廊里，代表 IOA 特工组等待面见典狱长，兰波理所应当地吸在玻璃外等他。

昨夜谁都没睡，渡墨顶着两个熬出来的黑眼圈，满眼血丝，站在他身边。

白楚年显得轻松些，插着兜，手肘碰了碰渡墨："万一被开除，可以来 IOA 工作。"

渡墨没心情跟他磨嘴皮子，监狱出了重大安全事故，所有当班狱警都逃不了处分，甚至典狱长都可能会因此引咎辞职。

办公室的门开了，典狱长叫他们进去。

白楚年坦然走进去，他又重新戴上了自己的控制器，之前那枚芯片是一个解码器，只要贴在控制器的电子屏上就会在三秒钟内解锁，而不会损坏控制器。

典狱长坐在红木办公桌后，脊背微驼，双手搭在桌面上，指尖相贴，他的黑色雨伞就立在办公桌边，窗外并没有下雨。

"你帮助监狱制服了无故恶化的实验体，按规定我会为你减刑。"典狱长微笑着说。

没有任何组织监管的实验体需要在监狱内服刑四十年，确定在此期间没有任何危害人类的行为才可出狱。

白楚年立即纠正他："不是无故恶化，没有实验体会无故恶化，是监狱里的红喉鸟杀手越狱，给甜点师注射了 109 研究所生产的 Accelerant 促进剂，才导致他恶化。"

典狱长带有些许下三白的眼睛似笑非笑地望着白楚年："你怎么证明？"

"我活捉了那个杀手，交给了你们的狱警凌却，那个铃铛鸟亚体。"

"可是他死了。"典狱长笑道，"你说的那个杀手也已经在押送路上失血过多而死，我只能认为甜点师是无故恶化的。实验体本就危险，这件事要是宣扬出去，人们会怎么想呢？"

白楚年张了张嘴，知道他们是打算死不认账了，像会长那样从不在背后说人是非的人，也会称呼国际监狱为流氓监狱，说是空穴来风也不为过。

"好，"白楚年插兜倚墙，"算你赢了。"

"你为维护监狱安全做出了杰出的贡献，如果 IOA 来保释你，可以免去一笔保释金。"典狱长大度地说，"作为酬谢，我还可以主动告诉你一个情报，国际监狱并没有做非法研究倒卖实验体的勾当，我们所做的一切都在为社会安全负责。下一次出席会议，我会提出要求 109 研究所停止制造售卖实验体。"

国际监狱需要维护自身形象，避免造成社会恐慌，话都说到这份上了，白楚年如果再争执下去，就太不识抬举了，他不可能要求国际监狱低头认错。

气氛有些僵，外面的工作人员忽然跑来敲门："先生，PBB 风暴特种部队来了，他们的超声速运输机停在海岛上了！"

白楚年眼睛亮了亮，猜测是何队长带着发票证据来保释金缕虫了。

典狱长不以为意："凭他们，还没资格闯监狱。"

工作人员却慌张地说："夏镜天少校已经进大楼了！"

典狱长不动声色地攥紧了手中的钢笔。

办公室沉重的实木门被推开，一个身穿 PBB 军服、戴流苏肩章和军帽的美洲狮亚体走了进来。他一踏进来，连空气中都充满了一种沉重的压力。

兰波在窗外盯着，警惕地扬起尾尖，随时准备应对突发情况。

白楚年与他同样是猛兽类亚化细胞团，甚至等级并不比他低，也感到了实体化的压力。听说这位少校的亚化能力与重力有关，不仅如此，更多的是年龄阅历上的气场压迫力。

夏镜天摘下军帽托在手中，环视了办公室一圈，才面向典狱长。

他军衔虽然比典狱长低，但很明显，阵营不同，夏镜天根本不惧他。

他摘下手套，从身后的队员手里拿出了一份文件，放在典狱长的桌上。他说话得体稳重："这是实验体 211 金缕虫的票据，由 PBB 军事基地保释他。"

典狱长轻笑："保释而已，这么大阵仗？"

夏镜天抽出第二份盖有多重印章的文件推给他："先生，经过权衡，国际监狱没有资质监管实验体，从今天起，一切实验体将由 PBB 军事基地接手监管，并对他们进行驯化引导，请派人执行吧。"

典狱长轻叹了一口气："这几个印章可不是一夜间就能打齐的，看来是早有准备了。"

白楚年尽量往角落里站，心想："那当然，不然我干什么来了。"虽然事情没向预想的方向发展，但殊途同归。

典狱长轻轻抿唇，看了角落里插裤兜看脚尖扮空气的白楚年一眼，拿起文件，起身走了。

何所谓抱着枪跟在少校身边，趁着两方交接的工夫，跟白楚年窃窃私语。

何所谓不轻不重地给了他胸口一拳："以为你叛逃，我还真心难过了一阵子，赔我感情。"

"咱俩谁跟谁。"白楚年低头抠他裤兜："带烟了吗？五块钱的就行。"

"谁抽那破玩意。"何所谓拿枪口挑开他的手，"我们少校在呢，有也不能给你，滚！"

他俩在角落里嘀嘀咕咕，白楚年瞥见夏少校往这边走来，只好站正身体，右手掌心向上贴在左胸敬礼。

夏镜天也将一份文件递给他："你们会长已经批准了，让你到 PBB 军事基地辅助训练。"

白楚年挑眉："怎么还有我的事呢？"

"这是一份军官邀请函，我很欣赏你的能力，希望我的队员们能够从你身上学到更完备的技能，同时 IOA 也会组织一批成员前往军事基地交换学习。"

白楚年犹豫着接下来，笑了笑："您……知道我的身份吧！"

夏镜天并不觉得这是玩笑，沉稳地说："军事基地中不止一位实验体，有最初对他们一无所知时，作为尖端武器购买来的，也有无奈之下收养的。我们的战友是人类和实验体，我们的敌人也是人类和实验体，PBB 特种部队只分敌我，不分种族。"

风暴特种部队的队员们有条不紊地将实验体从各监室中接出来，核对身份和编号，将关押在国际监狱的十四个实验体按顺序安置到超声速运输机上。

夏少校在飞机旁看着队员工作，偶尔搭一把手。渡墨是负责人，帮风暴特种部队的队员们确认名单。白楚年虽然也在附近，但一副游手好闲的懒散模样，边看着何队长干活，边跟他聊天，把何队长弄得不胜其烦。

休息了一上午，陆言又变得活蹦乱跳起来，小孩子精力旺盛，心情恢复得快，趁着狱警们忙着核查犯人没人管他，自己在海岛上跑来跑去，溜到运输机边看热闹。

"小夏叔叔！"陆言耳朵一颤一颤地跑过来，夏镜天扭头一见他，神情自然地松缓下来，倾身卡着陆言腋下，把他托起来掂了掂，温和笑道："大宝贝疙瘩又长分量了。"

这话陆言就不爱听了，落到地上蹦了两下："什么长分量了，那是什么好事吗？"他撸起袖子露出纤细的胳膊，曲起来挤出一小点肌肉，"长肌肉了好不好，我现在是全蚜虫岛最猛的兔子。"

夏镜天笑了一声，攥拳轻轻给了陆言一下，陆言没站稳，退了两步坐了个屁股蹲儿。

"真不错，全蚜虫岛最猛的兔子。"夏镜天单膝蹲下来看他笑话，"那是因为蚜虫岛只有你一只兔子。"

陆言气死了，一通乱拳打过去，夏镜天抬手按着陆言的脑门，陆言个子矮，小短胳膊乱打又打不到他。

"这次 IOA 和 PBB 交换训练，你爸爸同意你过来吗？"

"不同意？我还不稀罕呢，军事基地而已，我小时候都去玩过多少次了。"

"但是也要听你爸爸的话。"

"好吧……对了，揽星也在这儿，就是还在直升机里睡觉呢，他应该不知道你来，我去叫他？"

"让他睡吧，昨晚辛苦了。"夏镜天道，"你也是，我代表 PBB 军事基地向 IOA 特工组的支援表示感谢。"

"嗯，小事。"陆言听了，美滋滋地动了动耳朵。

渡墨点到最后一个实验体的编号"324"，狱警带着无象潜行者走出来，风暴特种部队队员手握微冲，在他们身后护航。

无象潜行者路过夏少校身边，他身上淡雅的满天星亚化因子让他忍不住驻足。

夏镜天这才注意到他。因为无象潜行者脸上蒙着厚厚一层黑色防静电胶带，所以才一时没认出来。

"这是在干什么？"夏镜天走过去。

渡墨低头在名单上勾画，随口解释："324 号实验体无象潜行者有模仿能力，所以蒙住眼睛免得出问题。"

"摘了吧，接下来我看着他。"

渡墨张了张嘴，毕竟他人微言轻，说什么人家也不会放在心上，只好说："那您在名单上签字，我们交接完了，之后出的一切问题都与国际监狱无关。"

夏镜天快速浏览了一遍名单，和队员核对过后签了字，然后上前动手摘掉无象潜行者眼睛上的胶带。

为了保险，这胶带缠了十几圈，夏镜天耐心地一圈圈给他拆除，无象潜行者安安静静地等着，手指默默纠缠在了一块儿，身后拖着的那条变色龙的尾巴又卷曲成波板糖的形状，慢慢变红了。

摘下胶带，露出了一双澄澈的大眼睛，无象潜行者抿着唇，小声说了一句"谢谢"。

夏镜天低头问他："你现在可以看到东西了，答应我，不能用你的能力捣乱，能做到吗？"

无象潜行者听话地点头，手指还在无意识地纠缠。

"好，先去飞机上等一会儿。"夏镜天拍拍无象潜行者的肩膀，送他上运输机。

一切核查清楚后，风暴特种部队的队员们也登上了飞机。

白楚年一脚踩着舷梯，手臂搭在栏杆上，举起手跟何队长说："回见。"

何所谓跟他碰了碰拳头："等你过来，我倒想看看你有什么法子，能教学生教得比老子强。"

"哪能呢，我就一混子，承蒙少校抬爱。"白楚年笑笑道，"当然了，比你强那肯定是基本操作。"

夏镜天从远处走来，临行前和白楚年交代了一些事情。

"这几个月辛苦了。"夏镜天说，"刚刚监狱那边的程序也走完了，金缕虫的票据在我手里，我会分出一队人护送金缕虫去 IOA 总部，你处理完这里的琐事就可以返程。"

"您客气。"白楚年对这位少校初印象就不错，在他面前也不显拘谨，反而有种放松的感觉，位高权重还不端架子，跟他交流挺舒服的。

"你们有一个月的准备时间，交换训练的成员名单你们会长应该也会询问你的意思，到时候我会让人在特定位置接你们。"

"好。"白楚年立正身子，"一路顺利。"

他目送着 PBB 的飞机起飞，一直缠绕在高架塔上的兰波跳下来，落在他身边。

"rando。"兰波目送着夏镜天的飞机说。

"嗯？"白楚年扳正兰波的脸，"你叫他什么？"

"你是 randi，你有粉色爪垫。"兰波摊开手给他解释，"rando 只有黑色爪垫，他不是可爱的猫猫头。"

白楚年满意地点点头，但又觉得哪里不对。

由于 PBB 的运输机起飞需要驶出海岛，监狱临时将防空电网打开，两架飞机离开后，电网缓缓闭合。

没想到天空中又出现了另一架陌生的直升机，开敞的机舱中站着一个熟悉的人，他攀抓着直升机内的扶手，大半个身子探出舱体，单手举着一把步枪，迎风吐着他文了一条线的舌头。

白楚年心下一凛。

厄里斯大笑着举枪朝底下扫射，有的子弹打在还未闭合的电网上，有的子弹从空隙中射落下来。

一梭子子弹扫过，白楚年扑倒兰波，护着他的头避开伤害。一发流弹击中了渡墨的小腿，血花迸飞，渡墨叫了一声，捂着流血的小腿朝车后滚去，拿出对讲机喊道："警报，有恐怖分子袭击！"

厄里斯举起直升机上的扬声器，枪口指着白楚年："你背叛了同伴，欺骗了我。你一开始接近我就是带有目的的。"

白楚年一时语塞："那当然，我以为你知道呢！你不是被保释了吗，回来干吗？"

厄里斯冷哼道："保释归保释，我不想被释放，我就是想越狱。"

他面向藏在车后的渡墨，做了个滑稽的鬼脸："小狱警，这是我还你的那一教鞭。"

白楚年注意到，驾驶直升机的是个金发亚体，虽然戴着墨镜和耳麦，但白楚年还是能根据他的面貌轮廓辨认出他的模样。

和 IOA 下发通缉令中的照片一致，他就是厄里斯曾经提过的"人偶师"，曾为红喉鸟工作，近些年不知所终。

"白楚年，"厄里斯在他脚边开了一枪，"我喜欢暴力的世界多过有序的世界，我就是喜欢强者为尊，血肉模糊不讲道理，不喜欢一群弱者利用自己制造的规则束缚我，走着瞧吧，我会让世界变成我喜欢的样子。"

厄里斯朝他们吐舌头，扬起鲜红的嘴唇阴森一笑："如果你站在人类那一边，你就死定了！"

直升机掉转方向，带着厄里斯扬长而去。

后记（一）

金缕虫精神受创十分严重，医学会的教授们诊断后，决定把蛛丝木乃伊暂时还给他，让他们在同一间观察病房住一段时间，再开始引导金缕虫交流。

医生们小心地将木乃伊推进观察病房，原本抱膝躲在墙角的金缕虫突然站起来，扑到木乃伊身边，把他抱下来，嗅嗅气味，然后抱着心爱的木乃伊又躲回墙角，吐出蛛丝给木乃伊更换外层弄脏的丝茧。

"哥哥。"金缕虫抱着他，默默地把下巴搭在木乃伊的肩头。

三天后，言逸从外地赶回来，第一件事就是来探望金缕虫。刚好白楚年也在，于是陪着他一起过来。

金缕虫还是抗拒和任何人交流，把自己的内心深深封闭在一个狭小的茧房里，每天抱着木乃伊发呆。

白楚年拉开了一点窗帘，让阳光能从缝隙中透进来，回头道："其实他已经进入成熟期了，我们说的话他是能听懂的，但是你也看见了，现在的情况就是这样。"

"不用逼他。"言逸脱下外套，走到金缕虫的身边坐下来，试探着把手伸过去。

金缕虫呆呆地抬起头，他的头发还有点自来卷，面孔又白又软，很乖巧的长相，就算眼睛有层金属色也不吓人。

言逸摸了摸他的脸颊："文池。"

听到自己的名字，金缕虫颤了一下，小心地把脸颊往言逸手心贴了贴。

"嗯？居然有反应了。"白楚年也凑了过来。

"嘘。"言逸伸手把他拢过来，膝盖挨到地上，"文池，过来。"

金缕虫迟钝地把木乃伊靠墙摆好，然后慢慢朝言逸挪过去，抱住他。

"乖孩子。"言逸轻轻拍着他的脊背，"别害怕。"

金缕虫贴近他，顺从地依偎着他，嗅着他身上的气味，久久回不过来神。

"会长，"金缕虫像是从气味中辨别出了熟悉的人，忽然把脸埋在言逸的颈窝里，喃喃叫他，"哥哥没了。"

"哥哥没了。"他突然哭了起来，眼泪像合不上闸似的淌，"他跟爸爸妈妈一起变成星星了！我讨厌星星！"

言逸低头呢喃安慰他，放出一股温柔的甜味亚化因子。

白楚年在旁边蹭高阶亚化因子伸懒腰，他早知道会长平时冷面无私的，其实私下很温柔，亚化因子也是好闻的奶糖味。

但是看着一个陌生的实验体，刚来就让会长抱在怀里安抚，白楚年心里多少有点不是滋味。

"会长以前就认识他？"

"嗯，年轻时和他兄长有一段渊源。"言逸叹了口气，"也算是矛盾吧，可孩子毕竟是无辜的，那时候他才刚上小学，大人的矛盾他看不懂。"

"哦。"

言逸在病房里陪了他很久，也给白楚年讲了不少年轻时的事。

要不是会长肯说，白楚年还真看不出来，锦叔年轻时头那么铁，居然三番五次惹毛会长，换个人早就被打残废了，锦叔居然能好好地活到现在。

"你乖，明天我再来看你。"言逸摸了摸金缕虫的脸颊，"这个哥哥也会来看你，别不说话，别让哥哥伤心。"

金缕虫抬起头，湿淋淋的眼睛望着白楚年，点了点头。

走出病房，白楚年新奇地嘀咕："嘿，来一趟还混了个哥哥当，不亏。"

"你不也是陆言的哥哥吗？"言逸笑笑，摸了一下他的头，拿着文件去开会了。

白楚年抬手摸摸脑袋，在原地怔了半天。

后记（二）

第二天，白楚年和兰波来看望金缕虫，金缕虫对他们不熟悉，但因为昨天会长教过他了，所以也没有表现出很抗拒。

白楚年给他变魔术，手帕搭在手上，然后快速从背后拿个苹果塞进去，再把手帕掀开来，手心里出现了一个苹果。

兰波面无表情地鼓掌："哇，大胃波波菲尔。"

金缕虫："……"

后记（三）

第三天，萧驯来陪他。

两人相顾无言，金缕虫拿出毛衣针，边吐丝边织毛衣，给木乃伊和萧驯各织了一副手套。

后记（四）

第四天，毕揽星来陪他。

见金缕虫上厕所困难，毕揽星又不好陪他一起去，就放出藤蔓托着他的手。

金缕虫上完厕所出来，坐在毕揽星的藤蔓上，拿出毛衣针，继续吐蛛丝织毛衣。

傍晚，毕揽星走时，金缕虫给他织了五只小手套，戴在他五根手指伸展出的藤蔓尖上。

后记（五）

第五天，陆言来陪他。

其实陆言连自己都照顾不好，更别说陪护精神受创的病人，没话找话了半天终于泄了气，坐到金缕虫的床上拿出手机打游戏。

金缕虫却一见陆言就很喜欢他，从背后抱着他，下巴放在陆言头上，搂着小兔子看他玩游戏。

陆言一玩起游戏就忍不住开语音乱骂，匹配的队友菜得不行，全靠他一拖三。

金缕虫轻轻蹭蹭他，揉揉飞起来的兔耳朵："不生气。"

陆言才猛然想起来，自己在陪病人呢，赶紧问他："你玩吗？我教你。"

金缕虫小心地说："我怕你说我菜。"

这是金缕虫第一次主动与人正常交流。

后记（六）

一个月后，金缕虫配合了医学会的检查和搜查科的问询。

后记（七）

四月初，联盟大厦后墙的庭院里开了不少月季。

这里几乎没人来，联盟聘请的园丁都比较注重门面的设计，把大厦前门的圣诞蔷薇花园布置得花团锦簇，少有人去的地方就撒手不管了。

不过金缕虫很喜欢来这里给花浇水，一个人不声不响，也不给别人添麻烦。因为有他的照料，那些金橙色的月季开得更加娇艳。

他每天都会来照顾月季，周末的时候摘几朵，用蛛丝缠成一束，带回去放在木乃伊的床头，替换掉上周的花。

替换下来的花也没有扔掉，他用蛛丝织了一些捕梦网，把花别在上面，挂在病房的墙上。

他的蛛丝有保鲜功能，花束并不会枯萎，于是越攒越多，几周下来，病房被他布置成了花园。

再过几天，白楚年就要前往 PBB 军事基地了，临走前放心不下，还是过来看看金缕虫的情况。

金缕虫正在给月季除草，戴着他自己用蛛丝织的手套和遮阳帽，钻进月季丛中。

白楚年蹲下来问："你忙活什么呢，这儿又没人来，园丁都不爱收拾这儿。"

金缕虫听到有人说话，匆匆从月季丛里钻出来，拍拍身上的土和叶片，会长说和人交谈的时候要看着对方的眼睛，他睁着金属光泽的眼睛望着白楚年："会长说这片花园交给我，让我来照顾它们。"

"那你也不用天天来收拾，挺累人的。"

"我不累，哥哥。"金缕虫本就翘的嘴唇向上弯起来，头发卷卷地贴在额头上。

白楚年噎了一下，像这种带有牵绊感情的词语，听了就让人心情莫名变好。

他也拿起水壶，心里埋怨医学会那帮老油条净把得罪人的事往自己身上推。

"那个，医学会让我来问你的意见。"白楚年琢磨了半天怎么开口，"你哥邵文璟……确定脑死亡，你……想火化安葬他吗？"

说完，白楚年赶紧补充道："肯定会尊重你的意见，这只是个流程，医学会的研究必须经过你的同意才能进行，你不同意捐献遗体，他们就不会做。"

令人意外的是，金缕虫并没有因为他提起这个话题而情绪低落，反而对他说："你不要紧张，我不生气。"

白楚年松了口气，其实代入金缕虫的处境他很能理解，失去唯一至亲的痛苦虽然白楚年没有体会过，但感同身受。

"我哥没有死，他一直在。"金缕虫轻轻拨动月季的花朵。

这一个月里，每天都有人来陪他，金缕虫变得开朗了许多，主动与白楚年谈起往事。

109研究所最初一直与邵文璟的医疗器械公司保持合作关系，突然有一天，研究所向邵文璟的公司订购了一批培养设备，因为一直合作，邵文璟并没多想，直到他们要求定做的培养容器尺寸符合成人体形，邵文璟才觉察出不对劲。

早在弟弟小学毕业后，邵文璟就重新规划了自己公司的经营范围，不再涉猎灰色地带。看到定制要求后，邵文璟觉得这里面有问题。他做的是正规医疗器械生意，不想再赚来路不明的钱，于是临时解除了合作，赔给了研究所一大笔违约金。

但109研究所想要的那种设备需要相应的特殊技术，当时只有邵文璟的公司有渠道购入。研究所的一位叫作蜂鸟艾莲的高管主动邀请邵文璟去参观实验室，并和他分享实验蓝图。

他所拿出的宏伟蓝图正是特种作战武器创造计划，艾莲表示实验体不过是一种特殊的军火罢了，希望他们能继续长期合作。

邵文璟知道事情并非这么简单，因此婉拒了合作。

不想有一日，学校老师打电话过来，问他弟弟文池为什么没来上学，邵文璟才知道研究所并没有放弃与他合作，甚至为此不惜绑架文池来要挟他。

蜂鸟艾莲用邮件联系他，要他拿成品设备来换他弟弟。

邵文璟听到电话里弟弟的声音后，只能答应下来，准备设备去交换弟弟。

这批设备需要在德国定制，光是定制就花了一年时间，在此期间不管邵文璟强硬威胁还是卑微请求，他们都不肯把邵文池还回来，而且，他们并不惧警察。

终于，设备运了回来，邵文璟连夜领人去交接货物。

果然，研究所拿到货物后翻脸不认人，也不打算交出文池。

在邵文璟的威逼利诱下，前来交接货物的研究员承认，他们将邵文池改造成了特种作战武器，编号 211，代号金缕虫。

邵文璟暴怒，重新打开尘封的军火窖，带枪领人强闯研究所，警察紧随其后。

那时候，邵文池已经成了培育期的金缕虫，目光呆滞，无法交流。

蜂鸟艾莲打开了金缕虫的控制器，要他杀死邵文璟，但金缕虫无动于衷地站着。艾莲让研究员给他注入更大剂量的催化战斗的药剂，金缕虫不受控制地朝邵文璟扑过去，撕咬他的皮肉。

这一年的时间，邵文璟并没闲着，他已经做好了最坏的打算，想尽办法调查关于特种作战武器的细节，得知实验体进食量到达某一个临界值时会从培育期进化到成熟期，届时实力飙升，理解能力恢复，邵文璟就能把文池救出去。

于是邵文璟装作反抗不过，躺在地上任金缕虫撕咬。金缕虫生生吃光了他胸口和半面肩膀的肉。

同时，接在金缕虫身上的指标检测器数字飙升，金缕虫的进食量指数在飞速上涨。

进食量达到 99.97% 时，蜂鸟艾莲终于意识到了邵文璟的计划，立即重启了金缕虫的控制器，并放出初代实验体 1513"蛇女目"，驱逐入侵者，追杀邵文璟。

那时根本没有人见识过实验体，邵文璟又身受重伤，他的死几乎毫无悬念。

但当战斗结束后，研究所回收金缕虫和蛇女目，去搜找尸体时，邵文璟却失踪了，此后杳无音信，从此人间蒸发。

数年后，金缕虫被培育到合适的状态，正好汝若方成集团派汝成过来收购一只实验体。他们做生意的钱款来路不干净，需要给红喉鸟交所谓的"保护费"，把赃钱洗干净。送一个新奇的武器过去再好不过。

金缕虫离开研究所后，其实并没有什么清晰的记忆，但本能驱使他回家。

他依靠肌肉记忆找到了家里的书柜密室。书柜移开，邵文璟就躺在密室内的床上，用蛛丝将自己全身包裹成一具木乃伊。

他手中握着一把刀，看起来刀刃上的血迹已干涸多年了，他的后颈本应生长亚化细胞团的位置空了一块，血迹染红了床单，已经发黑了。

木乃伊手边放着一把布满划痕的AK-74，枪托部位用蛛丝裹缠着一个还在跳动的亚化细胞团。

枪下压着一封信——

我知道如果你还活着，一定会回家。

文池，今后这把枪会替我保护你。爱你的人最终都会变成星星，永远照耀着你，这是一条定律，不应该伤心。

永远爱我的宝贝，我一直在。

兄长　文璟

听完金缕虫的故事，白楚年头脑一片空白，站在花园边放空了很久。

原本他还想，如果金缕虫希望安葬哥哥，他可以用他的亚化能力"泯灭"，帮金缕虫把木乃伊变成一颗玻璃珠，让金缕虫能够时时把哥哥戴在身上。现在却又觉得，即使这样也远远不够。

"你哥把身体留给你，其实是想用这种方式一直陪在你身边吧。"白楚年蹲在地上，用花梗在地上画画，"他的亚化细胞团还活着，埋葬的话，他应该会感觉到冷吧？"

白楚年想了想："如果我不在了，我也想把亚化细胞团留给我爱的人，和那个人活在一起。如果有人愿意收下，我会觉得没被抛弃。"

后记（八）

当晚，白楚年给韩行谦打了个电话。

第二日，医学会表示拒绝接受邵文璟的遗体，包裹在蛛丝中的尸体永远不会腐烂，也没有异味，不会影响他人，于是便留给了金缕虫。

金缕虫再去花园时，像原来那样背着他的木乃伊，给月季除草、浇水。

他的 M2 亚化能力"双想丝"可以控制蛛茧，纤细的蛛丝在空中飘拂，连接着木乃伊的身体和四肢十指。

金缕虫控制蛛丝的手指轻轻动一下，木乃伊就从他背上走下来，提起水壶到水龙头边蓄水，再提回来递给金缕虫，动作活灵活现。

番外

猫薄荷

○────

自从兰波从陆言那里掌握了一大堆人类科技，就迷恋上了网购。

"人类的发明还真是无穷无尽。"兰波趴在鱼缸上，兴致勃勃地刷着 App 推送的商品。

由于兰波经常浏览与猫咪相关的东西，于是大数据贴心地给他推送了许多猫咪用品，每次 App 猜他喜欢都猜得很准，他果然很喜欢。

这一次推送给他的商品是猫薄荷。

商品广告是一个视频，商家把猫薄荷粉煮成水，放在喷壶里，往自己衣服上喷，然后许多猫咪嗅着味道跑过来，在商家身上迷恋地蹭来蹭去。

兰波一下子就心动了，迅速下单。

在一个风和日丽的早晨，快递小哥打来电话，说有快件送到了，请人下楼取一趟。

兰波随手拿了一件小白的外套，披在身上，匆匆下楼去拿快递了。

回家拆掉快递，好大一个盒子里就放着几个小自封袋，里面装了一些绿色的粉末。

这时门锁被拧动，小白回来了。

兰波匆匆把几小袋猫薄荷揣进兜里，装作无事发生，准备下午趁小白上班的时候再进行他的秘密实验。

"哎，你在客厅干什么呢？饿了没啊？"白楚年提起刚买的新鲜鱼虾，"中午吃番茄虾仁，嘿嘿。"

"哦，好。"兰波脱了衣服，钻进厨房帮着打下手（吃边角料）了。

午休之后，小白拿了衣服披上，出门上班了。

等兰波睡醒，准备挽起袖子大干一场的时候，发现装猫薄荷的那件外套不见了。

白楚年照常上班，坐在搜查科办公室里，保洁人员敲门询问有没有要洗的制服，白楚年边喝咖啡边盯着屏幕，想也不想就把自己的外套递了出去。

第二天，白楚年照常上班。

韩行谦拿着一份检查报告敲门走进来："小白，我觉得尸检报告这里有问题，可能和上次的案件有关，你看看……"

"我看看……阿嚏！"白楚年打了个喷嚏，蹭蹭鼻子，"韩哥，你衣服上什么味啊？"

韩行谦拎起衣襟嗅了嗅："什么？洗衣房刚送来的干净制服，只是洗衣剂的味道吧。"

"哦……"

送走韩医生，技术部的段扬又跑过来，说总部受到了黑客攻击，源头比较可疑，让白楚年看看有什么头绪。

白楚年此时已经有点头痛了，推了推段扬："你离我远一点……你身上有股……怪味道。"

等段扬离开，白楚年感到头晕晕的，一种异样的感觉在身体中流窜。

没过多久，狐狸风月踩着高跟鞋走了进来："楚哥，我这次的任务路线有点问题，你确定要我先去码头仓库吗？"

又是那股奇异的气味，白楚年目光迷离，手在抽屉里摸索控制剂[1]。

风月见他样子奇怪，指尖轻抹红唇，狐狸尾巴摇了摇，收拢制服领口，妩媚地嘲笑道："哎呀，今天的我穿搭有这么性感吗？"

"等等，不对劲，风月，你在这儿待着。"白楚年匆匆跑出办公室。

他原本想出来透透气，可没想到一走廊的人身上全都沾满了这种怪异的气味，他一走出来就被这股浓郁的异香冲了个跟头。

路过的同事纷纷关切地走过来扶他，白楚年捂着口鼻边退边喊："你们不要过来啊！"

与此同时，兰波还在家里翻箱倒柜。

"好奇怪，我把猫薄荷放哪里了……"

---

1. 控制剂：可以控制亚化因子的分泌。

图书在版编目（CIP）数据

人鱼陷落 . II / 麟潜著 . -- 上海：上海文化出版
社，2023.2
ISBN 978-7-5535-2680-5

I . ①人… II . ①麟… III . ①幻想小说－中国－当代
IV . ① I247.5

中国国家版本馆 CIP 数据核字（2023）第 011439 号

出 版 人：姜逸青
责任编辑：顾杏娣
监　 制：邢越超
策划编辑：柚小皮
特约编辑：周冬霞
营销支持：文刀刀　 周　茜
版式设计：潘雪琴
封面设计：有点态度设计工作室
插图绘制：Vivid 雨希　温　捌　黯然销魂虫　宥　水青山令　不语竹
内文排版：百朗文化

书　 名：人鱼陷落 II
作　 者：麟　潜
出　 版：上海世纪出版集团　上海文化出版社
地　 址：上海市闵行区号景路 159 弄 A 座 3 楼　 201101
发　 行：中南博集天卷文化传媒有限公司
印　 刷：三河市中晟雅豪印务有限公司
开　 本：640mm×915mm　 1/16
印　 张：21
字　 数：310 千字
印　 次：2023 年 2 月第一版　 2023 年 2 月第一次印刷
书　 号：ISBN 978-7-5535-2680-5/I.1031
定　 价：52.80 元

如发现印装质量问题，影响阅读，请联系 010-59096394 调换。